Für Maui
Weihnachten
1989

Claire Lüthin

Nur wenn die Löwen nicht beissen

Lorenz Stäger

NUR WENN DIE LÖWEN NICHT BEISSEN

Heiterer Roman

Benteli Verlag Bern

© 1989 Benteli Verlag, 3018 Bern
Gestaltung: Benteliteam
Satz und Druck: Benteli AG, 3018 Bern
Printed in Switzerland
ISBN 3-7165-0682-6

Für Werner, Läge, Nidi, Seneca und Joe

Doch darauf haben wir verzichtet,
weil ja das Leben Ernstes dichtet,
so Ernstes, wie kein Dichtersmann
zum Spass sich was erfinden kann,
und weil wir zu behaupten wagen:
Man kann auch Ernstes heiter sagen.

Curt Goetz

1

Maximilian P. Meyer-Bergius war auf seine Art ein weiser Mann, obwohl er ein Jahrzehnt lang Deutsch und Geschichte am Gymnasium gelehrt und eine umfangreiche Sammlung von Sprichwörtern und Zitaten angelegt hatte. Weise war er insofern, als er die Schule verlassen hatte, sobald ihm klargeworden war, dass er sie verlassen musste. Das hört sich einfach an, soll aber − wie Schulmeister glaubwürdig versichern − schwierig sein, ja die Kräfte eines gewöhnlichen Menschen übersteigen. Damit haben wir auch gleich dargelegt, dass Maximilian P. Meyer-Bergius kein gewöhnlicher Mensch war.

Natürlich stellt sich auch für einen aussergewöhnlichen Menschen die Frage, womit er Mietzins und Brötchen berappen soll. Maximilian entschied sich, einen Verlag zu gründen und gab ihm den schönen Namen *Montgolfière*.

«Die ganzen Lexika der Antike sind schon abgegrast», pflegte er zu sagen. «Soll ich meinen Betrieb etwa Edition Sokrates nennen, oder Hammurapi Verlag? Nach sowas kräht im Presse-Wald kein Hahn mehr. Aber *Montgolfière*−», er liess jeweils das ‹-ère› genüsslich auf der Zunge vergehen, «das ist Musik, Wärme, lichte Höhe.»

Er gab ein Zitatenhandbuch heraus, das er Orator Urbanus nannte und sich leidlich verkaufte, und wären nicht unverhofft die Papierpreise überdurchschnittlich gestiegen und hätte ihm nicht der Hegel Verlag − unter nicht ganz sauberen Umständen, wie Maximilian bitter behauptete − die deutschen Rechte am italienischen Bestseller *Sein Name war Hose* weggeschnappt, wäre er nach seiner Meinung ein führender Verleger geworden.

So begann die *Montgolfière* nach drei Jahren zu sinken, zwar nicht in Rauch und Flammen, aber doch unerbittlich.

Der Zufall wollte es, dass gerade in jener Zeit das Museum seines Heimatstädtchens Schlossberg einen neuen Konservator suchte. Maximilian bewarb sich, wurde gewählt und heiratete bald darauf die Museumssekretärin Marie-Rose Bergius, eine dreissigjährige hübsche Brünette. Sie besass Verstand, ein frohes Gemüt, Eltern mit grossem Haus und Garten und wertete mit ihrem Zunamen das eher farblose *Meyer* bedeutend auf. Eine in ruhigen Bahnen verlaufende zweite Lebenshälfte schien vorgezeichnet, doch da schlug das Schicksal – nein, nicht einfach zu, sondern gleich zweifach.

Erstens stiess man in der Nähe von Schlossberg auf einen Löwen. Er war zwar nicht mehr lebendig, was bei einem Alter von 500 000 Jahren auch nicht weiter erstaunt, aber er war für ein Geschöpf aus dem Pleistozän verblüffend gut in Form. Eine chemische Laune der Natur hatte die Panthera leo fossilis in einer konservierenden Umgebung für die Nachwelt aufbewahrt. Das Tier wurde von vorn und von hinten untersucht und C-14-gemessen und gewogen und beschrieben und fotografiert und präpariert und fand nach all den Strapazen schliesslich eine seiner würdige Ruhestätte im Schlossberger Museum.

Schlossberg wurde in der Fachwelt zu einem Begriff.

Zweitens entdeckte Maximilian auf der Stirnfalte des Löwen drei lange weisse Haare, Stirnschnurrbarthaare sozusagen. Er nannte sie Trespili capitales interoculares meyeri-bergii.

Dr. Maximilian P. Meyer-Bergius wurde in der Fachwelt zu einem Begriff.

Paläontologen, Archäozoologen, Mammalogen, Pilologen, Leontologen und gewöhnliche Zoologen von Berlin bis Sydney gaben sich in Schlossberg die Türfalle in die Hand.

Die Berühmtheit verhalf ihm zu einer gewissen Narrenfreiheit, und manches, was man bei einem anderen gerügt hätte, wurde bei ihm übersehen. So legte ihm der Museumsrat erst nach dem dritten Kellerbrand nahe, seine chemischen Versuche doch, bitte, bitte, zu Hause durchzuführen. Auch die serienmässige Herstellung von Hühnerställen in der Museumswerkstatt wurde während Jahren stillschweigend geduldet. Maximilian verfügte nämlich über gute handwerkliche Fähigkeiten und vor allem auch über einen tüchtigen Mitarbeiter, einen pensionierten Schreiner namens Zuber, der einen sechsten Sinn für Technik jeglicher Art besass und von dem er viel lernte. Zusammen restaurierten sie das Museumsgut und präsentierten es auf mustergültige Weise.

Für die Finanzen hingegen war Marie-Rose Meyer-Bergius zuständig. Sie verstand eine Menge von Buchhaltung und Bilanzen, war im Erdboden verankert und sicherte jeweils Maximilian, wenn er wieder zu einem seiner geistigen Ikarus-Flüge ansetzte. Kurz, ein ungleiches Paar, das gut zusammen passte. Er lieferte die Ideen, sie schnitt sie auf den Rahmen des Budgets und der Realisierbarkeit zu. Scherzhafterweise sprachen sie von sich als den «beiden Gehirnhälften»: Marie-Rose war die linke, der Sitz der Logik, Maximilian die rechte, wo die Phantasie haust.

Seit Tagen hatte die Sonne nicht mehr geschienen. Es war zum Aus-der-Haut-Fahren. Schmutzige Schneereste klebten in den Schattenecken der Gärten, kahle Bäume ragten wie leere Galgen in die diesige Novemberluft, und selbst bei berufsmässigen Optimisten begannen sich die Mundwinkel zu senken.

Ich hatte mich nach dem samstäglichen Mittagessen kurz aufs Ohr gelegt, dann widerwillig einen längst fälligen Brief wegen einer Versicherungssache getippt, hundert Kilo Kartoffeln bei einem Bauern geholt, der Puppe Marianne den Kopf aufgesetzt und das Kabel einer Velobremse festgezogen. Nun stand ich in der Küche, eine weisse Schürze um den Bauch, um zu kochen. Nach einer Woche voller Hetze im Redaktionsbüro der Kommerzbank, für deren Monatsschrift ich, Fridolin Lenz, verantwortlich war, gab es für mich nichts Entspannenderes, als einige Stunden vor dem Herd zu stehen. Ich hatte vier Gehilfen: die vierjährige Alexandra, die sechsjährige Barbara, den achtjährigen Markus sowie den neunjährigen Stefan. Meine Frau Franziska war aus der Küche verbannt worden, hielt sich aber sicherheitshalber in Rufweite auf.

«Alle Hilfsköche Schürzen umbinden!» rief ich, während ich den Korken aus einer Flasche Weissen drehte. «Stefan, du darfst mir ein Gläschen einschenken... Himmel, ins Glas, nicht daneben – danke... Markus, such im Rezeptbuch *Ossobuco* und stell es auf den Notenständer... Alexandra, zeig mal deine Hände, du Schmutzfink... Stefan, lass das Weinglas in Ruhe... Den Notenständer doch nicht mitten in die Küche, Barbara, wenn jemand... siehst du, was habe ich... stell ihn wieder auf!»

Die Arbeit nahm ihren angeregten Gang. Zwiebeln wurden mit tränenden Augen gehackt, kleine Finger verbunden, Ruhe gebrüllt, Wein nachgeschenkt, ein zerschlagener Teller zusammengewischt und alle zehn Minuten Franziska zu Hilfe gerufen. «Schatz, nur ganz rasch!»

Franziska lächelte eher gequält, wenn sie jeweils in die Küche kam und sich zwischen beschürzten Kinderbäuchlein durchschlängelte, und während sie gewandt ein paar Messer und ein Becken abspülte, behauptete sie, so ungefähr müsse es in Europa nach dem Dreissigjährigen Krieg ausgesehen haben.

Wir kochten für Marie-Rose und Maximilian Meyer-Bergius. Er war ein Vetter zweiten Grades, 49 und somit acht Jahre älter als ich und hatte sich am Morgen telefonisch selbst eingeladen. «Hör mal, Fridolin, wirf was in die Pfanne, wir müssen heute zu euch kommen. Keine Umstände selbstverständlich, vielleicht ein bisschen kräftigen Käse, *nach* dem Dessert, wenn ich so frei sein darf. Ich hab' da eine neue, glänzende, umwerfende, grandiose Idee» – ich spürte förmlich, wie sich seine Begeisterung durch den Draht zwängte, «Archimedes würde sich in der Wanne umdrehen. Geht's um sieben?»

«Was hat er wieder ausgetüftelt, der alte Spinner?» fragte Franziska kopfschüttelnd, als ich ihr Maximilians Selbsteinladung mitgeteilt hatte.

«Keine Ahnung. Vielleicht eine Tournee mit seinen drei Löwenhaaren. Was meinst du zu *Ossobuco?* Einen Limburger sollten wir uns auch besorgen.»

Es herrschte eine Betriebsamkeit wie in der Küche des Palace Hotels am Silvesterabend.

«Zitronenschale ganz fein abreiben, nur das Gelbe... Bouillon bereitmachen... Wenn du Barbara nochmals in den Hintern klemmst, fliegst du raus... Himmel, nicht diese Kelle, wir produzieren keine Rühreier... Nein, heute gibt's kein Fernsehen, Onkel Maximilian und Co. kommen... Ja, was ist?» wandte ich mich etwas ungeduldig zu Franziska, die ihren Kopf durch die Tür hereinstreckte.

«Maximilian ist am Telefon. Sie sitzen auf dem Ulmenberg fest. Irgendwas mit der Zündung stimme nicht. Ob du sie abschleppen könntest?»

«Ausgerechnet jetzt, mitten in der Schokoladen-Mousse!» Leicht verstimmt band ich die Schürze los. «Wahrscheinlich hat er wieder an seinem Wagen herumgefummelt. Historiker sollten die Finger von den Autos lassen. Übernimm du bitte unterdessen den Laden. Ich geh' selber an den Apparat.»

«Schokoladen-Mousse soll das werden, mein lieber Fridolin?» Franziska lachte. «Historiker sollten die Finger davon lassen. Rahm darf man nie der Schokolade beigeben, solange sie noch heiss ist, und beim Arak steht ‹zwei Esslöffel›, nicht ‹zwei Deziliter›.»

Mit wenig Begeisterung verliess ich das warme Haus und fuhr durch den nasskalten Abend hinauf auf den kleinen Pass, der über den Ulmenberg führte. Schnee begann in grossen Flocken zu fallen. Ich setzte die Scheibenwischer in Gang. Maximilian ging neben seinem orangen Kleinbus auf und ab, den Mantelkragen hochgeschlagen, die Hände tief in den Taschen. Er war von mittlerer Grösse, kräftiger Statur und ziemlicher Leibesfülle. Ein breitrandiger Lederhut, den er vor Jahren in Griechenland gekauft hatte, bedeckte seinen Kopf mit der Adlernase und den hoch angesetzten, abgewinkelten Augenbrauen, die den Eindruck von Unternehmungslust und Selbstvertrauen erweckten. Aber da war auch eine gehörige Portion Schalk, der um seinen Mund spielte, als habe er eben einen guten Witz erzählt.

«Furchtbar nett von dir, Fridolin, dass du so rasch gekommen bist. Die Zündung ist im Eimer. Immer wenn es feucht ist. Dabei habe ich noch vorgestern die Anlage überprüft.»

«Und das sagt er, ohne rot zu werden», rief Marie-Rose aus dem Wagenfenster. «Du gestattest, dass ich im Trockenen bleibe.» Ich bückte mich hinunter. «Bleib nur. Ich schaffe es auch, dich durch das Fenster zu küssen. Hübsch und munter wie eh und je.»

«Kunststück, bei einem solchen Partner», warf Maximilian ein, der mit dem Abschleppseil hinter meinem Rücken durch den Schneematsch stapfte. «Sauwind, kalter.»

Eine halbe Stunde später standen wir vor unserer Haustür. «Danke für den Service», sagte Maximilian und klopfte den Schnee vom Lederhut. «Falls du mal in Schlossberg vorbeikommst, revanchiere ich mich gerne mit einem Ölwechsel. Hab' einen neuen Lift in der Garage, ein Wunderding, schnell und kräftig...»

«Das kann man wohl sagen», meinte Marie-Rose und schüttelte ihre braunen Locken. «Als er ihn das erste Mal ausprobierte, stieg zwar der Lift in die Höhe, aber der Wagen blieb am Boden.»

«Übertreib nicht, Schatz. Ein oder zwei Zentimeter waren es vielleicht...»

Die beiden führten einen liebevollen Dauerkrieg, der einiges zu einem abwechslungsreichen und unterhaltsamen Verlauf des Essens beitrug. Ausserdem kommentierten die vier Kinder ausführlich ihre Küchenarbeit, und als Höhepunkt konnte Barbara einen eben ausgefallenen Zahn präsentieren. Mit den üblichen Schwierigkeiten, die sich in Anwesenheit von Besuchern einzustellen pflegten, wurden die Kinder während einer Stunde ins Bett geschickt: Markus hatte Durst, Barbara Schmerzen im Knie, Stefan musste noch sein Buch holen und Alexandra konnte überhaupt nicht einschlafen.

«Und nun, meine Lieben», verkündete Maximilian strahlend, als wir gegen zehn Uhr endlich in Ruhe beim Kaffee sassen, «zu meinem neuen Projekt, genial, elefantös ...»

«Monströs», ergänzte Marie-Rose mit sanfter Stimme.

Maximilian hüstelte leicht irritiert, dann bückte er sich, griff nach einer braunen Mappe, die er an das Tischbein gelehnt hatte, und öffnete die Schnalle. «Hier, seht euch mal das an!» Er zog ein altertümlich gebundenes Buch hervor. «Sagt dir, Fridolin, der Name ‹Vetter Andreas› etwas?»

«Vetter Andreas? War das nicht jener abenteuerliche Bursche aus unserer Sippe, der um die Jahrhundertwende im südlichen Afrika herumzigeunerte?»

«Genau. Er hat darüber sogar ein Buch geschrieben, ist bloss in einer kleinen Auflage erschienen. Dieses Exemplar habe ich im Museumskeller entdeckt, als wir kürzlich neue Archivschränke einbauten. Ausserdem gibt's noch zwei, drei Kisten mit allerlei Gehörn, Kudu, Büffel und was weiss ich. ‹Wellen, Wüsten, wilde Tiere› heisst übrigens das Werk, ein schöner, rhythmischer Titel mit Alliteration und nach dem Gesetz der wachsenden ...»

«Du bist hier nicht in der Schule, Mäxchen!»

«Weiss ich, du linke Gehirnhälfte. Unterbrich mich nicht ständig. ‹Zween können zu gleicher Zeit singen, aber nicht reden› heisst ein Sprichwort in meinem Orator Urbanus.» Er strich mit der Linken über seine Geheimratsecke, bevor er weitersprach. «Vetter Andreas war ein Onkel deiner Grossmutter und meines Grossvaters. Er lernte Metzger, zog nach Hamburg und trat dort in den Dienst der Deutsch-Westafrikanischen-Compagnie, die an der Küste des heutigen Namibia eine Ochsenschlächterei betreiben wollte. Damit begann sein abenteuerliches Leben, und was für ein Leben, sage ich euch!» Er fasste nach der Cognac-Flasche. «Darf ich mir noch ein Schlückchen ...? Schon die Anreise mit dem Segler:

90 Tage unterwegs, Sturm mit Mastbruch und so weiter und so fort.» Mit einem behaglichen Schlürfen gab er seiner Begeisterung Ausdruck und hob dann beschwörend das Glas. «Welch herrliches atavistisches Sich-Verschieben über unseren Planeten! Vergleich das mal mit unserer heutigen stinklangweiligen Rudel-Touristerei, wo die Seele gar nicht mehr mithalten kann, bloss 70 Kilo verfettetes Fleisch per Flugpost expediert werden, gar nicht zu sprechen von diesen grässlichen Clubdörfern, wo sich die *vile multitude* im Sande suhlt und welche sich auf der ganzen Welt gleichen wie ein Ei dem andern, mit ihren Animatoren, deren Eier sich auch...»

«Maximiliaaan!»

«Wie? Ach so! Na, schliesslich bin ich hier nicht in der Schule, hast du doch eben selbst gesagt.» Pikiert liess er die Hand mit dem Glas sinken, bevor er weitersprach. «Jagdabenteuer hat unser Vetter erlebt, zu Pferd oder zu Fuss, mit dem Ochsenwagen, nicht mit Helikopter und Schnellfeuergewehr, dieser modernen Perversion des Jagens.» Glas und Stimme stiegen wieder in die Höhe. «Diamanten, Gold hat er gesucht, die Malaria gehabt, und zweimal wäre er beinahe verdurstet.» Er blickte träumerisch in die Runde. «Was könnte man sich im Leben Schöneres wünschen?»

«Den Durst löschen, Liebling», sagte Marie-Rose mit sanfter Stimme. «Reich mir bitte das Mineralwasser rüber.»

«Ohne Zweifel eindrücklich, was unser Vetter alles erlebt hat, selbst wenn er da und dort etwas Farbe aufgetragen haben mag», versetzte ich. Obwohl man nicht jedes Wort Maximilians zum Nennwert nehmen durfte, verspürte ich doch einen Anflug von Wehmut, wenn ich an meinen Büroalltag dachte, der dahinfloss wie ein gezähmter Bach, dessen Ufer so steil und hoch waren, dass ein Ausbrechen unmöglich war. Zwanzig weitere gleiche Jahre ragten plötzlich drückend vor mir auf. «Ist er nicht später verschollen?»

Maximilian lächelte pfiffig in seinen Cognac hinein. «Oho, verschollen ist gut! Von einem Löwen wurde er gefressen!»

«Potztausend!» entfuhr es Franziska. «Stilgemäss bis zum Ende. Vielleicht war's gar ein Nachkomme deiner Panthera leo fossilis.»

«Das mit dem Löwen ist mir neu», sagte ich erstaunt.

Maximilian griff wieder zur Mappe und zog ein Bündel Briefe hervor. «Bis vor kurzem wusste ich auch nichts davon.

Aber hier drin steht's. Es sind Schreiben aus dem Nachlass eines gewissen Albert Schmidt, der vor etwa zwanzig Jahren in einem Altersheim in Eberswalde – liegt in der DDR – verstorben ist. Dieser Schmidt war, mit Verlaub gesagt, bei der Löwenmahlzeit gewissermassen dabeigewesen.»

«Und wann soll das passiert sein?»

«1915. Aber ich erzähl's euch kurz der Reihe nach. Um 1880 herum segelte Vetter Andreas nach Südwest-Afrika, wo seine Ochsenschlächter-Firma nach kurzer Zeit pleite ging. Statt heimzureisen, liess er sich von der Firma Mertens und Sichel als Karawanenchef, wie er es nannte, engagieren und trieb Ochsenherden quer durch den Kontinent, vom Atlantik am Nordrand der Kalahari entlang bis nach Transvaal.»

«Als Cowboy sozusagen?»

«Genau. Aber als Chef. Kurz vor Ausbruch des Burenkrieges erkrankte er an Malaria, kehrte in die Schweiz zurück und schrieb das vorliegende Buch. Lange litt es ihn aber nicht hinter dem Ofen. Er segelte wieder hinunter, arbeitete mit am Bahnbau durch die Namibwüste bis zum Diamantenboom von 1908. Er scheint auch was gefunden zu haben, jedenfalls liess er seiner Mutter drei- oder viermal etwas Geld zukommen.»

«Wenn er dein Vorfahre war, wird er wohl einiges verpokert oder in Luftschlösser verbaut haben», warf Marie-Rose mit sanfter Stimme ein.

«‹Phantasie ist wichtiger als Wissen›, Albert Einstein», verteidigte sich Maximilian würdevoll. «Steht in meinem Orator Urbanus. Ein bisschen recht magst du allerdings haben. Einige Briefstellen lassen darauf schliessen. Nun, Andreas kehrte ein zweites Mal in die Schweiz zurück, verliess sie 1912 wiederum, führte Jagdgesellschaften durch die Kalahari, versuchte sich als Gold- und Diamantengräber und Farmer, um dann eben 1915 an der Grenze zu Angola den Weg alles Irdischen zu gehen respektive durch die Löwengedärme zu rutschen. Darf ich noch ein Löffelchen von eurer wundervollen Mousse haben?»

«Geschah es auf der Jagd?» erkundigte sich Franziska tapfer, nachdem sie ein leichtes Würgen unterdrückt hatte, und schöpfte nach.

Maximilian dachte kurz nach. «Schmidt berichtet, dass Andreas sich kurz vor Ausbruch des Weltkrieges im Norden als Farmer versuchte, aber Pech mit dem Vieh gehabt habe. Rinderseuchen scheinen dort so häufig gewesen zu sein wie bei uns der Schnupfen.» Er hielt einen Moment inne. «Da fällt mir eben ein, wie man die Viecher impfte. Man schnitt dazu ein erbsengrosses Stück aus dem Kadaver eines an der Seuche verendeten Rindes...»

«Maximiliaaan! Wir sind hier nicht in einer veterinärmedizinischen Vorlesung!»

«Aye, aye, Sir! Also, im Sommer 1915 ergaben sich die deutschen Schutztruppen den Soldaten der Union und wurden interniert. Unser Schmidt entwischte nach Norden und plante, sich nach Angola abzusetzen. Vetter Andreas, immer für ein Abenteuerchen gut, schloss sich ihm an. Nördlich der Festung Namutoni — der Ort existiert noch heute — geschah es: Andreas schoss in der Nähe einer Wasserstelle auf einen Kudu und verfolgte das verwundete Tier in den Busch. Als er gegen Abend nicht zurückgekehrt war, gab Schmidt einige Schüsse ab, um Andreas den Weg zu weisen, machte sich aber im übrigen wenig Sorgen. Übernachtungen im Busch während der Jagd waren nicht aussergewöhnlich. Am andern Morgen wurde er von einer Patrouille der Unionstruppen, die seine Schüsse gehört hatte, gestellt. Man suchte gemeinsam nach dem Verschwundenen und fand ihn schliesslich... das heisst, man fand nicht mehr alles, der Kopf war...»

«Maximiliaaan! Wir sind hier auch nicht in einer gerichtsmedizinischen Vorlesung!»

«Nicht hier, nicht dort, nicht oben, nicht unten!» Indigniert hob er die Brauen. «Du linke Gehirnhälfte, unterbrich nicht ständig den Born meiner Rede.»

«Marie-Rose meint, du könntest möglicherweise einige Details weglassen», warf Franziska besänftigend ein. «Übrigens ist das ja alles hoch interessant, was du uns so würzig schilderst, aber wolltest du uns nicht von einem grandiosen Projekt erzählen?»

«Richtig, das Projekt.» Er hob geheimnisvoll den Finger, als ob er uns einen Kartentrick vorführen wollte. «Ich... das heisst, wir» — er lächelte zu Marie-Rose hinüber — «haben beschlossen, einige Monate Urlaub zu nehmen und auf den Spuren von Vetter Andreas zu wandeln. Ist doch heute grosse Mode. Wirf einen Blick in die Schaufenster von Buchhandlungen: Nichts wie ‹Auf den Spuren von Odysseus›, ‹Paulus›,

‹Marco Polo› und wie die Kerle alle heissen. «Er kratzte die letzten Restchen Mousse zusammen.» Wären seinerzeit nicht die Papierpreise so hundsföttisch gestiegen und hätte mir nicht der Hegel Verlag...»

«Ich glaube, das wissen die beiden schon», mahnte Marie-Rose mit sanfter Stimme.

«Gratuliere zu eurem Unternehmungsgeist», meinte Franziska bewundernd, nachdem sie mit mir einen erstaunten Blick gewechselt hatte. «Allerdings sind Goethe und Co. doch etwas bekanntere Nummern als euer lieber Vetter.»

«Zugegeben, zugegeben. Immerhin kam er mit einer ganzen Reihe von Persönlichkeiten zusammen, die in die regionale Geschichte eingingen, Stammesführern etwa, Missionaren. Doch lassen wir das vorläufig und beschränken wir uns auf das Wesentliche. Und das Wesentliche ist, dass wir nicht allein reisen werden, sondern» – er lächelte uns einige Sekunden pfiffig zu – «mit euch zusammen. Würde es euch im nächsten Sommer passen?»

2

Für eine Weile blieb es so ruhig, dass man einen Regenwurm hätte schmatzen hören.

«Wenn schon Käse aufgetischt werden soll, dann gleich richtiger», unterbrach schliesslich Franziska das Schweigen und plazierte schwungvoll die Käseplatte zwischen die Kaffeetassen.

«Mmmm, Limburger, köstlich, sein Geruch erinnert mich an einen... äh» – munter schaute Maximilian in die Runde und heftete dann seinen Blick auf Marie-Rose – «an eine Delikatesse katexochen.»

«Extra für dich gekauft», sagte Franziska. «Übrigens weiss ich nicht, was *katexochen* heisst – ich nehm' mal an, es sei was Anständiges –, aber kategorisch kenn' ich, und ich weigere mich ganz kategorisch, die Kinder monatelang allein zuhause zu lassen.» Ihr Gesicht hatte sich leicht gerötet.

«Sehr vernünftig, meine Liebe. Die nehmt ihr selbstverständlich mit. *Katexochen* heisst übrigens *schlechthin*. Äusserst lekker, diese Crackers. Selbst gebacken?»

«Vier Stück, zwischen vier und neun?»

«Nächstes Jahr zwischen fünf und zehn. Aber bevor ihr euch weiter über meinen Vorschlag entrüstet, hört mir mal ruhig zu.» Maximilian schob sich eine Traubenbeere in den Mund und dachte kurz nach, bevor er weitersprach. «Im kommenden Jahr wird Marie-Rose vierzig, ich fünfzig, zehn Jahre werde ich Konservator sein, macht zusammen runde hundert. Grund genug zum Feiern. Aber wichtiger noch: Ich brauche etwas frische Luft. Den grössten Teil meines Lebens habe ich in Schulstuben und Büros verdämmert, eng, muffig. Dabei habe ich als Kind immer vom weiten Afrika geträumt, wollte natürlich Forscher werden...»

«Immerhin hast du die drei Löwenhaare entdeckt», unterbrach ich ihn, «und schwebst seither lorbeerbeladen im Olymp der zünftigen Wissenschaftler, während ich in den Niederungen der Artikelschreiber herumkrieche. In künstlich belüfteten Büros, notabene, deren Klimaanlagen Viren und Bazillen spucken.»

«*Olymp* sagst du?» Er rümpfte abschätzig die Nase. «Natürlich hat mir die Entdeckung einige gute Kontakte zur weiten Welt verschafft, auch zu einigen Vorträgen in Europa und den USA verholfen. Aber weisst du auch, wie mir die Entdeckung gelang?» Er starrte mich einige Sekunden über den Tisch hinweg an. «Ich hatte eines Abends Krach mit meiner über alles geliebten Marie-Rose, weil sie mir vorwarf, eine karierte Krawatte zu einem gestreiften Hemd getragen zu haben...»

«Das zeugt von schlechtem Geschmack», warf Marie-Rose mit sanfter Stimme ein.

«Wenn ich einen schlechten Geschmack hätte, wäre ich Architekt geworden», entgegnete Maximilian nachsichtig. «Fahr mal durch die Schweiz! Item, es war föhnig, und in meinem Zorn machte ich rechtsumkehrt und ging wieder ins Museum, wo der Schreiner Zuber vergessen hatte, eine Lampe über der Panthera leo fossilis zu löschen. Das verdoppelte meinen Ärger, und ich hielt dem Löwen eine Ansprache über die Schlechtigkeit der Welt. Dabei streichelte ich sein Haupt und sagte, Gott segne dich, mein Lieber, du hast schon alles hinter dir und bist berühmt geworden, obwohl du dein Leben lang das gleiche Hemd getragen hast. Und da sah ich im schräg einfallenden Licht, dass dem Burschen drei bisher nie bemerkte Härchen aus der Stirne wuchsen, drei zehn

Zentimeter lange fadenförmige Oberhautgebilde aus verhornten Zellen.» Er lehnte sich zurück und breitete resigniert die Arme aus. «Keine eigene Leistung, nichts, blosser Zufall, aber seither ständig aus der ganzen Welt Achselklopfer in der Bude. Ich komme mir gelegentlich vor wie eine Kuh, die pro Tag zehn Kilo Pralinés fressen soll. Hab' mich schon ertappt beim Wunsch, ich hätte das verdammte Biest seinerzeit rasiert, kahlgeschoren oder mit Salzsäure gewaschen.»

«Vergiss den Limburger nicht», mahnte Franziska. «Und jetzt möchtest du also nach Afrika?»

«Ja. Ich muss mal meine Psyche duschen.» Sorgfältig schnitt er sich ein Stück Käse ab und streifte es auf seinen Teller. «Archaisches will ich suchen, wenigstens Spuren davon, vielleicht mich dem Mythos wieder ein bisschen nähern, dem unser Verstand uns entfremdet hat, möchte staunen über Tier und Landschaft, neue Gerüche, Farben, andere Leute sehen. Kurz, ich will weg, aber nicht bloss für vierzehn Tage.» Etwas verlegen begann er mit dem Messer zu spielen. «Möcht' ganz gern wissen, ob ich in meinem Alter und mit meinem Embonpoint noch den Hüpfer aus dem niedlichen Lande der Träume in die harte Wirklichkeit zustande bringe.»

«Und Marie-Rose möchte das auch?» fragte Franziska neugierig.

«Oh, ich gesteh' aufrichtig, dass ich anfänglich sehr, sehr skeptisch war. Aber jetzt», sie lachte und gab Maximilian einen Kuss, «jetzt hat's mich gepackt. Ich mache mit.»

«Und du glaubst, dass du das Afrika deiner Bubenträume noch finden wirst?» wandte ich mich an Maximilian. «Es hat sich in den letzten Jahren gewaltig verändert. Hungersnöte, Kriege, gesellschaftliche Umwälzungen ...»

«Hör mir damit auf! Die gab's immer. Lässt sich historisch leicht beweisen. Wirf mal einen Blick in die alte Literatur! Kaum war die Schrift erfunden, begann das Klagen über Hunger und Seuchen und Mord. Ägypter, Altes Testament, Römer, Kirchenväter ... Mal waren die Hunnen schuld, mal die Piraten, die Mongolen, die Türken, die Christen, Kometen oder Kartoffelkäfer. Bloss die Information ist heute um ein Vielfaches schneller und dichter als früher und hat damit den Weltschmerz − seinerzeit Vorrecht der gehobenen Taugenichtse − demokratisiert. ‹Wer Freude hat am Klagen, wird immer was zum Klagen finden», sagt Gotthelf. Steht in meinem Orator...»

«...Urbanus», fiel ihm Marie-Rose mit sanfter Stimme ins Wort. «Vielleicht lässt du künftig den Hinweis auf dein Meisterwerk weg?»

«Werd' mir Mühe geben.»

«Bekommt ihr überhaupt solange Urlaub?» wollte Franziska wissen.

«Ja, ist uns zugesichert, sofern wir geeignete Stellvertreter finden, und solche gibt's heute Gott sei Dank in rauhen Mengen. Hab' bereits Kontakt mit einer promovierten Ethnologin.»

«Wieso seid ihr überhaupt auf die Idee gekommen, uns mit in den Busch zu schleppen? Ginge das nicht einfacher allein?»

«Das Urvertrauen der Jugend ist mir ein bisschen abhanden gekommen», gestand Maximilian ohne Umschweife, «bei Überlast blinkt mein vegetatives Nervensystem. Allein mit Marie-Rose möcht' ich's nicht riskieren. Wir beide haben darüber ausführlich diskutiert und sind dann eben auf euch gekommen. Erstens seid ihr furchtbar nette Typen...»

«Danke, du Heuchler.»

«...zweitens verbinden uns verwandtschaftliche Bande mit unserem lieben verblichenen Vetter Andreas, und drittens hast du, Fridolin, früher monatelang Saharastaub und Urwald gerochen, standest mit Amöben und Salmonellen auf du und du, und Franziska hat in Singapur Schule gegeben und die dortigen Inseln abgeklopft, kurz: Ihr habt die Erfahrung, die uns beiden abgeht. Wär's für euch nicht an der Zeit, wieder einmal das Ränzchen zu schnüren?» Aufmunternd fixierte er uns.

Franziska schüttelte schweigend den Kopf und klopfte mit den Fingern auf die Tischplatte. Ich machte «hm» und blickte zu ihr hinüber.

«Hör mal, das Ganze ist doch eine Illusion», sagte ich schlieslich. «Irgendwie bin ich zu alt, um...»

«Na, du Zittergreis von 41 Jahren! Das ist doch genau das Alter für neue Illusionen! Was macht denn der Durchschnittsbürger? Er verwendet die zweiten 30 Jahre seines Lebens, um die Illusionen abzubauen, die er sich während der ersten 30 Jahre aufgebaut hat. Ich versuch's mal andersrum, ich baue mir neue auf. Wie sagt doch Goethe im Faust:

Nach einem selbstgesteckten Ziel
mit holdem Irren hinzuschweifen,
das, alte Herren ist eure Pflicht.

−Worauf wartest du noch?»
Draussen im Flur waren Schritte zu hören. Barbara wandelte weinend herum und rief nach Mami. Franziska hob sie auf und wiegte sie in den Armen. «Siehst du, das sind unsere ‹Illusionen›», sagte sie mit gedämpfter Stimme zu Maximilian. «Wir brauchen uns vorläufig keine neuen aufzubauen.»
«Wir hätten auch gerne Kinder gehabt», murmelte er.
«Verzeih, ich weiss. Aber du siehst, dass es mit den Rangen nicht so einfach wäre.»
«Natürlich würden wir uns kräftig am Kinderhüten beteiligen», versicherte Marie-Rose. «Wir sind beide Kindernarren.»
Barbara schlief wieder ein, und ich trug sie in ihr Bett hinauf. «Wollen wir nicht mal dieses Thema beiseite lassen», schlug ich vor, nachdem ich zurückgekehrt war. «Ich würde nämlich gerne − völlig unverbindlich, versteht sich − was Konkreteres über eure geplante Route hören. Die Gegend um Vetter Andreas' Cowboy-Pfade sind ja zur Zeit ein bisschen bleihaltig.»
«Selbstverständlich würden wir nur in ruhigen und sicheren Gegenden reisen», beeilte sich Maximilian zu beteuern. «Und genau dafür wären wir auf deine Erfahrungen angewiesen. Im wesentlichen würde es sich um Namibia und Botswana handeln. Eine eigentliche Route haben wir noch nicht festgelegt.»
«Womit wollt ihr reisen? Im Ochsenwagen?»
«Lach nicht, aber ich hab's mir tatsächlich überlegt, achtzehn Ochsen...»
«Und ich hab's ihm tatsächlich ausgeredet», unterbrach ihn Marie-Rose mit sanfter Stimme. «*Ein* Ochse genügt mir. Wir haben uns für einen Camper entschieden, dem wir selber noch den letzten Schliff verleihen möchten.»
«Wie wollt ihr die Kiste hinunterbringen?»
«Eben darüber möchten wir deine Meinung hören. Ihr gestattet bitte.» Er schob Teller und Gläser zur Seite und breitete eine Afrika-Karte aus. «Wie wär's mit der Durchquerung des Kontinentes? Trotz vieler Probleme wird die

Strecke auch heute noch immer wieder von jungen Leuten abkutschiert.»

«Das ist es: von *jungen* Leuten», sagte ich mit Nachdruck. «Ich hab's gemacht mit vierundzwanzig, und ich kann dir versichern, dass ein solcher Trip einer dieser modernen Überlebensübungen gleicht. Dafür brauchst du den Kreislauf einer jungen Katze: Mücken, schwüle Hitze, unpassierbare Pisten, kaputte Brücken, Treibstoffmangel, Probleme mit Trinkwasser, jede Menge von Palaver und bürokratischen Hindernisläufen an den Grenzen undsoweiter.» Ich warf einen kritischen Blick auf seinen Bauch. «Sport scheinst du höchstens vor der Glotze zu treiben ...»

«Ich bürste mir regelmässig von Hand die Zähne», betonte er würdevoll.

«Grossartig. Ausserdem ist in manchen Ländern Afrikas die Infrastruktur in den letzten paar Jahren kapores gegangen. Im Busch hilft dir der beste Schutzbrief nichts, und auch den Onkel Doktor suchst du vergebens.» Ich zeigte auf den Osten von Zaire. «Durch Angola kann man nicht mehr, also müsstest du hier nach Osten, nach Tanzania hinüber. Immer vorausgesetzt, dein Fahrzeug habe überhaupt die Fahrt durch die Sahara überstanden. Nein, vergiss das Ganze, das schafft ihr nicht.»

«Gott sei Dank!» sagte Marie-Rose. «Mir hat er's nämlich nicht abgenommen.»

Für einige Sekunden verschwand die Zuversicht aus Maximilians Miene. «Dann eben mit dem Schiff», nahm er den Faden unverdrossen wieder auf.

«Gibt's das überhaupt noch?»

«Gibt es!» sagte Maximilian stolz und bückte sich zu seiner Mappe hinunter. «Hier hab' ich sogar einen Prospekt. *St. Helena Shipping Co. Ltd.* nennt sich die Linie. Es hat mich eine Heidenmühe gekostet, das Ding ausfindig zu machen. In der ganzen Schweiz wusste niemand Bescheid, und ich bekam allmählich den Eindruck, es sei zur Zeit des alten Karthagers Hanno bedeutend einfacher gewesen, ein Schiff in jene Richtung aufzutreiben. Schliesslich bin ich in England fündig geworden.»

Ich warf einen Blick auf den Prospekt, den ein aus einer Seejungfrau und einem Löwen gemischtes gelbes Fabelwesen in einem grünen Medaillon zierte. «Drei Wochen, mindestens, dauert eine Fahrt, also allein sechs Wochen für Hin- und Rückreise!» Ich schüttelte lachend den Kopf. «Siehst du, nicht mal diese könnte ich mir leisten.»

«Wenn du dir einen Herzinfarkt zulegst, kannst du dir noch viel mehr leisten. Und deine Bank auch. Sogar dein Monatsmagazin würde pünktlich erscheinen, jede Wette. Nimm dir einen Urlaub, nimm mal Abstand von der Arbeitsmühle, von unserer Perversion von Leben.» Er fuchtelte mit dem Zeigfinger vor meinem Gesicht herum, seine Stimme steigerte sich, die Winkel der Augenbrauen wurden enger. «Niemand hat Zeit, dabei verfügen wir über jede Menge hilfreicher Maschinen, putzen, mit Verlaub, vom Arsch bis zu den Ohren alles elektrisch, brauchen für die Heizung kein Holz zu hacken, bloss essen und trinken müssen wir noch selber und den schönen alten Brauch ausüben... Herrgott, weshalb rennen wir eigentlich von der Geburt zum Tod und schlagen nicht zwischendurch eine gemächlichere Gangart ein? Neue Langsamkeit heisst das Ding, glaub' ich.»

«In der Theorie mag das alles wundervoll klingen, aber mit meinem Hauszins und vier Kindern einige Monate weg? Weisst du, was mich das kosten würde? Oder hast du in deiner Werkstatt den Tischlein-deck-dich-Trick rausgebracht?»

«Das habe ich mir natürlich überlegt», warf Marie-Rose sachlich ein, «und auch eine Lösung gefunden: Ihr fliegt hinunter und mietet euch einen Camper an Ort und Stelle. Die Flugscheine für die Kinder würden wir übernehmen... Keine Widerrede, es ist ernst gemeint. Eben weil wir wissen, dass ihr ohne den Nachwuchs nicht weg könnt.»

«Meine liebe linke Gehirnhälfte!» rief Maximilian mit strahlenden Augen, spitzte den Mund und küsste sie hörbar.

«Meine liebe rechte Gehirnhälfte, du stinkst füchterlich nach Limburger», sagte Marie-Rose mit sanfter Stimme und zog ihren Kopf zurück.

Selbstverständlich kam für uns eine solche Reise überhaupt nicht in Frage, absurd, so etwas, verantwortungslose Versucher die beiden, Wölfe im Schafsgewand, anderseits... ein winziges Körnchen Wahrheit steckte natürlich in Maximilians Worten. Da fuhr ich tagtäglich mit dem Zug in die Stadt, hobelte im Büro die Sitzfläche des Stuhles blank, sah mir am Bildschirm die Augen wund und produzierte Monat für Monat ein Wirtschaftsmagazin, dessen Daten beim Erscheinen bereits Schnee von gestern waren und das in der Regel rasch beim Coiffeur oder vor dem Mittagsschläfchen überflogen wurde, bevor es im Papierkorb landete. – Ich wischte mit der Hand einige Cracker-Krümel zusammen. Da alle schwiegen, hörte man das Kratzen der Nägel auf dem Tischtuch. – Und jetzt kam dieser Schulmeister a. D. und Museumsfritze mit seiner liebreizenden Frau und gaukelte mir raffinierte Bilder vor wie ein retouchierter Reisebüroprospekt. Natürlich wäre es schön, wieder einmal über eine Piste zu donnern, einen frischen, sauberen Morgen in der Wüste zu erleben, Elefanten an der Tränke zu beobachten... Ich seufzte hörbar.

«Was ist los?» Franziska stupste mich und schaute mir in die Augen. «Ist dir nicht gut?»

«Doch, doch... nur, weisst du, wie ich mir vorkomme? Wie einer, der nach Arbeitsschluss fest entschlossen ist, nach Hause zu seiner Frau zu gehen, aber einem Kollegen begegnet, welcher ihn zu einem schnellen Apéro überreden will.»

«So, so.» Nachdenklich zupfte sie eine Traubenbeere ab, dann seufzte sie.

«Ist dir nicht gut, Schatz?»

«Doch, doch... nur, weisst du, wie ich mir vorkomme?» Sie schob sich die Beere in den Mund. «Wie die Frau, die zuhause wartet.»

Wir schmunzelten, dann lachten wir beide, dann alle vier.

«Ihr müsst euch ja nicht heute entscheiden», sagte Marie-Rose. «Schlaft mal in aller Ruhe darüber. Das Wesentliche wisst ihr jetzt.»

«Nein, etwas fehlt noch!» Maximilian wischte sich mit der Serviette gemächlich den Mund, dann stand er auf. «Entschuldigt mich einen Moment.» Nach drei Minuten kehrte er mit einer Flasche in der Hand zurück. «*Pommery Louise* scheint mir für Diamanten angemessen. Wunderbar kühl geblieben im Wagen. Wo hast du die Gläser, Franziska?» Sorgfältig begann er den Verschlussdraht aufzudrehen.

«Wie Schmidt schreibt», eröffnete er uns feierlich, nachdem wir auf die mysteriösen Diamanten angestossen hatten, «trug Vetter Andreas ständig ein Ledersäcklein, gefüllt mit einer netten Menge dieser teuren kleinen Steinchen, am Hals. Angeblich selbst ausgebuddelt. Na ja, ist auch Wurst. Als man nun Andreas respektive seine...» – Marie-Rose schleuderte ihm einen ihrer warnenden Blicke zu – «äh, ich meine, gewissermassen seinen Diminutiv unter einem Kameldornbaum fand, lag dieses Säcklein einige Schritte daneben am Boden, schön getarnt zwischen den herabgefallenen, ähnlich aussehenden Fruchthülsen. Da Schmidt als Kriegsgefangener keine Möglichkeit sah, das Ding unauffällig an sich zu nehmen, liess er es liegen und merkte sich, so gut es ging, die Stelle. Andreas wurde beigesetzt, über dem Grab ein Steinhaufen aufgeschichtet und ein einfaches Holzkreuz hineingesteckt. Schmidt beabsichtigte, nach seiner Freilassung zum Grabe zurückzukehren und die Diamanten zu holen.»

«Und, hat er sie gefunden?» fragte ich neugierig, während ich mir behende die Preise von Rohdiamanten durch den Kopf gehen liess.

«Er kam gar nicht dazu, danach zu suchen. Wie er hier schreibt» – Maximilian suchte den entsprechenden Brief hervor – «da hab' ich's: Schmidt wurde in einem Lager bei Aus im Süden des Landes interniert, nach seiner Freilassung ausgewiesen und mit dem Dampfer *Intaba* nach Hause geschickt. Recht und schlecht boxte er sich durch die Krisenjahre, dann Zweiter Weltkrieg und hinterher das Pech, im ostzonalen Paradies zu leben. So war's mit dem Reisen wieder nichts, und als er endlich im Rentneralter das Land hätte verlassen dürfen, machte die Gesundheit nicht mehr mit. Kurz vor seinem Tode hat er den Packen Briefe hier einem Bekannten aus der Bundesrepublik mitgegeben, mit der Bitte, ihn den Verwandten Andreas' zukommen zu lassen. Das war vor etwa zwanzig Jahren. Direkte Nachkommen hatte Andreas nicht, und so landeten die Akten schliesslich im Museumskeller bei den Jagdtrophäen, wohl mit der löblichen Absicht, sich bei Gelegenheit einmal damit zu befassen. Das habe ich in den letzten Monaten ein bisschen getan, und ich meine, als Verwandte könnten wir so nebenbei auch nach seinem Grab und dem braunen Ledersäcklein Ausschau halten.»

«Bei allem Respekt vor deiner blühenden Phantasie, Maximilian», hielt ihm Franziska entgegen, «du glaubst doch nicht im Ernst, dass du nach soviel Jahren auch nur die klitzekleinste Chance hast ...»

«Wie man's nimmt. Ich habe euch noch nicht alles erzählt. Schmidt hat 1913 bei der Schutztruppe Vermessungen für

Farmland durchgeführt, und in einem Schreiben behauptet er, südlich des Grabes einen der weissen Steinhaufen gesehen zu haben, die den 17. östlichen Längengrad bezeichneten. Auch über die Breite macht er Angaben.»

«Aber, selbst vorausgesetzt, wir könnten die ungefähre Lage des Grabes bestimmen», warf ich ein, während ich den in altertümlicher Schrift geschriebenen Brief in die Hände nahm, «so ist es dennoch völlig unwahrscheinlich, das kleine Säcklein zu finden. Es gibt Regenzeiten, Tiere, Sandwinde, was weiss ich. Dein Verstand muss dir doch sagen, dass der Vergleich mit der berühmten Nadel im Heuhaufen in deinem Falle ausgesprochen milde wirkt.»

«Der Verstand, der Verstand! Immer der Verstand! Was der uns nicht alles kaputt macht!» Er zog die Brauen hoch und machte mit der Hand eine wegwerfende Bewegung. «Zuviel Verstand blockiert, wie der Pessimismus, nimmt uns die Fähigkeit zu staunen. Wer immer nur nach Schema F lebt, ist ein Kopist, ich möchte aber ein Künstler sein, mal ein bisschen danebentreten, mal was tun, von dem einem der Verstand abrät. Denk an Schliemann! Natürlich könnte ich selbst tausend Gründe aufzählen, weshalb ich das Grab – das Säcklein lass' ich mal grosszügig beiseite – nicht finden werde. Ist mir aber schnurzpiepegal. Wenn ich es bloss abholen könnte, würde mich das Ganze nicht interessieren. Als kleiner Junge hatte ich mal eine Goldsuchphase und durchstöberte die Bäche in unserem Wald nach glänzenden Steinen. Die Eltern haben natürlich gelacht, aber für mich war's was Wundervolles. So ähnlich stelle ich es mir vor. Allerdings möchte ich nicht mit blossen Händen suchen, sondern modernste Techniken anwenden: Echolot, Metalldetektor zum Beispiel. Es gibt da einige ganz neue Geräte, die von der Archäologie und Paläontologie benutzt werden.»

«Deinen Optimismus möchte ich haben!» Ich nahm die Flasche und füllte die Gäser nach. «Das ist doch alles unmöglich!»

«Unmöglich? ‹Caput Nili quaerere – die Quelle des Nils suchen› sagten die Römer, wenn sie ausdrücken wollten, etwas sei unmöglich. Steht auch in meinem Orator Urbanus. Und? Hat man die Quelle unterdessen gefunden oder nicht?» Herausfordernd grinste er mich an und schlürfte geniesserisch seinen *Pommery Louise*.

«Zugegeben, aber es dauerte etwa 1800 Jahre, und so lange Urlaub wird man selbst dem Entdecker der Trespili capitales interoculares schwerlich bewilligen.»

3

«Ist doch pädagogischer Unsinn, Kinder in der weiten Welt herumreisen zu lassen! Sie sollen zuerst mal die Schweiz kennenlernen», sagte Franziska entschieden. Es war Sonntagmorgen; wir lagen noch im Bett, während der Nachwuchs schon seit geraumer Zeit im Haus herumtollte.

«Gewiss, gewiss, du hast vollkommen recht», versetzte ich mit hängenden Mundwinkeln. Wie Pfeile mit Widerhaken steckten Maximilians Afrikapläne in meinem Kopf und piekten mich Tag und Nacht auf heimtückische Art und Weise. «Anderseits würde es sich um eine Ausnahme handeln, und Ausnahmen verdauen Kinder gut.»

«Und ausgerechnet nach Südwestafrika wollt ihr? Hast du nicht selbst gesagt, die Luft sei dort ein bisschen bleihaltig? Von der Politik mal ganz abgesehen ...»

«Natürlich würden wir uns nicht gerade Gegenden aussuchen, wo geschossen wird. Im übrigen sterben in der Schweiz jährlich tausend Menschen auf den Strassen, und dennoch fährst du Auto. Schon heute könnte uns ein Besoffener rammen oder ein Geranienkistchen fällt vom Balkon auf unseren Kopf oder man entdeckt eines dieser scheusslichen Viren oder ...»

Franziska hüstelte. «Hör mal, wieso meldest du dich nicht beim Radio für die *Besinnung am Morgen?*»

«Ich meine es durchaus ernst.» Trotzig starrte ich auf die weisse Zimmerdecke. «Man muss doch sein Leben ein bisschen aus Distanz sehen, sub specie aeternitatis, wie Maximilian sagen würde. Und was die Politik betrifft: Vetter Andreas hat nun mal in jener Gegend gewirkt und nicht in Sibirien oder am Amazonas. Zum Teufel, was ist denn jetzt wieder los?» wandte ich mich an Markus, der ins Schlafzimmer gestürzt kam. «Können Mami und ich nicht mal fünf Minuten ungestört miteinander sprechen?»

«Stefan hat mir eine runtergehauen», schnupfte er.

«Das stimmt nicht, er hat mir vorher mein Hemd unter das

Bett geschmissen», verteidigte sich Stefan vom Flur aus.
«Muss ich mir alles gefallen lassen?»
«Und *wer* singt immer Marki-Doofi?»
«Und *wer* hat mir die Finken an den Kopf geworfen?»
«Ruhe! Und zwar sofort! Sonst steige ich aus dem Bett, und
dann passiert was. Klar?» rief ich mit drohender Stimme und
richtete mich zur Bekräftigung auf.
Die beiden traten den Rückzug an.
«Mit einer solchen Rasselbande wochenlang tagtäglich vier-
undzwanzig Stunden in einem Camper eingepfercht sein wie
Mastkälber?» Franziska schob bockig die Hände unter den
Kopf. «Danke für Obst!»
«Oh, wir mieten uns ein Riesending. Überhaupt leben wir ja
meistens im Freien. Und so ungezogen sind unsere Kinder-
lein ja auch wieder nicht. Ich würde sogar sagen, im allgemei-
nen sind sie recht manier ... Himmelsternen, was ist jetzt wie-
der passiert, Alexandra?»
«Ich habe den Kopf am Kasten angeschlagen, weil mich Mar-
kus geschubst hat», heulte sie und kroch zu Franziska ins
Bett.
«Markus, komm her! Sieh mal diese Beule!»
«Sie hat mich ins Bein gebissen.»
«Stimmt das, Alexandra?»
«Ja, aber Markus hat mein Meerschweinchen an seinen Hintern gehalten und gesagt, jetzt wird es erschossen»,
schluchzte sie. «Bekomme ich jetzt eine Hühnerschütterung?»
«Eine was?»
«Eine Hühnerschütterung. Stefan hat es gesagt.»
Ich drückte meinen Kopf einige Sekunden lang ins Kissen,
bevor ich mit strenger Miene Markus befahl, aus dem Kühl-
schrank einen Eiswürfel zu holen und ihn dem Schwester-
chen auf die Beule zu legen.

Drei Wochen lang hatte ich zu kämpfen.
Es gab kleine Fortschritte und viele Rückschläge. Ich lud
Franziska zu einem *Menu surprise* ein und versuchte, mit
einem 74er *Saint-Julien* die Fronten aufzuweichen. Ich nahm
mit der heiteren Gelassenheit eines Märtyrers die Strapazen
eines Kinobesuches auf mich und wurde der Meinung, dass
nordisch Schlafen tatsächlich das Non plus ultra sei. Ich

schleppte verlockende Reiseprospekte nach Hause sowie meinen ehemaligen Schulkollegen Hugo, der mehrere Jahre in Südwest gelebt hatte und dem schon bei der blossen Erinnerung daran die Augen feucht wurden. Wir gingen in den Zoo, wo ich seufzend darauf hinwies, niemand wisse leider, wie lange noch Nashörner in freier Wildbahn zu leben hätten, und wie schön es doch wäre, solchen Tieren im Glast der Abendsonne an einem Wassertümpel Aug im Aug gegenüberzustehen.

Natürlich wäre es schön, aber die Kosten? Und wer würde die Meerschweinchen hüten? Und nach dem Haus sehen? Die Blumen giessen?

Ich spürte, dass das Feuer in ihren Einwänden langsam zusammenfiel. Es folgten einige Tage, die mit Rückzugsgefechten ausgefüllt waren, und nach einem krönenden Samstagmorgen-Kaffee im Zürcher Flughafen, dezent unterstützt durch den Hinweis auf ihre wundervollen fernöstlichen Jahre respektive die Vergänglichkeit des Lebens und den Kerosingeruch, der in Franziska einen kräftigen Fernwehschub auslöste, fiel die Festung.

«Aber zwei Bedingungen stelle ich», hielt sie mit Nachdruck fest: «Erstens wollen wir in unserem Wagen ein Eigenleben führen, und zweitens dürfen die Kinder vorläufig nichts davon wissen. Ich möchte nicht, dass sie damit prahlen wie ein Yuppie mit seinem neuen Jaguar.»

«Haaauuuaaah ...»

«Was hast du?»

«Nichts. Bloss ein selbstkomponierter Schrei der Erleichterung.» Ich packte ihren Kopf mit beiden Händen, zog ihn über den Tisch heran und küsste sie, bis sie sich freizumachen versuchte.

«Bitte, lass mich wenigstens atmen, du Schlingel! Und jetzt häng dich an den Draht! Maximilian und Marie-Rose fiebern nach deiner Zusage.»

«Sofort, tout de suite, subito, immediately!»

Maximilian brüllte vor Freude in den Hörer. «Ihr werdet es nicht bereuen, glaubt mir. Hab' übrigens keine Sekunde daran gezweifelt, dass ihr mitkommen würdet, mein Lieber. Dir lief ja schon an jenem Abend bei euch zu Hause das Wasser im Munde zusammen wie einem Bernhardiner vor einer Wurstmaschine ... Was, stimmt nicht? Natürlich stimmt's ...

Marie-Röschen, Marienkäferchen, sie kommen mit!» hörte ich ihn nach hinten rufen. «Nebenbei: Die ersten Versuche mit dem Echogerät habe ich schon hinter mir.»
«Und, funktioniert's?»
«Bin zufrieden. Ich kann bereits einen Kugelschreiber von einem Lastwagen unterscheiden», versetzte Maximilian locker.
«Gratuliere! Enorm! Hoffentlich lassen sich deine Suchobjekte bis zur Abreise noch etwas redimensionieren. Hab' mal gelesen, dass Diamanten von Lastwagengrösse eher selten seien.»

Franziska verabschiedete sich unter der Haustür. Sie war auf dem Weg ins Schulhaus, wo sie einen Webkurs für Erwachsene gab. «Schick mir die Kinder nicht zu spät ins Bett, und Alexandra bekommt einen halben Löffel Hustensirup.»
«Schon gut, schon gut, wird alles prompt erledigt», versicherte ich aufgeräumt. «Sonst noch ein Wünschchen?»
«Die Buben sollen ihre Schulsachen packen, Stefan hat morgen Turnen, und stellt das Geschirr zusammen und die Milch in den Kühlschrank. Wiederseh'n!»
Grundsätzlich war ich abends müde. Am Montagabend aber war ich grundsätzlich noch müder, da Franziska um halb acht weg in ihren Kurs musste. Das hob zwar ihr Selbstwertgefühl, wie mein Verstand messerscharf feststellte, forderte aber von mir einen Sondereinsatz, der jeweils einen Anflug von Selbstmitleid auslöste.
Heute aber war alles ganz anders. Ich hätte vermutlich auch noch die Fenster geputzt, ein Dutzend Hemden gebügelt und einen Kinderpullover gestrickt.
Ich schwamm in durch die Jahre vergoldeten und von allem Unangenehmen filtrierten Erinnerungen an frühere Reisen, dachte zurück an sandige Pisten und strohgedeckte Teehütten, an Polizeiposten mit weissgekalkten Wänden und langsam kreisenden grossflügligen Ventilatoren an der Decke, an frühmorgendliche Pirschfahrten nach grunzenden Nilpferden, an Tropengewitter, die den nächtlichen Urwald erleuchteten, an keuchende Raddampfer auf dem Zaire, klapprige Fähren über den Logone und durchzechte Zikadennächte auf hölzernen Hotelterrassen.
Die Aussicht, wenigstens eine homöopathische Dosis davon

zu erhalten, hatte mich in einen Zustand beträchtlich verminderter Zurechnungsfähigkeit versetzt.

Ich kehrte ins Esszimmer zurück, wo sich Markus und Stefan auf dem Boden balgten. Barbara spielte dazu auf der Elektro-Orgel im Einfingersystem «Alle meine Entlein», während Alexandra mit kompottbeschmierten Lippen die Blockflöte zum Heulen brachte.

Die Hände in die Seiten gestützt, blickte ich eine Weile gemütlich über das Tohuwabohu. «Kinderchen, hört mal her... Aufhören, bitte... Auch du, Barbara! So, passt auf. Wir haben noch einiges zu tun, aber wenn wir gut organisieren, sind wir schnell fertig. Dann können wir spielen.»

«Erzählst du uns dann eine Geschichte? Eine ganz lange?» fragte Markus.

«Erpresser! Aber heute gibt's tatsächlich eine superlange. Also: Geschirr in die Küche tragen, zusammenstellen, Milch in den Kühlschrank, Tisch abwischen. Du, Stefan, holst mir ein Bier im Keller, ich werde unterdessen...»

«...auf dem Sofa liegen», versetzte Barbara kühn und zog dann, etwas verlegen lachend, die Schultern hoch.

«Frechdachs! Ich muss doch für euch eine schöne Geschichte aussuchen, oder?... Was könnte ich denn heute... Nein, den Diener Anton lassen wir mal aus... Moment, ich hab's! Markus, bring aus meinem Büro den Globus.»

Eine Viertelstunde später war die Arbeit getan. Ich lag auf dem Sofa, in den Händen eine Kopie des Buches von Vetter Andreas, die mir Maximilian geschickt hatte. Wie junge Katzen krabbelten und kletterten die vier Kinder auf mir herum, um sich einzunisten, möglichst warm und die Füsse irgendwo unter meinem Körper.

«Heute gibt's was ganz Spezielles — pass ein bisschen auf, Markus, sonst fallen mir die Blätter runter —, ich lese euch aus diesem Buch vor, das Vetter Andreas, ein Onkel meiner Grossmutter, geschrieben hat.»

«Aber, das ist ja gar kein Buch», reklamierte Barbara.

«Onkel Maximilian hat das richtige Buch kopiert, sozusagen die Seiten einzeln fotografiert.» Ich schob mir ein zweites Kissen unter den Kopf. «Stellt euch vor, wir wären in Hamburg, einer Stadt am Meer. Dort bestieg vor etwa hundert Jahren Vetter Andreas ein Segelschiff, um eine lange, lange Reise bis hinunter nach Südafrika zu machen. Mitten im Atlantik, so heisst das Meer – Stefan, zeig es mal! –, brach ein gewaltiger Sturm los.»

«Ist er ertrunken?» Ängstlich drückte Alexandra ihr Köpfchen an mich.

«Spatzenhirn!» warf Markus überlegen ein. «Dann hätte er doch kein Buch darüber schreiben können.»

«Richtig. Aber ein Spatzenhirn ist Alexandra deswegen nicht, verstanden?»

«Wie hiess das Schiff?»

«*Adolph*. Eine Brigg war es, ein mittelgrosses Segelschiff mit zwei Masten. Nebst Maschinen und vorfabrizierten Häusern hatten sie auch noch 500 Fässchen Pulver an Bord. Die durften sie aber erst ausserhalb des Hafens einladen. Jetzt aber zur Geschichte. Wir sind im Jahre 1886:

Schon am Morgen des 17. Oktober wurde die See furchtbar gepeitscht. Unser Schiff war wieder das Spiel der Wellen, doch es sollte noch anders kommen. Nachmittags zwei Uhr brach unter fürchterlichem Krachen der Vormast, der im Fallen das Schiff auf die Steuerbordseite mit sich riss, so dass das Fahrzeug den unmittelbar auf das Deck stürzenden Wogen schutzlos preisgegeben war. Wir glaubten uns alle verloren. Die Brustwehr der Steuerbordseite stand schon tief unter Wasser. Der überhängende Mast mit dem schweren Segelwerk drohte das Schiff jeden Augenblick kielüber zu reissen. Aber wie auf einen Schlag waren alle auf Deck und jeder stellte seinen Mann. Die donnernden Kommandos des Kapitäns wurden pünktlich und ruhig ausgeführt; nach wenigen Augenblicken waren Teer- und Drahttaue gekappt, so dass sich das Schiff wieder aufrichten konnte. Noch einige Minuten, und wir waren vorläufig gerettet...

Um halb neun legte ich den Blätterstoss auf den Tisch. «Schluss für heute.»

«Nur noch eine Seite ... eine halbe, nochmals das Bild, bitte!»

«Schluss hab' ich gesagt.» Ich schälte mich aus dem Gemisch von Kindern, Kissen und Puppen heraus. «Kommt, ich spiele Segelschiff und trage euch einzeln hinauf, und vor dem Bett machen wir Schiffbruch. Zuerst die Mädchen, dann die Buben.»

Zwei klassizistische Säulen umrahmten das Portal, über dem in wuchtigen Lettern *Schlossberger Stadtmuseum* geschrieben stand. Ich läutete. Es dauerte eine Weile, bis Maximilian öffnete.

«Entschuldige, Fridolin, Marie-Rose hat heute frei, und ich war in der Werkstatt.» Er rieb sich die Hände an einem Handtuch trocken. «Bin eben am Reparieren des ersten Schlossberger Telefons. Tritt ein in die heiligen Hallen!»

Er ging voraus und führte mich in sein Büro. Auf dem Arbeitstisch lag ein mächtiger Halblederband mit goldgeprägtem Rücken, daneben Karten und Prospekte. Maximilian hatte mich eingeladen, um über die Reiseroute zu sprechen.

«Setz dich.» Er wies mit der Hand auf einen alten Holzstuhl mit geflochtener Sitzfläche. «Natürlich nicht so vornehm wie bei dir in der Kommerzbank. Kaffee? Das Museum verfügt über eine ausgezeichnete Espresso-Maschine.»

«Gern, und ein Glas Wasser dazu.» Ich setzte mich und warf einen Blick auf den dicken Band. Es war ein *Andrees Handatlas* von 1899. «Gehört er dir?»

«Nein, dem Museum. Er dürfte etwa die geographische Situation von Vetter Andreas' Zeiten wiedergeben.» Die Kaffeemaschine schnarrte. Maximilian stellte die beiden Tassen und ein grosses Glas Wasser auf den Tisch und setzte sich die Lesebrille auf die Adlernase. Wir sprachen kurz über dieses und jenes, während er den *Andrees* aufklappte. «Hier haben wir die Kalahari, da oben die Etoscha-Pfanne mit dem Ort Amutoni – heute Namutoni, und etwas nördlich davon einen Fluss, der in die Senke fliesst.» Er zeigte mit einem Kugelschreiber auf die blaue Linie. «Dort ungefähr, auf siebzehn Grad östlicher Länge, muss die Löwengeschichte passiert sein.» Er hob den Kopf und blickte mich pfiffig an. «Und das ist ein Ort, der auch heute ohne weiteres aufgesucht werden kann.»

«Und neben den Gebeinen liegen deine Diamanten bereit, alles hinter einem schmiedeeisernen Gitter, mit einem Hinweisschild unter einem Rosenbäumchen?»

«Spotte nicht, alter Junge, die Programmierung meines Echogerätes macht bedeutende Fortschritte. Es kann bereits einen Stahlnagel von einem Zahnstocher unterscheiden. Aber zurück zum Thema. Im wesentlichen hat unser Vetter Andreas drei Strecken bereist. Erstens, hier, als Viehtrecker, die Route von Walvisbaai über Namutoni an den Okavango hinauf, dann diesem entlang, südlich um das Okavango-

Delta herum, längs des Nordrandes der Kalahari nach Pala-
pye. Zweitens, als Bahnbauer, die Strecke von Lüderitzbucht,
damals Angra Pequena, bis Keetmanshoop – von hier bis
hier –, und drittens, als Jagdführer, das Gebiet nördlich von
Upington bis tief in die Kalahari hinein.»
Maximilian legte den Kugelschreiber auf den Tisch und
lehnte sich zurück. «Wieviel können wir davon mit einem
vernünftigen Aufwand an Zeit und Mitteln besuchen?»
Ich griff nach der Michelin-Karte von Zentral- und Südafrika
und entfaltete sie. «Ich habe mir bereits einige Gedanken
gemacht und auch Erkundigungen eingezogen. Eigentlich
lässt sich recht viel machen. Vergessen kannst du allerdings
das Grenzgebiet zu Angola, und auch auf die Strecke durch
Botswana möchte ich im Camper und mit Kindern lieber verzichten. Eine entsprechende Infrastruktur fehlt dort vorläufig noch.»
Nach zwei Stunden hatten wir uns auf eine provisorische
Route geeinigt, die von Upington über den Kalahari Gems-
bok Park in die Etoschapfanne hinauf führte und von dort
aus über Walvisbaai und Lüderitz wieder zurück.
Maximilian rieb sich strahlend die Hände. «Die Sache nimmt
langsam Form an. Ich glaube, wir könnten darauf anstossen.»
Er erhob sich und ging zum kleinen Kühlschrank. «Hab'
immer einen kleinen Vorrat in Griffweite, zur Feier von sensationellen Funden.»
«So viele werden es nun auch wieder nicht sein.»
«Eben.»
Nachdem wir uns zugeprostet hatten, verriet er mir, dass er
sich bereits nach einem geeigneten Fahrzeug umgesehen
habe. «Natürlich werd' ich eine ganze Menge verändern müssen, damit es meinen Vorstellungen entspricht. Dir würde ich
auch raten, beizeiten einen Camper zu reservieren.» Er nahm
die Flasche und füllte die kleinen schlanken Gläser wieder
auf.
«Nächste Woche werde ich mal den Kopf in ein Reisebüro
stecken.»
«Reisebüro?» Maximilian zog die Brauen hoch. «Selbst ist
der Mann. Das können wir doch gleich von hier aus erledigen. Telefonnummern hab' ich zur Genüge.»
«Von Johannesburg und Windhoek?» fragte ich zweifelnd.
«Natürlich. Hier in diesen Broschüren und Prospekten. ‹Was

du tust, das tue bald!› Johannes 13,27. Steht in meinem Orator Urbanus.»

Ich stutzte. «Hör mal, zwei Stunden haben wir hier über die Route gequatscht, und nie hast du dein Meisterwerk erwähnt. Und jetzt, nach zwei Gläsern Weisswein ...»

«Gratuliere zu deiner Beobachtungsgabe, Hercule Poirot.» Er lächelte entwaffnend. «Für mich ist der Orator Urbanus nicht bloss ein Meisterwerk, sondern ein Lebenswerk. Jahrelang ging ich schwanger mit all den Zitaten, und sie lagern immer noch zu Hunderten in meinem Hinterkopf, wie ... äh, wie in einer Flasche, und mein Wille ist der Zapfen. Zwei, drei Gläser lockern den Verschluss, und ich tu mir keinen Zwang mehr an. Marie-Rose hat übrigens resigniert. Weitgehend, wenigstens.»

«Mich stört's nicht», sagte ich lachend. «Aber zurück zum Telefon: das würde, meine ich, eine hübsche Stange Geld kosten.»

«Dafür kriegst du deine Kiste billiger. Für alle Fälle haben wir den Tax-Zähler.» Er markierte einige Nummern von Vermieterfirmen. «Weisst du, Fridolin, für mich ist auch im Zeitalter der weltweiten Kommunikationsmöglichkeiten der Gedanke faszinierend, über Sahara und Urwald und weiss Gott was hinweg mit Leuten auf der anderen Kugelhälfte sprechen zu können. Wenn du gestattest, erledige ich das für dich.» Ohne auf meine Antwort zu warten, begann er die erste der Johannesburger Nummern zu wählen. «Hallo?»

Die Verständlichkeit schien schlecht zu sein, ausserdem hämmerte der Tax-Zähler wie ein Maschinengewehr. Schliesslich legte Maximilian wieder auf. «Versuchen wir's mit der nächsten.»

Diesmal klappte es. Leider war der Boss beim Golfspielen.

Bei der dritten Nummer antwortete zwar eine zuständige Dame, aber sie wollte die Anfrage schriftlich.

«Probieren wir es in Windhoek.»

«Hallo? Guten Tag. ... Dr. Maximilian Meyer-Bergius – die sprechen perfekt Deutsch», sagte er bewundernd zu mir, als er gebeten worden war, zu warten. Der Tax-Zähler liess sein Staccato hören. «Hallo? ... Ja, Dr. Maximilian Meyer-Bergius, ich möchte gern ... Verdammter Mist!» Wütend knallte er den Hörer auf die Gabel. «Irgendein Idiot hat uns unterbrochen.»

«Was rät der Orator Urbanus in einer solchen Situation?»

Maximilian kratzte sich am Kopf und überlegte. «‹Die Hartnäckigen gewinnen die Schlachten›. Napoleon. Diktier mir die nächste Nummer.»
«Vergiss ob deines Napoleons nicht die Gesetze der Ökonomie», warnte ich. «Ich schlage vor, wir machen noch zwei Versuche, dann geben wir es auf.»
Er nickte. «Einverstanden, sagen wir noch – drei?»
«‹Eine stolz getragene Niederlage ist auch ein Sieg›», versetzte er eine Viertelstunde später unverfroren. «Wieviel haben wir denn jetzt auf dem Zähler?»
Zaghaft blickte ich auf die kleinen bösen Zahlen. «Dreihundertzwölf Franken achtzig», murmelte ich, nachdem ich mir zweimal die Augen gerieben hatte.

4

«I am happy», dozierte ich an einem Sonntagnachmittag im Januar. Franziska war auf Besuch bei ihren Eltern, und ich versuchte, den Kindern einige Wörter Englisch beizubringen, damit sie wenigstens «Guten Tag» sagen oder nach dem Weg fragen konnten. Möglicherweise geisterte in meinem Hinterkopf auch die Überlegung, dass sie, wenn sie schon einige Wochen in Afrika umherreisen durften, gefälligst etwas dafür tun sollten.
Vor dem Fenster wirbelten Schneeflocken, im Kachelofen knisterte und prasselte eine eben eingeschobene Staude. Tee und ein Teller mit übriggebliebenem Weihachtsgebäck standen auf dem Tisch, um den wir fünf sassen. Jeder hatte ein Büchlein *Englisch für Kinder* vor sich, dazu ein Blatt Papier, Kugelschreiber und Farbstifte. Da die Mädchen erst einzelne Buchstaben kannten, durften sie die Bilder ausmalen.
«Beginnen wir. Stefan: Ich bin glücklich. I am happy.»
«I am happy.»
«Gut. Jetzt Markus.»
«I am happy.»
«Barbara!»
«I am happy.»
«Wunderbar. Jetzt noch Alexandra.»
«Was heisst das schon wieder?» fragte sie und steckte den Finger in die Nase.

«Nicht in der Nase bohren. Das heisst: Ich bin glücklich.»

«Aber, wenn ich es nun nicht bin?» entgegnete sie mit ernster Miene und schielte nach dem Teller mit den Zimtsternen und Mailänderli.

Ringsum Gelächter.

«Wir üben ja bloss, Alexandra. Also, sag schön nach: I am happy. Oder wenn du lieber willst: I am not happy. *Not* heisst nicht, also: Ich bin nicht glücklich.»

«I am not happy.»

«Sehr schön. Aber den Finger aus der Nase. Und jetzt darf jedes einen Zimtstern nehmen. Einen, hab' ich gesagt. Markus, ‹berührt ist geführt› heisst es beim Schach. Wenn jeder da mit seinen Händen... Jetzt zur nächsten Seite. Oben seht ihr ein Mädchen. Es heisst Mary Brown. Stellt euch vor, ihr wäret das. Wenn ich also frage: ‹Who are you?› antwortet ihr: ‹I am Mary Brown›. Kapiert? Beginnen wir bei Alexandra.» Aufmunternd blickte ich die Kleine an.

«Who are you?»

«I am *not* Mary Brown. I am *not* happy», sagte sie langsam, ohne mit der Wimper zu zucken. «Wieso müssen wir eigentlich Englisch lernen?»

«Ich habe es euch doch gesagt. Wahrscheinlich... äh, möglicherweise machen wir eine grosse Reise an einen Ort, wo man Englisch spricht.»

«Könntest du uns nicht endlich verraten, wohin diese Reise gehen soll?» fragte Markus ungeduldig. «Immer diese Geheimniskrämerei.»

«Versteht doch: wenn man in einem Dorf wie Wintikon lebt, muss man ein bisschen auf die andern Leute Rücksicht nehmen, vor allem wenn man, wie wir, erst kürzlich zugezogen ist. Mami und ich möchten nicht, dass ihr das rumerzählt und wir dann dauernd mit Fragen und guten Ratschlägen bombardiert werden. Die werden dann ohnehin sagen, wir spinnen. – Who are you? Markus!»

«I am Mary Brown. – Dürfen wir wenigstens raten, wohin die Reise geht?»

«Von mir aus, aber ich sage dazu weder ja noch nein», sicherte ich mich ab. Schliesslich hatte ich Franziska mein Wort gegeben. «Ihr werdet es ohnehin nie herausbringen. Aber es wird etwas Grandioses sein!»

«Zeichnen dürfen wir es auch?» sagte Stefan.

«Zeichnen?» Ich stutzte. «Zeichnen? Von mir aus, aber erst nach der Englischstunde. – Who are you? Stefan!»
Eine halbe Stunde genügte fürs erste. Lehrer und Schüler waren erschöpft. Stefan verschwand in seinem Zimmer und kehrte nach einer Viertelstunde mit einem Blatt Papier in der Hand zurück.

«Vati, ich hab's gezeichnet», sagte er unverfänglich und blinzelte zu Markus hinüber, der mit Barbara zusammen einträchtig seine Finger leckte, um die Gebäckkrümel aus dem Teller aufzutupfen.

Himmelherrgottnochmal! Das Bürschchen hatte fein säuberlich unsere geplante Reiseroute aufgezeichnet, die Umrisse Afrikas, den Flug über Nairobi nach Johannesburg, sogar die Etoschapfanne...

Vaterstolz kämpfte mit erzieherischer Konsequenz. Ersterer siegte. Ich kapitulierte. «Du hast recht, Stefan. Übrigens heisst die Hauptstadt Äthiopiens nicht *Adidas Abeba,* sondern *Addis Abeba.* Jetzt sag mir aber ganz ehrlich» – ich fasste den Knaben scharf ins Auge – «woher weisst du es? Hat Onkel Maximilian getratscht?»

Verlegen betrachtete er seine Fussspitzen. «N-ein... weisst du... wir wissen es eigentlich alle schon lange, aber wir wollten euch eine Freude machen und haben nichts gesagt. Du hast ja immer so Prospekte nach Hause gebracht und Karten, und manchmal haben wir... äh, auch ein bisschen gehorcht, wenn du mit Mami darüber gesprochen hast.»

«Lausebengel!» Ich gab ihm einen liebevollen Klaps. «Die Hauptsache ist, ihr habt es niemandem erzählt.» Ein blitzschneller Verschwörerblick zu Markus erweckte meinen Argwohn. «Oder habt ihr es vielleicht doch jemandem...?»

Wieder richtete sich sein Blick auf die Schuhspitzen. «Aber nur dem Norbert, und er hat versprochen, es nicht weiterzusagen. Weisst du, er hat geblufft, er gehe in den Ferien auf die Kanarischen Inseln, und da habe ich halt...»

«So, so. Und der Norbert hat es dem Michael gesagt, und der Michael der Marianne, und die Marianne dem Paul, und jetzt wissen es schon alle, mitsamt dem Lehrer. Stimmt's?»

«Aber alle haben geschworen, es nicht weiterzusagen», kam ihm Markus tapfer zu Hilfe.

Ogottogott! Wahrscheinlich sind Franziska und ich die einzigen in Wintikon, die noch glaubten, das Ganze sei ein

Geheimnis, fuhr es mir durch den Kopf. Na, wenn schon. Einmal musste es raus. Und jetzt war es wohl besser, wenn ich in die Offensive ging.

«Setzt euch alle wieder um den Tisch. Wir wollen uns zusammen die Reiseroute ansehen. Wo ist Alexandra?»

«Oben, in ihrem Zimmer. Sie frisiert ihre Puppe.»

«Sie soll auch kommen.»

Alexandra wollte nicht. «I am Mary Brown. I am happy hier oben», rief sie zurück.

Schliesslich hörten wir, wie sie mit aufreizender Langsamkeit die Treppe hinuntertappte.

«Komm, Alexandra, setz dich auch hin. So, und nun hört zu: Wer von euch möchte mit Mami und mir und Tante Marie-Rose und Onkel Maximilian nach Afrika, um Elefanten und Giraffen und Löwen zu beobachten?»

Während die drei Grösseren in ein Freudengeheul ausbrachen, blieb die Kleine eine Weile stumm und drückte die frisch frisierte Puppe an ihr Herz. Schliesslich sagte sie mit fester Stimme: «Nur, wenn die Löwen nicht beissen!»

«Keine Angst, die Löwen können uns nichts antun», beruhigte ich sie.

«Wieso haben sie dann Vetter Andreas gefressen?»

«Weil... äh, damals...»

«Vetter Andreas hatte kein Auto», fiel mir Markus ins Wort.

«Genau. Und jetzt zeigt uns Stefan auf seiner schönen Zeichnung, wo's lang geht.»

Er tat es, wobei ich hinzufügte, dass Onkel Maximilian und Tante Marie-Rose übers Meer reisen würden, mit einem Frachter.

«Was ist das, ein Frachter?» fragte Barbara.

«Ein Schiff, das Waren transportiert: Kisten, Container, Bananen und so weiter. Aber auch Autos, Lokomotiven, Maschinen...»

«Und die haben alle Platz?»

«Ja. Nur das Beladen ist eine Wissenschaft.» Ich blickte zu den beiden Buben hin. «Wenn ein Frachter fünf Häfen anläuft: In welcher Reihenfolge muss dann geladen werden? Ich meine, was kommt zuoberst?»

Die beiden dachten angestrengt nach.

«Die Eier!» platzte Alexandra triumphierend in die Stille hinein.

«Die was?»

«Die Eier. Zuoberst kommen immer die Eier. Mami macht das auch so, wenn sie einkaufen geht», belehrte sie uns selbstbewusst.

Das Klingeln des Telefons unterbrach unsere schiffstechnischen Erörterungen. Maximilian war am Apparat.

«Ich wollte dir schon gestern telefonieren, musste aber eine längere Sitzung über mich ergehen lassen...»

«Wegen der Löwenhaare?»

«Nein, Schriftstellertreff. Bin Mitglied seit meinem Orator Urbanus.»

«War's wenigstens interessant?»

«Interessant?» Er schien zu überlegen. «Genügt es dir, wenn ich dir sage, dass Schriftsteller noch grössere Psychopathen sind als Lehrer? Sie pflegen ihre Wehwehchen, sind der festen Überzeugung, dass ihr Seelenleben unvergleichlich komplizierter sei als das ihres Briefträgers oder Bäckers und erfreuen sich gegenseitig in Workshops am Wiederkäuen von demontierten Vaterbildern, zartgebauten Freundschaften und esoterischen Frauenträumen. Nachholbedarf der Provinz.»

«Aber hör mal! Du warst doch beides!»

«Was meinst du, woher ich so gut Bescheid weiss? Aber lassen wir das. Ich habe Post gekriegt aus England. Die St. Helena Shipping schreibt, ihr Kahn fahre später als vorgesehen und erreiche Kapstadt erst Mitte Juli. Das heisst, ihr solltet euren Abflug um zwei Wochen hinausschieben.»

Nach dem Abendessen besprach ich die neue Situation mit Franziska. «Mein Chef ist grosszügig, da sehe ich kaum Schwierigkeiten. Für die Kinder stellen wir ein Gesuch an den Schulrat. Du als ehemalige Lehrerin kannst ihnen ja das Fehlende beibringen.»

Franziska legte die Stirn in Falten und schüttelte den Kopf. «Deinen Optimismus möchte ich haben! Ich hab' seinerzeit meine Erfahrungen gemacht. Für einen durchschnittlichen Schweizer Schulrat stürzt die Welt ein, wenn er einen Urlaub bewilligen muss. Die kleben zäher an ihren Paragraphen als Kaugummi an der Schuhsohle.»

«Aber, aber», sagte ich besänftigend, «du hast vielleicht einfach Pech gehabt. Bestimmt sind nicht alle so.»

«Frag doch mal Walter, wie er es als Swissair-Pilot hält!»

«Das werde ich gleich tun.» Entschlossen schritt ich zum Telefon.

Missgelaunt kehrte ich nach zehn Minuten an den Tisch zurück. «1:0 für dich, Franziska. Walti scheint mit dem Schulrat im Dauerclinch zu liegen. Er gab mir den dringenden Rat, einfach abzuhauen und die Busse gleich ins Reisebudget aufzunehmen.»

5

Eine strahlende Juni-Sonne schien auf das sieben Meter lange Humboldt-Reisemobil, das auf dem Vorplatz der Garage stand. Es war auf Hochglanz poliert und hätte sich mit seinem hellen Beige als Lieferwagen für einen Schokoladefabrikanten geeignet, wären da nicht die schwarzen Zebra-Streifen gewesen, die das Fahrzeug in Steppe und Busch tarnen sollten und ihm den Ruch des Abenteuerlichen verliehen. Auf einem weissen Gartentisch, in dessen Mitte ein rot-gelber Sonnenschirm steckte, standen etliche Flaschen, dazu ein Kübel mit Eis und mehrere kleine Platten mit Appetithäppchen, Käse, Früchten und Kuchen, womit sich die vier Kinder seit unserem Eintreffen beharrlich die Bäuche vollstopften und T-Shirts und Hosen bekleckerten.

Maximilian und Marie-Rose hatten uns, eine Woche vor ihrer Abreise, zur Taufe ihres Campers eingeladen. Der feierliche Akt fand nach einem längeren Begrüssungstrunk statt.

«Ich taufe dich auf den Namen *Maroma!*» schmetterte Maximilian aus voller Kehle, als ob er dies einigen hundert Gästen hätte verkünden müssen. Marie-Rose hob die Sektflasche, die an einer an der Dachreling befestigten Schnur baumelte, und liess sie höchst effektvoll gegen die schwarzgestrichene Stossstange fallen.

«So möge uns denn *Maroma* in das Land unserer Träume führen», fuhr Maximilian fort. «In die Steppen, wo Verwandte meiner weltberühmten Panthera leo fossilis unseren heissgeliebten Vetter Andreas... äh, metamorphierten. Gott sei seiner Seele gnä...»

«Pass auf, du Festredner, du trampelst in den Scherben herum», warnte Marie-Rose mit sanfter Stimme und zog ihn zur Seite.

«Gott sei seiner Seele gnä...»

«Was heisst eigentlich *Maroma*?» platzte Barbara hinein, während sie mit der Zungenspitze versuchte, ihr Kinn vom Safte frischer Erdbeeren zu säubern.

«Das ist eine Abkürzung von Marie-Rose und Maximilian», erklärten Stefan und Markus laut und stolz über ihr Wissen.

Etwas ungehalten setzte Maximilian zum dritten Mal an: «Gott sei seiner armen Seele gnädig... Verdammt, was wollte ich denn noch sagen?»

«Amen», schlug Marie-Rose mit sanfter Stimme vor.

«Bitte, du linke Gehirnhälfte!» Er warf ihr einen tadelnden Blick zu und räusperte sich. «So lasset uns denn schliessen mit einem Wort des Dichterfürsten:

Lasst mich nur auf meinem Sattel gelten!
Bleibt in euren Hütten, euren Zelten!
Und ich reite froh in alle Ferne,
über meiner Mütze nur die Sterne.

«Dürfen wir jetzt hineingehen?» bettelte Stefan, der annahm, dass der offizielle Teil beendet war.

«Ihr dürft! Aber stellt die Gläser auf den Tisch und ... äh, vielleicht wäscht ihr vorher eure Hände.» Aufmunternd streichelte Maximilian über Alexandras Blondschopf und nahm ihr mit zwei Fingern das klebrige Glas weg.

Er hatte zusammen mit Marie-Rose dem Humboldt-Reisemobil einige individuelle Züge verliehen, wie er es nannte. Unverändert war der Alkoven über der Führerkabine mit dem Doppelbett, der Küchenblock im Heck sowie auf der linken Seite Dusche und Esstisch. Hingegen fehlte der bei dieser Wagengrösse übliche zweite Tisch. Statt dessen war vorne links eine Bibliothek eingebaut.

«Vor allem Dünndruck-Ausgaben und das halbe Reclam-Programm, aus vielen Sachgebieten», verkündete Maximilian selbstbewusst. «Jedes in einer Plastikkiste mit einer bestimmten Farbe. Belletristik, Naturwissenschaften, Lexika, historische Werke, technische Handbücher, Grammatiken undsoweiter.»

«Jules Vernes Kapitän Nemo lässt grüssen», murmelte ich vor mich hin.

«Selbstverständlich», grinste Maximilian. «Nicht zu vergessen auch die menschliche Sehnsucht nach dem Arche-Arche-typus, wenn ich mir die schöne Wortbildung gestatten darf. – Nein, Stefan, den Donald Duck habe ich unverzeihlicher-weise vergessen. Aber ich werde es nachholen.» Er wies mit der Hand auf die rechte Längsseite. «Komplett eingerichtete Werkstatt. Hab' mir schon überlegt, ob ich nach unserer Rückkehr damit nicht auf die Stör gehen soll.»

Von Schraubstock über Bohrmaschine bis zu Schweissgerät und Mini-Drehbank war alles vorhanden, dazu ein kleines chemisches Labor und eine hübsche Anzahl von Messgerä-ten. Ein Schubladengestell, so hoch wie das Wageninnere, befand sich neben der Eingangstür und enthielt, wie Maxi-milian versicherte, eine für jede erdenkliche Situation ausreichende Auswahl an Schrauben und Nägeln und Klammern und Klemmen und Steckern und Muffen, ausser-dem Kabel verschiedener Farben und verschiedenen Quer-schnitts, dazu Leime und Dichtungsmassen für alle gängigen Materialien.

Halb schmunzelnd, halb staunend schüttelte Franziska den Kopf. «Den Computer vermisse ich.»

Er öffnete eine Tür auf Tischhöhe. «Es sind zwei, einer davon tragbar. Mit Drucker, selbstverständlich.»

«Und der Diamantensucher?... Lass das, Markus! Lehn dich nicht an den Schalter, Barbara!»

Maximilian runzelte die Stirn. «Das Echo-Gerät ist noch in der Werkstatt, zusammen mit dem kleinen Elektrowagen. Das Programm läuft mir noch zu wenig fein.»

«Elektrowagen? Wo willst du denn das Ding verstauen? Komm runter, Stefan!»

«In der ‹Garage›, einem grossen, von aussen zugänglichen Stauraum im Heck mit einer kleinen, ausziehbaren Rampe. Ich werd's euch nachher vorführen.»

«Und wenn dein tonnenschweres Traumschiff im Sande der Namib oder der Kalahari strandet?»

«Kein Problem. Ich habe mir einen jener Nylonsäcke besorgt, die du unter das Chassis legst und über einen Schlauch mit dem Auspuff verbindest. Der kleine Überdruck hebt die Karre, wie wenn sie aus Styropor wäre. Aber du kennst das ja wohl bereits.»

«Ehrlich gesagt, nein. Wir haben uns vor zwanzig Jahren mit Drahtgeflecht, Gummimatten und Spaten beholfen.»

«Dann danke Gott, dass er mich dir über den Weg geführt hat», sagte er grinsend. «Du mit deinen Steinzeitmeth...»
Franziska stiess einen Schrei aus. «Himmel, hast du den Wassertank auf dem Dach? Es regnet!» Sie huschte zur Tür.
Maximilian stutzte einige Sekunden, dann machte er sich am gross dimensionierten Elektropaneel zu schaffen.
«Entschuldige, bitte,die Sprinkleranlage. Bin eben daran, eine akustische Steuerung einzubauen. Vermutlich ein Wakkelkontakt bei einer einzelnen Düse. Jedenfalls seht ihr, dass sie funktioniert», fügte er unverfroren hinzu.

Am 20.Juni morgens um sechs schreckte uns und unsere Nachbarn im Umkreis von dreihundert Metern der durchdringende Schall eines Zweiklanghornes aus den Federn. Hunde begannen zu kläffen, Hähne zu krähen, die Kinder rannten zu uns ins Zimmer.
«Ist die Bank überfallen worden? Brennt es? Ein Unfall? Krieg?»
Mitnichten.
Maximilian und Marie-Rose waren mit ihrer *Maroma* auf dem Weg nach England, wo sie sich in Avonmouth einschiffen wollten.
«Hab' mir sagen lassen, auf grosser Fahrt sei eine solide Hupe wichtiger als der Motor», erklärte Maximilian und observierte unter halbgeschlossenen Lidern hervor die verschlafenen Köpfe, die uns von den Nachbarhäusern herab mit drohenden Mienen anstarrten. «Mit Kompressor, versteht sich. Ohne säuselt das Ding nur. Soll ich nochmals...?»
«Ja, ja. Darf ich mal?» bettelten die Kinder unisono.
«Untersteht euch...!» Warnend hob ich den Finger.
Franziska brachte eine Kanne Kaffee zum Wagen, wir wechselten noch einige Worte, wünschten alles Gute, dann setzte sich Maximilian ans Steuer.
«*Maroma* lichtet den Anker, Kinder! Auf geht's nach Afrika. Mitte Juli sehen wir uns, so Gott will, in Kuruman.» Er hob elegant die Linke, um zu grüssen, und drückte flott auf den Gashebel.
«Stopp, stopp!» brüllte ich und schwenkte wie wild die Arme. «Die Halteverbots-Tafel, oben!»
Einige Sekunden lang winkte Maximilian begeistert zurück. Anscheinend hielt er mein Winken für das Zeichen eines

besonders herzlichen Abschieds. Schliesslich trat er auf die Bremse. «Was ist denn los?»

Eilends ging ich zum Wagen. «Hoffentlich nichts Schlimmes. Du hast vor der über die Strasse hängenden Halteverbotstafel parkiert und sie beim Wegfahren vergessen. Warte einen Moment, ich steig' hinauf.»

Ich kletterte über die Heckleiter aufs Dach. Die vordere Plastikhaube hatte einen Sprung bekommen, sonst war alles heil geblieben.

«‹You can't make an omelet without breaking an egg›», versetzte Maximilian mit Galgenhumor, nachdem er sich vom ersten Schreck erholt hatte. «Ich werde das Ding unterwegs in Basel ersetzen lassen und das Ganze als einen Tribut an die Reisegötter betrachten. Ist doch viel humaner als eine Jungfrau im weissen Gewande zu schlachten, oder?»

Während Marie-Rose und Maximilian durch den Atlantik dampften, verwandelte sich unser Spielzimmer in ein Warenlager, mit dem man eine mittelgrosse Reisegruppe für ein Himalaya-Trekking solide hätte ausrüsten können.

«Bist du sicher, dass die Kinder drei Pullover brauchen?» knurrte ich gereizt. Ich war eben müde und hungrig aus dem Büro nach Hause gekommen. Das Wetter war drückend, und der Anblick von zwölf Kinderpullovern erhöhte meine innere Spannung beträchtlich, als ich vorsichtig wie ein Storch über die am Boden gestapelten Bücher, Spielzeuge, Lebensmittel, Kleider und Schuhe balancierte, um einen gekauften Zweikomponentenkleber in die Werkzeugtasche zu stecken.

Franziska musterte auf den Knien Handschuhe und Wollmützen. «Falls du es noch nicht wissen solltest: Es ist im Sommer Winter auf der Südhalbkugel», gab sie ebenso gereizt zurück. «Aber vielleicht könntest du einige Kilo weniger Eisenschrott mitschleppen oder wenigstens die Fusspumpe zu Hause lassen. Schliesslich hat Maxmilian eine fahrbare Schlosserwerkstatt bei sich.»

Ich stemmte aggressiv die Fäuste in die Hüften. «Maximilian, Maximilian ... der kann mir kreuz und quer! *Ich* habe vier Kinder bei mir, und wenn der liebe Onkel Maxi mit seinem Frachter absäuft oder in Kapstadt seine *Maroma* zu Kleinholz fährt, bin ich allein auf mich angewiesen. Ich hab' früher all meine Buschfahrten seriös vorbereitet und bin damit gut gefahren.»

«Früher, früher! Hör mir auf damit! Wir leben heute, und in Johannesburg oder Windhoek gibt's auch Gabelschlüssel und Pumpen.»

«Auch Pullover und Papiertaschentücher und Gummibettflaschen.»

Franziska brach in Tränen aus, schmiss Handschuhe und Mützen auf den Boden und stand auf. «Ich hab' genug», heulte sie. «Du kannst alleine gehen.»

«Das werd' ich auch», versetzte ich wütend. «Nämlich in den *Roten Löwen*. Wiederseh'n!»

Eine Stunde später sassen wir wieder einträchtig am Stubentisch beieinander. Das drückende Wetter hatte sich in ein Gewitter aufgelöst. Der Regen prasselte herunter.

«Wir beide sind etwas nervös in letzter Zeit», sagte ich müde, während ich den Deckel von der Senftube schraubte. «Man könnte meinen, es sei das erste Mal, dass wir in die Ferien verreisen.»

«Vergiss den kleinen Unterschied nicht, ich meine, ob du mit dem Auto von der Haustür weg nach Rimini fährst oder für zwei Monate flugzeugtauglich packen musst, für Sommer- und Wintertemperaturen... Möchtest du noch etwas Kartoffelsalat, Fridolin?»

«Gerne, schmeckt herrlich... Stefan, nicht zuviel Senf rausdrücken, man bringt ihn nicht mehr hinein. − Kichert nicht so blöd!» Ich streckte Franziska den Teller hin und seufzte. «Weisst du, was ich jetzt möchte? Vierzehn Tage nach Grindelwald oder ins Goms in ein Hotel und nichts anderes tun als schlafen und lesen. Manchmal frage ich mich, ob wir nicht bekloppt sind. Dabei habe ich schon Stress genug in der Bude. Heute hätte ich zum Beispiel den Bericht über die Golfstaaten abliefern sollen, aber es fehlen mir immer noch einige lausige Zahlen.» Düster vor mich hinblickend, stocherte ich im Kartoffelsalat herum. «Vielleicht mache ich es wie weiland in Kairo Lawrence von Arabien beim Kartenzeichnen. ‹Ach, gönnen wir uns doch hier noch ein paar Hügel›, soll er gesagt haben, wenn über eine Gegend zuwenig Informationen vorhanden waren.»

Franziska lächelte schwach. «Wieso eigentlich nicht? Überprüfen wird's ja ohnehin keiner.»

Das Telefon klingelte. Vier Kinder warfen klirrend Gabeln und Messer auf und neben die Teller und flitzten los. Atemlos kehrten sie zurück.

«Wer ist es?»

«Wir wissen es nicht. Es hat so merkwürdig geschnalzt, dann hat einer ganz komische Worte gesagt... Vielleicht ist das Italienisch. Dann kam nichts mehr, und wir haben aufgehängt.»

«Wahrscheinlich ein Ausländer, der sich beim Nummernwählen geirrt hat. Was ich noch sagen wollte: Könntet ihr nicht ein Tagebuch schreiben, zusammen, damit's für eines allein nicht zuviel wird?»

«Eine Bordzeitung, wie auf einem Schiff», schlug Markus vor.

«Ich kann ja gar nicht schreiben», bemerkte Alexandra kauend.

«Sprich nicht mit vollem Mund!» Stefan stiess ihr den Ellbogen in die Seite. «Du spuckst!»

«Aua! Spinnst du?»

«Aber zeichnen kannst du», meinte Franziska, nachdem sie die beiden Streithähne zur Ruhe ermahnt hatte, «oder etwas diktieren, und die Buben schreiben es auf. Und Barbara schreibt so gut, wie es geht. Die Buchstaben kennst du ja. Am besten wäre wohl ein Ordner mit losen Blättern.»

Wieder klingelte das Telefon. «Sitzen geblieben», befahl ich. «Jetzt geh' ich selber an den Draht.»

Ich hob den Hörer ab. «Wer ist es?... Du, Maximilian!... In St. Helena seid ihr... Nett von dir, uns anzurufen... Vorher? Ja, Barbara hat abgenommen. Sie faselte was, von Geräuschen... Ach so, Nama-Sprache war das... früher Hottentotten, ich weiss. Gratuliere zu deinen Sprachkenntnissen!... Nein, wir dachten, es handle sich um eine Leitungsstörung.»

6

Aus der Bordzeitung:
Der Vati hat gesagt wir gehen auf Afrika. Dann haben wir alle gerufet Ja Ja und dann hat Vati gesagt wir müssen aber Urlaub haben aber sie geben ihn nicht weil die Schule geht sons kabutt und die Schweiz geht unter wie die Tittanik. Und Onkel Maximilian hat gesagt ja ja die lassen sich ender ein Rädlein am Pfeiflein abschneiden als Urlaub geben. Da hat Tante Marie-

Rose gesagt er darf nicht so wüst reden und Alexandra hat gesagt, jetzt müssen wir nur noch den Daumen schlafen, dan gehen wir weil sie hat immer mit den Fingern die Tage gezählt. Dan haben wir gepakt und dann eins zwei drei schwupp weg sind wir. Wir sind um sechs zu Grosi nacht essen gegangen und dan hat Stefan 38,2 Fiber. Da mussten wir wider die Aphoteke auspacken und Zäpfchen suchen, aber es ist nur nervös sagt Mami. Dan bringt uns Onkel Hubert auf den Flughafen und ich habe immer gesungen das Flugzeug brennt wir stürzen ab und dann hat Vati gesagt, noch einmal und es brennt nicht aber es knallt und dan brennt es.

Dan sind wir hundert Koffern in das Flugzeug eintschecken gegangen. Da standen wir in einer Reihe und wir hatten schwe-res Werkzeug in den kleinen Taschen weil wir sonst für die Kof-fer mehr bezahlen müssen sagt Vati. Dan stiegen wir ein und Mami zählte die Kinder, aber es sind alle da. Erst jetzt war ich ein wenig nervös. Wo wir starteten sagte Barbara mir wird ganz schwindlig. Ich wusste nicht dass es so schön ist. Dan sind wir nach Genf geflogen. Alexandra sagte die haben hier ein Fest es gibt so viele Lichter und Musik. Da sagte ich du bist doof das ist immer so beim landen.

In Genf haben wir eine Stunde warten müssen weil ein Flug-zeug aus London nicht angekommen ist. Dan sind Vati und ich und Stefan hinausgegangen. Wir gingen an die Bar. Vati dringkte ein Glas Wein, ich ein Schwepps mit zwei Eiszäpfen drin und Stefan eine Ovo. Dan haben wir ein Rundgang durch den Flughafen gemacht. Dan sind wir wider eingestiegen. Vor-her mussten wir noch eine gelbe Karte abgeben. Unterdessen ass der Andere teil der Familie. Mitten in der Nacht starteten wir wider. Nach Genf gab es auch einen Happen für uns. Sol ich es aufzählen. Also: Gemüse, Fleisch Nuga, Brot, Bündtnerfleisch, Butter und Milch. Das war ein Festessen.

Wo wir vom Festland aufs Mer kamen hoperte und polterte es. Wo wir über der Sahara gewesen sind haben wir den Nil und noch den Sand gesehen. Im Flugzeug hat es an den Sitzen die Jemand draufhockte ein Kärtchen darauf stand: Swissair Besetzt Occupied Occupe und unten hat es eine Nadel. Wir sind 900 km pro Stunde geflogen und 9000 m Höhe gehabt. 7.15 Uhr haben wir die Afrikanische Sawanne gesehen das war schön zum Schauen. Wo wir in Nairobi gelandet sind habe ich viele Schwarze gesehen. Einer ist mit einem weissen Traktor

47

gefahren. Ein anderen ist mit einem Feuerwehrauto gefahren. Ein anderen ist mit einem Lastwagen gefahren. Dann sind wir wider abgeflogen und dann haben die Wolken wie geschwungenen Rahm ausgesehen. Dann hatten wir noch den grossen Berg gesehen, ich weiss auch nicht mehr wie er hiess ah jetzt ist es mir in den Sinn gekommen der Killi mantscharo. Nachher hat es Mittagessen gegeben. Ich zähle es mahl auf:
1. Konfitüre 1. Butter 1. Sämmel 1. Gipfeli 2. Fleischkäse 1. Käse 1. Omelete mit Eier Salz und Pfefer und zum Dessert ein Ananas Salat mit einer Erdbere ja das hat noch nicht gereicht noch eine Milch. Ja dann habe ich den Knopf gedrückt Wo eine Hostess darauf gezeichnet war und die Hostess kam und nahm das Plato und ging. Nachher ist eine Hostess mit eine wagen voll Sachen gekommen sol ich es einmal aufzählen? Ja gut ich zähle es auf Zigaretten, Kaseten, Uhren, Schokolade, Zigarren, Parfüm, Stümpen, Bücher, usw. ... Alexandra hat immer mit den Puppen gespielt. Wir sind mit der DC-10 geflogen.
Ja da muss ich noch etwas erzählen vor uns sitzten blööde Frauen wo immer reklamirten wir machen Lärm wenn wir den Sitz verstellen oder das Tischlein aufklappen oder den Gepäckdekkel zuklappen. Vati sagte diese Nebelkrähen sind nie Kinder gewest und man muss sie im Gepäckraum transportieren oder im Hundekorb. Da habe ich einer ein Schuh genommen und sie merkte nichts sie schlafte. Dann habe ich den Schuh der Hostess in den Wagen versteckt und sie merkte es nicht. Dann hat die Frau plötzlich aufs WC gemusst und sie findete den Schuh nicht. Sie hat ganz böse geschaut wie eine Vogelscheuche und laut englisch geschimpft aber ich schaute ganz brav aus und sie ist aufs WC gehinkt. Hei das war ein Gaudi! Dann hat die Hostess am Lautsprecher den Schuh ausgerufen und die Frau bekommt ihn wider. Vati sagte zu Mami schau nicht hin, das sind nicht unsere Kinder. Dann sagte er das dürft ihr nicht wider tun aber er lachte ein bischen ich habe es schon gesehen und bestellte einen Schampanier für die Feier. Dan sind wir in Johanisburg gelandet.

Mit schweren Köpfen wie nach einer durchzechten Nacht klebten Franziska und ich in den Stühlen der Verleihfirma Swartberg und tranken Tee. Unser Wagen befand sich noch in der Werkstatt, da das Tachometer defekt war.
«Es wäre doch gescheiter gewesen, die erste Nacht im Hotel

zu verbringen», meinte Franziska und blickte gähnend auf die Uhr. Es war halb drei nachmittags.

Ich schüttelte den Kopf und winkte mit der Hand müde ab. «Und alles auspacken und morgen wieder einpacken? In zwei Stündchen hockt dein Fridolin auf dem Campingplatz vor seinem Bierchen. Stefan, lass den Tisch stehen ... Geht nach draussen und spielt mit dem kleinen Ball.»

Ein älteres Paar brachte seinen Mietwagen zurück. «Verlangen sie die doppelte Anzahl Schlafsäcke», riet die Frau dringend. «Mein Gott, was haben wir gefroren!»

Eine halbe Stunde später traf unser Camper ein. «Rasch, Koffer hineinkippen! Ich kümmere mich unterdessen um die technischen Details.»

Gründlich überprüfte ich alles. Werkzeug war keines vorhanden. Gottlob hatte ich einiges von zu Hause mitgenommen! Die chemische Toilette fehlte, ein Tankdeckel klemmte und musste ersetzt werden. «Gibt es denn nur einen Zündungsschlüssel?»

«Den andern haben ihre Vorgänger verloren», sagte die zuständige Dame, ohne die Miene zu verziehen. «Auch das Handbuch für den Wagen.»

«So, haben sie?» Irritiert kratzte ich mich am Kopf. «Na ja, da lässt sich wohl kurzfristig nichts machen. Aber zwölf Schlafsäcke brauche ich noch. Und ... äh, eine Gasheizung.»

«Hab' ich zwölf gehört, Sir?»

«Ja, zwölf.»

Franziska räumte ein. Exakt, auf Dauer bestimmt. «Hör mal, meine Liebe, das können wir doch morgen in aller Ruhe. Bald wird es dunkel, einkaufen müssen wir auch noch ...»

«Ich mach' nicht gern eine Arbeit zweimal», gab sie kurz angebunden zurück. «Bis du unterschrieben hast, bin ich fertig.»

Ich ging ins Büro, setzte meinen Namen unter den Vertrag und fragte nach dem nächsten Campingplatz.

«No problem», behauptete die blonde Dame in einem Tone, als ob ich sie gefragt hätte, wie man das Radio andrehe. «Ich mache Ihnen eine Skizze. Hier ... Sie fahren rechts, dann geradeaus, rechts bis zum Lichtsignal, dann ein Stück geradeaus, links, wieder Lichtsignal, geradeaus, rechts hinauf und dann wieder links. Okay?»

«Hm ... völlig.» Ich war zu müde für weitere Fragen. Und

schliesslich hatte die Dame ausdrücklich gesagt «no problem». «Einkaufen möchten wir vorher noch.»

«No problem», versicherte die blonde Dame. «Sie fahren einfach zuerst links, dann geradeaus, wieder rechts bis zum Lichtsignal, dann rechts bis zum Supermarkt. Von dort zurück, bis Sie hier auf der Skizze wieder auf diese Strasse treffen. Okay?»

Franziska räumte immer noch ein. Nur noch ein Minütchen, behauptete sie.

Eine Viertelstunde später fuhren wir vorsichtig los und bleuten uns ein, dass hier Linksverkehr herrschte und unser Wagen drei Meter hoch war. Den Supermarkt fanden wir auf Anhieb. «Bitte, beeilt euch», rief ich Franziska und Stefan nach. «Um sechs wird's dunkel, wir haben hier Winter.»

Die Minuten verrannen, und in dem Masse, wie die Sonne niederging, stieg mein Blutdruck in die Höhe. Nach dreiviertel Stunden kehrten die beiden mit vollen Taschen zurück. «Ich dachte, was wir haben, haben wir», sagte Franziska schwer atmend. «Auch Bier und Wein», fügte sie hinzu, als sie mein saures Gesicht bemerkte.

«Danke», knurrte ich und startete den Motor. «Habt ihr für die ganzen zwei Monate eingekauft?»

«Geh du das nächste Mal. Meinst du, es sei für mich ein Vergnügen gewesen nach zwanzig Stunden Reiserei?» gab sie gallig zurück. «Wart noch einen Moment mit Fahren, bis ich die Milch im Kühlschrank habe.»

Geradeaus, rechts... Aufpassen, da kommt einer von links... Ein Stück Autobahn... Wo steckt denn diese verdammte Lichtsignalanlage?

«Da waren wir schon einmal», behauptete Stefan selbstsicher.

«So? Dann werden wir dort vorne mal wenden.»

Geradeaus, links, rechts, ein Stück Autobahn. Die Sonne sank auf den Horizont hinunter.

«Scheint eher ein Industriequartier zu sein, mehr Stacheldraht als Campingplatz», sagte Franziska und starrte sorgenvoll auf die Strassenskizze.

Barbara begann zu jammern, dann zu weinen. «Ich habe Hunger.» Alexandra schloss sich dem Lamento an.

«Himmel, ich hab' auch Hunger, wir alle haben Hunger», schimpfte ich. «Gib ihnen einen Kaugummi.» Wütend und nervös und bar jeglicher Routine mit rechtsgesteuerten Fahrzeugen riegelte ich mit der Linken am Schaltstock, nachdem ich beim Wenden aus Versehen den Rückwärtsgang eingelegt und beinahe einen hinter mir stehenden Rover gerammt hätte.

Geradeaus, rechts, ein Stück Autobahn. Die Sonne verschwand.

«Weisst du nicht mehr, wo du bist?» begann nun auch Markus mit weinerlicher Stimme. «Wenn wir nun nachts den Weg nicht mehr finden?»

«*Ich* finde den Weg immer, merkt euch das!» donnerte ich. Herrgott, da waren wir auch schon gewesen. Aber irgendwo musste doch dieser verfluchte Platz sein! Das hatten wir nun davon! «Vielleicht hört man das nächste Mal auf mich und schmeisst die Kleider einfach in den Wagen und kauft nicht noch zwei Stunden ein!»

«Vielleicht hört man das nächste Mal auf mich und bucht die erste Nacht im Hotel!» kam das Echo vom Nebensitz.

«Dort, dort vorne, ein Wegweiser zum Flughafen!» rief Stefan, der als einziger seine gute Laune nicht verloren hatte. Ja, irgendwie schien er das Ganze als ein nettes Abenteuer zu betrachten. «Wir könnten doch dorthin zurückfahren, dann wüssten wir wenigstens, wo wir sind.»

«Also mir gefällt es in Afrika», sagte Alexandra zwei Stunden später strahlend und drückte unter der Bettdecke ihre Puppe an sich. Nolens volens hatte ich die ganze Familie im Hotel beim Flughafen einquartiert. Der teure Camper stand leer auf dem Parkplatz. «Aber wo sind denn die Löwen?»

«Du wirst noch genug davon zu sehen bekommen. Schlaf jetzt. Mami und ich gehen noch auf ein Viertelstündchen ins Restaurant hinunter. Wir sind todmüde.»

«Aber wir nicht», riefen die vier Racker. «Dürfen wir auch mit? Es hat zwei Super-Flipper in der Halle. Bei einem gibt's ein Gratisspiel, wenn man draufhaut...»

Franziska und ich schlossen die Tür und schleppten uns zum Lift. «Wenn ich daran denke, dass uns wohlmeinende Leute davor gewarnt hatten, den Kindern solche Reisestrapazen zuzumuten!»

«Strapaziös sind solche Reisen nur für Erwachsene», bestätigte ich und drückte erschöpft auf den Knopf mit dem Abwärtspfeil.

7

«Was, nach Namibia rüber wollen Sie? Mit den Kindern da?»
Der deutschstämmige Ladenbesitzer schüttelte verständnis-
los den Kopf und zwirbelte die Enden seines beeindruckend
grossen Schnurrbartes. Dann gab er einem schwarzen Ange-
stellten einen kurzen Befehl und tippte den Betrag in die
altertümliche, rasselnde Registrierkasse ein. «Mich bringen
keine zehn Pferde dorthin, meine Frau ist nämlich von dort,
wissen Sie. Bomben und so. Macht sechzig Rand fünfzig
bitte... Danke. Und neun fünfzig zurück.» Er blickte kurz auf
die Regale seines Reiches, in dem alles zu haben war, von
Drahtzangen über Taschenrechner bis zu aufblasbaren Gum-
mienten. «Wie wär's mit einem Buschmesser gegen Raub-
überfälle? Sie können's mir nachher wieder zurückverkau-
fen. Picknick-Korb haben Sie schon? Und 'ne schöne Uhr mit
einem Bronzelöwen...»
«Danke, danke», wehrte ich ab. «Vielleicht ein andermal. Ich
werd' Sie meinen Freunden empfehlen. Wiederseh'n!»
«... oder Kassetten, einen Strick, Papiertaschentücher?»
«Haben wir bereits! Danke. Wiedersehn!»
Schwer beladen kehrte ich gegen Mittag mit Markus und
Barbara zum Camper zurück, wo Franziska uns ungeduldig
erwartete. «Hast du nicht von einem halben Stündchen
gesprochen?» versetzte sie spöttisch. «Wie ist das nun mit
dem Einkaufen?»
«Nun, einen zweiten Zündungsschlüssel machen zu lassen
braucht eben seine Zeit. Zuerst musste ich mal eine Bude finden, wo man sowas macht. Dann habe ich hier ein Stück Was-
serschlauch, zwei Bidons für Benzin – der Tank ist ja viel zu
klein –, einen Ersatzkeilriemen, einen Gabelschlüssel und...
äh...»
«... fünf Flaschen Bier haben wir noch gekauft und in einer
Buchhandlung ganz lange Bücher angeschaut», ergänzte
Barbara flott meinen Bericht. «Ich habe Hunger.»
Franziska lachte. «So, so! Setzt euch hinten an den Tisch. Ich
habe euch belegte Brote gemacht. Soll ich durch Johannesburg fahren?» wandte sie sich an mich. «Kartenlesen ist nicht
gerade meine Stärke.»
«Gute Idee. Vergiss nur nicht, dass das Ding lang und breit
und hoch ist.» Ich setzte mich auf den Beifahrersitz und

schnallte mich an. «Sind Türen und Kühlschrank verriegelt, die Lampen gelöscht und alle vier Kälbchen im Stall?» rief ich gutgelaunt nach hinten. «Dann ab mit der Post! Und möglichst auf der linken Strassenseite!»

Kurz nach vier parkten wir unseren Wagen im Zentrum von Potchefstroom, der alten Hauptstadt von Transvaal. Ich stieg aus und öffnete die hintere Tür.
«Alles aussteigen und auf die Toilette! Dort drüben, das rote Backsteinhäuschen!»
«Aber wir haben doch eine im Auto», reklamierte Alexandra.
«Die ist nur für Notfälle. Raus jetzt! Aber zuerst die Schuhe anziehen.»
Stefan sprang als erster heraus und wollte eben in einer der Pissoirtüren verschwinden.
«Stop, warte mal», rief ich ihm nach. «Die andere Tür!»
«Wieso denn? Hier drin ist auch ein Pissoir.»
«Das schon. Aber dieses ist nur für Schwarze», belehrte ich ihn und verspürte dabei ein merkwürdiges Gefühl im Magen. Er stutzte eine Sekunde lang und verschwand dann in der anderen Tür. Ich folgte ihm nachdenklich. Sollte ich mit ihm über die Rassentrennung sprechen? Gewichtige moralische Überlegungen vorsetzen? Ein Schwarzer, der mit Besen und Kübel nach uns hereinkam, ermöglichte es mir, das Problem in einem Satz zu lösen. «Siehst du, Stefan, die Schwarzen dürfen doch ins WC für Weisse: Sie müssen es nämlich putzen.»
«Wollen wir nicht über Nacht hierbleiben?» schlug Franziska vor. «Denk an gestern!»
«Hm ... eigentlich wäre ich gerne noch ein Stündchen gefahren. Aber vielleicht hast du recht. Es sieht ohnehin nach Regen aus.»
Der Campingplatz war riesig und fast menschenleer. Frühzeitig sassen wir vor Reis und Rindssteak, und schon um acht steckten die vier Kinder in ihren Schlafsäcken auf der zu einem breiten Bett umgebauten Sitzgruppe im hinteren Wagenteil. Franziska und ich hatten uns in den «Salon» zurückgezogen: So nannten wir die beiden gepolsterten Stühle mit dem kleinen Tisch unmittelbar hinter der Führerkabine. Ein mit Klebstreifen an der Decke befestigtes Badtuch schirmte die Kinder gegen das Licht ab.
«Gott sei Dank sind wir in Potchefstroom geblieben», sagte

ich, während ich den Zapfen aus einer Flasche Kapwein drehte. «Ich spüre die letzten Tage bis auf die Knochen.»

«Mir geht's auch so. Aber von jetzt an können wir es ein bisschen gemütlicher nehmen.» Franziska schlüpfte aus den Schuhen, zog die Beine hinauf und kuschelte sich, an die Wand des Duschraumes gelehnt, in einen geöffneten Schlafsack. Ein Windstoss liess den Wagen leicht schwanken, Regentropfen begannen auf das Dach zu trommeln.

Die Gläser klingelten. «Auf eine gute Fahrt!»

«Eigentlich ein Wahnsinn», philosophierte ich nach einigen Minuten beidseitigen Schweigens. «Da fliegt man in einem Dutzend Stunden über den ganzen afrikanischen Kontinent, über Freuden und Leiden Hunderter von Völkern, über Initiationsfeste und Kriege, über Besäufnisse und Hungersnöte ... hockt dabei in bequemen Stühlen, hört Beethoven und sieht James Bond. Irgendwie jammerschade.»

«Was ist denn jammerschade?»

«Der Lustverlust. Wenn ich nur an den Nil denke! Zwei Wochen hab' ich seinerzeit allein auf dem Dampfer von Kosti nach Juba gebraucht. Natürlich gab's jede Menge drückendfeuchte Hitze und stechende Viecher und sonstige Plagen, dafür aber auch Kontakte mit den Menschen auf dem Schiff, an den Landestellen, stundenlange Gespräche, die langsame Veränderung der Landschaft, dann und wann ein Krokodil. Schliesslich das unbeschreibliche Vergnügen, wenn man nach einer anständigen Dusche in einem kleinen Hotel unter ein sauberes Leintuch kriechen konnte ...»

«Mein Gott, hör auf, mir kommen gleich die Tränen,» spottete Franziska. «Im Kasten über dem Herd hat's Nüsschen.»

«Es steckt nun mal in letzter Zeit eine Portion nostalgische Software in mir», verteidigte ich mich, nachdem ich das Säckchen geöffnet und die Nüsschen in einen Teller geleert hatte. «Wahrscheinlich Ansätze einer Midlife-crisis. Da, hab' extra Mittelholzers Afrikaflug hervorgeholt. In unserer gemütlichen Kabine sitzen, ein bisschen darin blättern, ein bisschen träumen, dem Regen zuhören, dazu ein Glas Wein und die Aussicht auf einige freie Wochen ... Herrgott, so stelle ich mir den Himmel vor!»

«Aufstehen!» rief ich gutgelaunt am andern Morgen um sieben. Ich bin ein Morgenmensch. Franziska ist es nicht.

«Ich bin nicht nach Afrika gekommen, um zu schlottern», nuschelte sie und zog sich noch tiefer in ihre Schlafsäcke zurück. Es war bitterkalt, und der Regen hielt an.

Stefan, der schon eine Weile munter war, erinnerte mich an die tragbare Gasheizung, die wir gemietet hatten. Wir setzten das fauchende Ding in Gang, und ich schritt damit langsam im Wagen auf und ab. Die Wärme wirkte wie die frühsommerliche Sonne auf Murmeltiere: Überall begann es sich zu regen, und schlaftrunkene Lebewesen krochen aus ihren textilen Höhlen hervor.

Zwölf Schlafsäcke mussten gerollt und verstaut, einige dreissig Kleidungsstücke für den Tag zusammengesucht und das grosse Bett wieder in eine Sitzecke verwandelt werden. Es wurde Milch gewärmt, Brot geschnitten, gefrühstückt, rasiert, das Geschirr und mit Marmelade verschmierte Mäuler wurden gewaschen und Make-up aufgelegt.

Wie hört sich das alles doch einfach an!

«Bitte, fahr nicht zu schnell!» warnte ich Franziska, als sie mich am Steuer ablöste. «Unser Wagen ist so windschnittig wie ein Scheunentor, und wenn du den Gashebel flachdrückst, sprudelt das Benzin durch den Vergaser wie ein munterer Bergbach bei Schneeschmelze. Ich möchte nicht jede Stunde tanken.» Wir waren auf dem Weg ins Städtchen Kuruman, wo wir uns mit Marie-Rose und Maximilian verabredet hatten. Endlos zogen sich unter dem wolkenverhangenen Himmel die schnurgeraden Strassen über die riesigen Ebenen hin. Dann und wann waren in der Ferne die Gebäude einer Farm zu sehen.

Franziska nickte. «Danke für den Ratschlag, aber ich geb' fast kein Gas. Im übrigen sind wir ja nicht auf einer Altleuteausfahrt.»

«Aber auch nicht auf der Monte-Carlo-Rallye. He, was fällt euch ein?» Ich bückte mich, um den roten Ball aufzuheben, der mir an den Kopf geflogen war. «Wenn ihr schon Fussball spielen wollt, stellt euer Tor gefälligst hinten auf. Wenn ihr Mami getroffen hättet...»

«'tschuldigung», sagte Stefan verlegen. «Markus hat so blöd geschossen.»

«Ich kann doch nicht anders mit meinem Fuss», wehrte sich dieser. Er hatte gestern nach dem Abwaschen auf einem nassen Holzzaun mit sechs Tellern in der Hand Seiltänzer gespielt, war ausgeglitten und hatte sich den Fuss verknackst. Die monotone Fahrt machte schläfrig. Ich döste vor mich hin und sah mich in einem Ochsenwagen mit Weib und Kind unterwegs, auf der Suche nach einem Flecken Gelobten Landes, als mich das Stottern des Motors jählings aus meinen Pionierträumen riss. Franziska betätigte den Blinker und fuhr an den linken Strassenrand.

«Mist, keine zwei Tage unterwegs, und schon ist der Motor im Eimer», schimpfte sie und blickte ratlos zu mir herüber.

«Der Motor ist nicht im Eimer, bloss das Benzin», entgegnete ich halb verärgert, halb triumphierend. «Ich hab' dich ja gewarnt. Wieviel Kilometer haben wir gemacht?»

«Knapp dreihundert.»

«Und das auf Asphalt in der Ebene! Bin gespannt auf die Schotterstrassen Namibias.» Ich warf einen Blick durchs Fenster. «Wo sind wir überhaupt?»

«Irgendwo in Bophuthatswana, schätzungsweise fünfzig Kilometer vor Kuruman.»

«Na ja, danke Gott, dass ich in Johannesburg zwei Reservekanister gekauft habe. Tankstellen sind hier ein bisschen dünn gesät.» Ich nahm den Vierkantschlüssel von der Ablage, stieg aus und öffnete den Aussenstauraum auf der Wagenrückseite, wo sich die beiden Bidons befanden.

Das Einfüllen erwies sich als nicht ganz einfach, genaugenommen als unmöglich: die kubischen Behälter verfügten bloss über einen rudimentären Stutzen, und derjenige des Autotankes war tief versenkt.

«Das haben wir jetzt von deiner Fahrerei», quengelte ich vor mittlerweile versammeltem Familienpublikum und schüttelte die vom Benzin triefenden Hände.

«So? Jetzt soll ich wieder daran schuld sein! Kauf' das nächste Mal Kanister und keine altägyptischen Würfelhocker!»

«Vati, wir könnten einen...», mischte sich Stefan ein.

«Sei bitte ruhig», verwies ich ihn. «Ich muss jetzt in aller Ruhe überlegen, wie wir die Suppe auslöffeln, die uns Mami mit ihrem Rennfahrertrieb eingebrockt hat.»

«Ich hab' aber schon überlegt», versetzte das Bürschchen hartnäckig. «Mit einer Plastikflasche könnten wir...»

«Mund halten, habe ich gesagt, verdammt noch mal... Was faselst du von einer Plastikflasche?»

«Ich meine, mit einem Messer eine Cola-Flasche halbieren. Dann hast du so eine Art Dachrinne.»

Die Dachrinne funktionierte. Zehn Minuten später konnten wir weiterfahren. Die gute Laune kehrte zurück und verbreitete sich im Wagen zusammen mit dem würzigen Benzinduft, den meine Hände und Hosen verströmten.

In gespannter Erwartung rollten wir in Kuruman auf den Campingplatz, spähten umher, schickten die Kinder in alle Himmelsrichtungen und fragten diesen und jenen. Offensichtlich waren Dr. Maximilian P. Meyer-Bergius und Gemahlin noch nicht eingetroffen.

«Dann gehen wir zuerst mal mit dem Wagen auf den Einkauf, ehe wir uns installieren», regte Franziska an. «Das Wochenende steht bevor, und Einkaufsmöglichkeiten wird's in den nächsten Tagen ohnehin kaum geben. Ausserdem brauche ich einige zusätzliche Teller.»

Wir fuhren ins Zentrum zurück, und während Franziska mit den Buben im Supermarkt verschwand, kümmerte ich mich mit den Mädchen um Frischgemüse und Getränke.

«Nimm mal die Tasche mit den Gurken, Barbara, Alexandra trägt die Zwiebeln... Nein, nicht die Weinflaschen, die nehme ich.»

Wir trotteten los, ich voraus. «Vati, dort, dort!» schrie plötzlich Barbara.

Erschreckt drehte ich mich um. «Was ist los?»

«Onkel Maximilian! Eben ist er dort um die Ecke gefahren.»

«Bist du sicher?» Ohne auf eine Antwort zu warten, liess ich die Tasche auf den Boden plumpsen und rannte zur Strassenecke. Tatsächlich, dort unten vor dem Lichtsignal stand die *Maroma* mit ihren unverkennbaren Zebrastreifen. Die Ampel wechselte eben auf Grün. Sachte schaukelnd setzte sich das grosse Gefährt in Bewegung.

Ich hastete zu den Mädchen zurück, die neben meiner Tasche warteten. Ein rotes Bächlein floss daraus hervor. «Kinder, Kinder, ich glaube, wir müssen noch mal in die Getränkebude hinüber. Ausserdem vermute ich, dass man am Kap auch einen guten Champagner produziert.»

Der Abend wurde zu einem grossen Fest. In epischer Breite und Joseph Conradschen Wendungen schilderte Maximilian seine Abenteuer, und wenn man die Worte für bare Münze hätte nehmen wollen, dann wäre der Sturm, der anno dazumal den Mast von Vetter Andreas' Segler zerbrochen hatte, bloss ein sanftes Säuseln gewesen im Vergleich zu dem, was er auf der Seereise erlebt hatte.

«Natürlich habe ich des öftern auch, wenn es das Wetter erlaubte, mit meinem Sextanten die Position bestimmt», versetzte er in beiläufigem Plauderton. «Captain und Offiziere waren flotte Burschen und liessen mich auf die Brücke. Selbstverständlich machte ich zuerst meine Fehler... könnte sogar darauf hinweisen, dass ich einmal auf dem Mont Blanc landete, weil ich Nord und Süd verwechselt habe, wenn es nicht zu sehr nach Déja-lu riechen würde. Aber auch der beste Gaul stolpert einmal, wie es in meinem Orator Urbanus heisst.» Er füllte unsere Gläser nach, bevor er zu einem kleinen Exkurs über die Navigation im allgemeinen und die Störanfälligkeit der modernen elektronischen Geräte im besonderen ansetzte. «Ein winziges Tröpfchen Salzwasser am richtigen Ort, und du hockst in deiner Nussschale wie ein blinder Affe im Urwald. Übrigens», fügte er hinzu und hob bedeutungsvoll die kräftigen Brauen, «ich könnte mir vorstellen, dass ich später mal die Reise in einer Segeljacht wiederholen werde.»

«Ohne mich!» sagte Marie-Rose in sanftem Tone und schüttelte energisch ihre hübschen braunen Locken. «In so eine... mit Verlaub, Kotzbude bringen mich keine zehn Pferde mehr. Mir reichen die vergangenen drei Wochen völlig. Ausserdem bietet jeder Friedhof bedeutend mehr Abwechslung.»

«Aber, meine liebe linke Gehirnhälfte...! Der Gehalt einer Seereise hängt von der Phantasie ab. Steht *nicht* in meinem Orator Urbanus. Stammt von mir.»

«Ich komme mit dir», versprach Stefan, der – den Kopf auf die Fäuste gestützt – gespannt den Ausführungen des heldenhaften Onkels lauschte.

«Ihr kommt jetzt mit mir», befahl ich lachend. «Für euch ist es Zeit, zu Bett zu gehen.»

«Nur noch fünf Minuten, es ist so lustig bei euch.» Bittend blickte er zu Maximilian. «Singst du uns noch mal den Hottentotten-Song?»

«Aber dann gleich in die Klappe!»

Der Hottentotten-Song war ein von ihm selbst verfasstes Lied, das auf einem aus der Jahrhundertwende stammenden Übungswort für Schauspielschüler basierte: *Hottentotten-*

potentatentantenattentäter. Vertont hatte es Marie-Rose, die ihn auf einem Keyboard begleitete. Maximilian machte sich im hinteren Teil der *Maroma* zu schaffen und drehte sich dann um: In der Hand ein grosses Küchenmesser, eine überdimensionierte Sonnenbrille auf der Nase, auf dem Kopf den Lederhut, schlich er sich singend im Tango-Rhythmus zu uns heran:

Wer schleicht sich denn durch Hattato, mit finsterem Gesichte,
durch dunkle Nacht, den Schatten nach, weicht aus vor jedem
[Lichte?
Im Gürtel einen blanken Dolch, daran gezackte Zähne.
Und wer ihn sieht, der denkt gleich an 'ne grimmige Hyäne.

«Und jetzt alle den Refrain!» befahl er dröhnend, während er seinen massigen Bauch, die Rechte auf dem Rücken, vor- und zurückschob.

Es ist der Hottentottenpotentatentantenattentäter,
der Hottentottenpotentatentantenattentäter,
der Hottentottenpotentatentantenattentäter,
der sich zu Tante Hottetete schleicht.

«Wunderbar habt ihr das gesungen. Jetzt aber passt auf!» Er senkte die Stimme, nachdem er blitzschnell den Lederhut mit einer Wollmütze vertauscht hatte:

Die Tante liegt im Bette tief, die Mütze auf den Locken,
dazu ein Nachthemd aus Damast und an den Füssen Socken.
Sie denkt an ihren Neffen, der beliebt bei allen Leuten.
Da hört sie Schritte in der Nacht, was mag das wohl bedeuten?

«Alle wieder den Refrain!»

Es ist der Hottentottenpotentatentantenattentäter...

Marie-Rose spielte auf dem Keyboard eine kurze Überleitung, dann stiess Maximilian einen durch Mark und Bein dringenden Schrei aus:

Ein Schrei durchhallt das dunkle Haus, gar schrecklich
[anzuhören,
und alle Leut' in Hattato, die können es beschwören:
«Das kam vom Haus, wo ganz allein des grossen Potentaten
so heissgeliebtes Tantchen lebt, von Bohnen und Salaten!»

Wer schleicht sich denn durch Hattato...

schleicht sich denn durch Hattato mit finsterem Ge - sichte durch

durch dunkle Nacht den Schatten nach weicht aus vor jedem Lichte. Im

Gürtel einen blanken Dolch daran gezackte Zähne. Und

wer ihn sieht, der denkt gleich an-ne grimmige Hy - äne.

geheul (effekte) Es ist der

Hotten - totten - poten - taten - tanten - atten - täter. Der

Hotten - totten - poten - taten - tanten - atten - täter. Der

Hotten - totten - poten - taten - tanten - atten - täter. Der

sich zu Tan- te Hot-te - te-te schleicht.

«Refrain!»

Es ist der Hottentottenpotentatentantenattentäter...
... der sich zu Tante Hottetete schlich.
Doch siehe da, die Tante lebt, tot ist der Attentäter.
Und ganz zufrieden schläft sie ein, so fünf Minuten später.
Denn Tante ist ein Judoka – so typisch Hottetete –,
weshalb sie diesem Bösewicht ganz schlicht den Hals
[umdrehte.

Er liess der Strophe ein knirschendes Geräusch folgen, als ob
er einen Knochen zermalmte. «Zum letzten Mal alle miteinander:»

Tot war der Hottentottenpotentatentantenattentäter...
der sich zu Tante Hottetete schlich.

Schweiss floss über sein Gesicht, als sich Maximilian nach
der Vorstellung flott verbeugte, um den langen Applaus zu
verdanken. Sein komisches Talent war beachtlich, und wir
hatten Tränen gelacht. Natürlich wollten die Kinder die gute
Stimmung ausnutzen, um noch ein Viertelstündchen heraus-
zuschinden.
«Nichts da! Alles hat ein Ende, nur die Wurst hat zwei. Morgen ist auch wieder ein Tag. Ich spiele Elefant und trage euch
in unseren Wagen hinüber.» Ich schwang Barbara auf meinen
Rücken, Alexandra klammerte sich vorne um meinen Hals.
Eins, zwei, drei, vier, fünf... Endlich waren alle zwölf Schlafsäcke aus den Staukästen geholt und der Tisch hinunterge-
klappt. Franziska übernahm das Zähneputzen und das
Nachtgebet.
Eine gute halbe Stunde später machte ich einen Kontroll-
gang. Alle vier hielten krampfhaft die Augen geschlossen und
waren mucksmäuschenstill, als ich mit abgeblendeter
Taschenlampe über das Massenlager leuchtete... bis Barbara
als erste losprustete.
«Aber, aber, nennt ihr das schlafen?»
«Weisst du, wir haben noch Telefon gespielt», erklärte Markus. «Einer von uns sagt dem andern ganz leise ein Wort ins
Ohr, dieser gibt es dem nächsten weiter, und zum Schluss
kommt es wieder zurück. Stefan hat eben das Wort *Polster-
gruppe* gewählt, und weisst du, was ihm Alexandra zurückge-
meldet hat?»

Bevor er weitersprechen konnte, platzten alle vier los, und aus all dem Gelächter heraus glaubte ich, das Wort *Posterkuttelnsuppe* zu vernehmen.

Ich lachte mit. «Aber jetzt bitte Ruhe!»

Sie versprachen es hoch und heilig. Allerdings behauptete Barbara, sie habe noch Durst... doch, furchtbaren Durst. Und Stefan musste auf's WC. Schon schälte er sich aus dem Schlafsack. Auch Alexandra musste und Markus.

«Zum Kuckuck! Wollt ihr mich zum Narren halten? Beim Zähneputzen habt ihr alle euer Pipi gemacht.»

«Wir haben aber ganz viel getrunken, weisst du, beim Fest mit Tante Marie-Rose und Onkel Maximilian», versicherte Alexandra und machte Augen wie eine Heilige, die eben ihren Schein bekommen hatte. «Onkel Maximilian hat ja auch gesagt, wenn er so viel trinke, müsse er dauernd aufs Klo oder sich ein Fass vor den Bauch hängen.»

«Ja, und da hat Tante Marie-Rose gesagt, er...», begann Markus, worauf alle erneut loswieherten.

«Was hat sie denn gesagt?» Ich versuchte, eine halbwegs ernste Miene aufzusetzen. Nach mehreren Anläufen brachte er heraus, dass sie gesagt habe, er brauche gar kein Fass, er habe schon eines.

8

Aus der Bordzeitung:
Wir sind auf einer Strasse gefahren und haben 57 km in 46 min. 28 Sek. + 87 hun. gemacht. Ich habe noch eine wansins Steppe gesehen mit einem ausgetrockneten Fluss. Dann haben wir zu Zeit zu Zeit eine Farm gesehen. 14 30 Uhr hat Mami in einer Stunde 85 km gemacht dan ging das Benzin aus und Vati musste eine Röhre erfinden, aber ich habe sie erfunden.
Barbara und ich haben während der Fahrt ein Jass gemacht und ich habe dreimal gewonnen und sie 1mal. Bei zwei Jässen habe ich zweimal das Schällen nüni am Schluss gelegt. Dann haben wir Onkel Maximilian und Tante Mari-Ros getroffen mit der Maroma und Vati sagte das habe ich nie gedenkt dass der das schafft ohne das Dach zu verlieren in einer Unterführung. Dann gab es ein Fest und Onkel Maximilian sang 2mal den Hotentotten-Song. Da sagte Mami er ist der reinste Garuso

aber Vati sagte er hat ender die Bostur vom Schlehsack. Dann mussten wir ins Bett aber wir gingen lange nicht und als wir gingen hörten wir die grossen in der Maroma *sprechen aber sie merkten es nicht. Onkel Maximilian sagte der Kaberne-Wein hat eine harmohnische Basis und ist musgulös und Tante Mari-Ros sagte wir seien eigentlich ganz liebe Kinder. Aber Vati sagte manchmal tun sie wie Wildsäue da habe ich zu den andern gesagt dan ist Vati der Eber.*

Dann haben wir noch die alte Kirche besucht wo der Afrikaforscher Livingston gelebt hat.Die Balken mussten sie drei Monat lang auf Ochsenkarren schleppen. Da gibt's noch ein Baum wo der Livingston für seine Frau Liebe geschwört hat und Vati musste es auch tun für die Foto.

Dann sind wir in ein Büro gegangen und haben gefragt ist der Weg durch die Kalahari gut oder müssen wir über Upinton. Der Mann sagte er ist gut aber kein Asfalt und es rüttelt. Ich freue mich darauf vileicht haben wir einen Achsenbruch. Mami hat den Husten und sagte wieso sind wir eigentlich nicht nach Grönland, aber Vati sagte im Norden wird es dann schon wieder besser.

«Mein Lieber, in diesem Tempo brauchen wir siebzehn Stunden bis nach Twee Rivieren», belehrte ich Maximilian, während ich eine Handvoll des feinen hellen Sandes durch die Finger rinnen liess. Der Übergang vom Asphalt auf die Kiesstrasse beim Ort Hotazel war im wahrsten Sinne des Wortes erschütternd gewesen. Maximilian hatte unverzüglich abgebremst, um gemütlich mit zwanzig über die wellblechartigen Erhebungen, die sich auf jeder Naturstrasse zu bilden pflegen, zu schaukeln. Schliesslich hatte ich ihn überholt und bei einer sandbedeckten Farmeinfahrt angehalten. Neben uns drehte sich auf einem hohen Mast ein Windrad und trieb eine Wasserpumpe an, deren mächtiger Schwengel sich hob und senkte. Rinder drängten sich um das riesige, von schattenspendenden Bäumen umgebene Becken.

«Was schlägst du denn vor?» fragte er, nahm den Lederhut vom Kopf und fuhr sich ratlos über das schüttere Haar.

«Voll auf die Tube drücken und mit achtzig über das Wellblech donnern.»

Entgeistert starrte er mich an. «Und meine schöne *Maroma?* All die Kästchen und Schubladen und Instrumente? Ich will

Nepomuk heissen, wenn sich nicht der ganze Plunder in seine Atome auflöst.»

«Löst er sich aber nicht», sagte ich in beruhigendem Tone. «Es schüttelt nur beim Beschleunigen und Abbremsen. Sobald du mal auf Geschwindigkeit bist, wird's erträglich. Übrigens halten die Dinger mehr aus, als man gemeinhin glaubt. Hab' früher mit PKWs etliche 10 000 Kilometer Wellblech und offene Wüste abgerattert ohne Achsenbruch. Natürlich werden wir abends einige Schrauben anziehen müssen.»

Nachdenklich drehte er seinen Hut in den Händen. «Irgendwie gefällt mir das nicht ...»

«Ich hab' dir ja gesagt, die Wagen halten's aus», wiederholte ich leicht ungeduldig.

«Ich meine nicht die Wagen, sondern die Philosophie, die dahintersteckt. Leonardo da Vinci! Abbreviatori!» fügte er theatralisch hinzu.

«Ich versteh' bloss Bahnhof. Was hat der grosse Meister mit uns gemeinsam?»

«*Abbreviatori* − Verkürzer nannte er Leute, die wichtige Texte zusammenfassten und damit verstümmelten. Machen wir nicht was Ähnliches, wenn wir mit einem Affenzahn durch die Gegend brausen? Ich war noch nie hier, alles ist für mich neu, wie ... − die erste elektrische Eisenbahn unter dem Weihnachtsbaum.» Er stocherte mit der Schuhspitze im Sand herum. «Dieser Boden, diese Farben, Geruch, geschichtlicher Hintergrund ... Vetter Andreas reiste per Ochsenwagen. Wieviel haben sie pro Tag abgetrottet? Fünfzehn, zwanzig Kilometer, in Staub und Hitze, in steter Auseinandersetzung mit Umwelt, mit Tieren, Menschen, dauernd auf der Suche nach Wasserstellen und nach dem Motto: von Montag bis Freitag geradeaus, am Samstag nach rechts ...»

Ein Lastwagen brauste vorbei und hüllte uns in eine Staubwolke. «Na, siehst du, jetzt hat man dir wenigstens einen modernen Sandsturm vorgeführt», sagte ich boshaft, während sich Maximilian die Augen rieb. «Hätte es damals schon Autos gegeben, Vetter Andreas hätte sich einen Toyota oder einen Landrover unter den Hintern geschnallt. Jede Wette! Hat er etwa nicht in Vryburg, der damaligen Endstation der Kapbahn, auf Ochs und Pferd verzichtet und brav den Zug bestiegen?»

«Soll ich euch Stühle bringen?» rief Franziska aus dem Fenster.

Maximilian setzte sich den Lederhut auf und breitete ergeben die Hände aus: «Ich weiche dem Drucke der Gesellschaft. Fahr du voraus!»

Während ich das schwere Gefährt auf knappe achtzig Kilometer beschleunigte, rumpelte und klirrte und ratterte es hinter meinem Rücken wie in einem umgekippten Geschirrschrank. Die ersten Bücher flogen vom Alkoven herunter, das Rollo des Rückfensters folgte, die Tür des Duschraumes öffnete sich wie von Geisterhand, und vom Tisch prasselten einige Dutzend Legosteine und Farbstifte auf den Boden.

«He! Wir können ja nicht mehr spielen und zeichnen!» wurde aus dem Hintergrund protestiert.

«Tut mir leid, wir haben eine Strecke wie vom Genfersee zum Bodensee vor uns, und das Camp schliesst bei Sonnenuntergang seine Tore.»

Viehzäune von kafkaesker Länge begleiteten uns links und rechts, gelegentlich kreuzte uns ein hochbeiniger Pickup, oder wir überholten eine von Schwarzen geführte Donkeykarre, die Wasserfässer geladen hatte. Hin und wieder war die Pad durch rotbraune Dünen gepflügt, die aus der Steppe aufstiegen wie Blasen in der Kruste eines Käse-Soufflés.

Gas geben, ab und zu hinunterschalten, die Hände fest am vibrierenden Steuerrad. Schwerfällig schwang der Wagenkasten hin und her, man roch den durch alle Ritzen eindringenden Sand. Irgendwo in meinem Hinterkopf erwachte ein Stück Bubenwelt, und schemenhaft tauchten Erinnerungen an frühere Steppenfahrten auf. Dass ich all dies nochmals erleben durfte, als etablierter, hypothekenbeladener vierfacher Familienvater! Maximilian sei Dank! Psychopathen waren eben doch das Salz der Erde.

Ich spürte zwei warme Lippen auf meiner Wange. «Was ist denn? Hast du was zu beichten?»

«Nein, gar nichts», sagte Franziska fröhlich. «Du siehst bloss so glücklich und entspannt aus wie nie mehr seit Jahren.»

«So? Tu ich das?» Beinahe verlegen wechselte ich mit ihr einen kurzen Blick, um mich sogleich wieder auf die Wellblechstrasse zu konzentrieren, über die eben eine Warzenschweinfamilie mit bolzgerade aufgerichteten Schwänzchen trabte.

Stunde für Stunde verrann. Nach Andriesvale begannen die Kinder unruhig zu werden. Alexandra spürte es im Bauch, Barbara im Kopf, die Buben balgten sich lautstark um Kissen und den besseren Platz. Mit bewährten Hausmittelchen versuchten wir sie abzulenken. «Nur noch ein Stündchen – eine Halbzeit eines Fussballmatches – bis in den Kindergarten und zurück – Wer möchte einen Kaugummi? – Wer kennt alle Namen seiner Klassenkameraden?» Die letzten Minuten überbrückten wir mit einigen Machtworten und dem Hinweis, dass von jetzt an hinter jedem Busch ein Löwe lauern könnte.

Gegen fünf rollten wir durch das grosse Camp-Tor von Twee Rivieren und stellten unsere Wagen auf dem rötlichen Kalahariboden zwischen einige Akazien. Jauchzend und lärmend stürzten die Kinder hinaus und kehrten kurz darauf zurück, um etwas zu trinken.

«Etwas anstrengend war's schon», sagte ich entschuldigend zu Barbara und strich ihr teilnahmsvoll über das Haar, während sie gierig ihren Becher Sirup leerte.

«Ach, wo», behauptete sie wegwerfend. «Überhaupt nicht. Wenn wir zu Hause sind, will ich sofort wieder in die Ferien. Tschüss, wir gehen wieder zu den Erdmännchen.»

«Das also ist die Gegend, in der sich euer lieber Vetter Andreas herumgetrieben hat», sagte Franziska, als wir nach dem Abendessen in Trainingsanzüge und Decken gehüllt um die verlöschende Glut des Feuers hockten. Ein prächtiger Vollmond tauchte die Wüste in ein fahles Licht. Kein Zivilisationslaut, weder Motorenlärm noch Radio waren zu hören, nur menschliche Stimmen und gelegentlich ein Knistern in der Feuerstelle.

«Und zwar während seines dritten und letzten Afrika-Aufenthaltes», ergänzte ich und blickte dann zu Maximilian hinüber: «Hat er hier nicht mit einem komischen Typ zusammengearbeitet?»

«Du meinst Scotty Smith», sagte er. Er zog eine Zigarre hervor und bückte sich, um ein glühendes Stück Holz aus der Asche zu fischen.

«Dürfen wir sie anzünden?» bettelten die Buben.

«Anzünden, ja. Aber ich behalte sie im Mund. Möchte keinen Kautabak.» Nachdem er einige Züge getan hatte, fuhr er weiter: «Scotty war tatsächlich ein merkwürdiger Geselle, eines Epos' würdig. Lebte um die Jahrhundertwende in der Gegend zwischen Kimberley, Upington und der Kalahari. Er schmuggelte, klaute Pferde und Diamanten, betätigte sich als Robin Hood und spionierte gegen die Deutschen in Südwest.»

«Und mit solchen Figuren hat sich eure erlauchte Verwandtschaft assoziiert?» warf Franziska maliziös ein, während sie mit dem Teekrug die Runde machte.

«Alles halb so schlimm», versicherte Maximilian. «Smith war damals schon älter und einigermassen zahm geworden, als er einige seriöse Jagdpartien organisierte. An denen hat Vetter Andreas als Kompagnon teilgenommen. Schliesslich war er ein erfahrener Jäger. Im Gegensatz zu Andreas ist Scotty Smith übrigens eines recht alltäglichen Todes gestorben: im Bett, an einer ganz banalen Grippe!»

«Das wird dir auch noch passieren, wenn du noch länger da draussen von deinen Heroen predigst», mahnte Marie-Rose mit sanfter Stimme und erhob sich. «Mir wird's zu kühl. Ich verziehe mich in den Wagen.»

Aus der Bordzeitung:
Plötzlich hatte es kein Asfalt mehr da sagte Vati jetzt wird es erst recht richtig! Aber Onkel Maximilian fuhr wie eine Schnegge und Vati schimpfte, der hat bloss Angst dass ihm seine Tante Mari-Ros verbricht. Da hat ihn Vati gestoppt und gesagt du musst Gas geben und auf hochduren fahren wie der Teufel dan fliegst du über die Wellen wie ein Luftkissenbot weil sonst bist du pensioniert bis wir dort sind. Dan sind wir mit 80 gefahren dass es furchtbar staubte und ein toter Affe lag auf der Strasse. Einmal haben wir angehalten da sagte Onkel Maximilian, das ist eine heilige Stelle weil hier hat Vetter Andreas früher Löwen geschiesst. Dan hat er sich auf den Boden gelegt und den Boden geküsst. Da sagte Markus das ist wie beim Pabst wenn er riecht ob der Bundesrat Furgler schon da war. Da sagte Mami er darf nicht so blöde Wirzhauswitze machen und Tante Mari-Ros sagte kein Wunder bei einem solchen Vorbild. Maximilian steh auf und wische dir den heiligen Staub von den Hosen! Du bist schmutzig wie ein Färkel und er hat schon immer einen Vogel gehabt.

9

«Yes, yes», sagte freundlich grinsend der kleingewachsene Mann mit der gelblichen Hautfarbe und nahm den Schlauch aus der Halterung. Er war in eine Art Khaki-Uniform gekleidet und trug auf dem Kopf einen Südwesterhut. Wir hatten in gemächlicher Fahrt die zweihundert Kilometer entlang der Grenze zu Botswana zurückgelegt – die Piste lag bald in Botswana, bald in Südafrika – und waren eben im Nossob-Camp eingetroffen. Wie üblich, hatten wir zuerst die Tankstelle aufgesucht.

Maximilian strahlte: «Er hat mich verstanden! Jetzt werde ich ihn fragen, ob er schon lange hier arbeite.» Er dachte kurz nach, bevor er mit seinen Schnalzlauten fortfuhr.

«Yes, yes», sagte freundlich grinsend der kleingewachsene Mann.

Leicht irritiert, aber unverdrossen und um einiges lauter wiederholte Maximilian seinen Versuch.

«Yes, yes», sagte freundlich grinsend der kleingewachsene Mann und hängte den Schlauch an die Zapfsäule. «Fourty-seven Rand, please, Sir.»

«Der Kerl verleugnet seine eigenen Väter», mutmasste Maximilian und zuckte enttäuscht mit den Schultern, hatte er doch auf der langen Schiffsreise einige Dutzend Stunden für das Studium der Namasprache aufgewendet.

«Oder deinen Lauten fehlt der richtige Klick oder Schnalz», meinte ich, während ich den Tankdeckel aufschraubte. «Vielleicht musst du noch etwas üben.»

«Mein Gott, nur das nicht!» rief mit komischer Entrüstung Marie-Rose aus dem Wagenfenster. «Mir reicht's vom Schiff. Mehrmals hat ihn der Bordarzt scharf ins Auge gefasst, wenn er stundenlang unter den Rettungsbooten auf und ab stolzierte und vor sich hin schnalzte wie ein Gecko beim Mükkenfang. Übrigens», fügte sie nach einer kurzen Pause mit sanfter Stimme hinzu, «dein Tankwart ist kein Nama, sondern ein Buschmann.»

«Die linke Gehirnhälfte hat gesprochen», versetzte Maximilian mit gespielter Zerknirschung. «Natürlich ist es ein Buschmann, und – Kinder, passt auf! – heute abend entzünden wir das Grillfeuer nach Buschmannart.»

Maximilian kniete am Boden und drehte zwischen seinen Handflächen einen Holzstab. Gebannt starrten die Kinder auf dessen Spitze, die er auf ein Stück Holz drückte.

«‹Wohltätig ist des Feuers Macht, wenn sie der Mensch bezähmt, bewacht›», zitierte Maximilian Schillers Lied von der Glocke. «Kennt ihr das Gedicht? Na, ihr seid ja auch noch zu jung. Mehrere Stellen daraus hab' ich mal in einem Buch veröffentlicht, als ich noch Verleger war.»

«Im Orator Rubanus!» sagte Stefan, stolz über sein Wissen.

«Richtig. Das zweite Wort heisst aber Urbanus: Orator Urbanus.» Immer schneller drehte er den Stab, sein Kopf wurde immer röter. «Nur der Familienvater darf das bei den Buschmännern ... und jetzt legt die trockenen Grasbüschel als Zunder hin ... gut ... leicht blasen ... seht ihr? Nun kleine Äste ... ganz vorsichtig!»

Begeistert bauten die Kinder das Feuer langsam auf, während sich Maximilian schwerfällig erhob und keuchend seine schmerzenden Knie rieb. Ich streckte ihm ein Glas Bier hin.

«Gratuliere! Ehrlich gesagt, ich dachte nicht, dass du es schaffen würdest.»

Zufrieden nahm er einen Schluck. «Danke für das Kompliment. Keine leichte Sache, natürlich hätte das Experiment auch in die Hose gehen können.» Sinnend blickte er mit halbzugekniffenen Augen auf das Feuer, als ob er und nicht Prometheus es vom Himmel geholt hätte.

«I wo! Er hat's zuhause oft genug ausprobiert. Im Keller, notabene. Zwei Wochen lang stank das ganze Haus wie eine Räucherkammer», offenbarte uns Marie-Rose und steckte Maximilian liebevoll ein Stück Biltongfleisch in den Mund.

Genau mit Sonnenaufgang wurden die grossen Tore geöffnet. Ich drehte den Anlasser und fuhr mit Maximilian und den Kindern in den kühlen Morgen hinaus. Die Frauen waren im Camp zurückgeblieben, um einen Tag zu verschnaufen. In Pastellfarben verpackt, breitete sich die Kalahari-Landschaft vor uns aus, lange Morgenschatten flossen über den hellbeigen Sand, der sich allmählich rötlich verfärbte.

Maximilian pfiff fröhlich die Habanera aus Bizets Carmen und trommelte auf der Ablage mit den Fingern den Takt dazu. «Was für ein Morgen! Ausgeruht und frei von den Sorgen, die wir im alten Europa hätscheln und pflegen und täglich neu ersinnen. Ich könnte ein Stachelschwein küssen vor Freude!»

«Mir geht's gleich. Komm' mir vor wie eine Rumpelkammer, die ausgemistet und gelüftet und frisch gekalkt worden ist.» Ich schaltete hinunter, um eine sandige Stelle zu durchqueren. «Dank dir!»

«Sagen wir mal, wir verdanken es uns beiden – doch, doch, ohne dich wäre ich nämlich nicht hier – und natürlich unseren lieben Gattinnen, die grosszügig auf unsere genialen Schnapsideen eingestiegen sind. Vor allem deine Franziska, mit vier Kindern!» Er blickte augenzwinkernd von einem zum anderen und fuhr den beiden Mädchen, die neben ihm sassen, übers Haar. «Wohl zwanzig Mal habe ich Vetter Andreas' Buch verschlungen, habe mich hineingeträumt wie ein Schuljunge in seinen Karl May, hab's als Rettungsanker benutzt, wenn sich die Einerleitage aufeinanderfolgten wie Milchtüten auf einem Fliessband. Zwar wollte mir gelegentlich mein verdammt hinterhältiger Verstand einbleuen, das Ganze sei bloss ein Hirngespinst, romantischer Zauber.» Er machte eine wegwerfende Handbewegung. «Aber jetzt habe ich Gewissheit. Diese paradiesische Einsamkeit und Ruhe, der Duft der Kalahari, die Springbockherde dort drüben, dazu all die geistigen Kulissen, die wir in unseren Köpfen um diese Bühne hier aufgebaut haben: das sind Fleisch gewordene Träume. Schade, dass so viele Menschen die Fähigkeit verloren zu haben scheinen, nach diesen Leckerbissen auf unserer Welt zu suchen, sie auf der Zunge zergehen zu lassen. Hab' oft das Gefühl, sie nagten an Nussschalen herum und warteten auf die Erfindung des Nussknackers.»

«Sei bloss froh darüber, sonst wären wir hier nicht allein. Wer weiss, wie lange es geht, bis Charterflüge und Plastiksäcke voller Abfall auch diese Gegend versauen.»

«Ein Löwe, ein Löwe!» unterbrach Markus aufgeregt unser philosophisches Zwiegespräch.

Sachte trat ich auf die Bremse. «Wo denn?»

«Dort drüben, hinter dem Baum, du musst etwas rückwärts fahren!»

«Bist du sicher, dass es nicht wieder ein Stein ist wie die letzten paar Male?» fragte ich zweifelnd und legte den Rückwärtsgang ein.

«Nein, nein, diesmal bin ich todsicher, ich schwör's, Ehrenwort!»

Er hatte recht. Zwar war die Entfernung gross, aber es war doch ein leibhaftiger Löwe, für den sich vermutlich während langer Generationen in unserem Erbgut eine gehörige Portion respektvoller Verehrung angesammelt hat. Wacker stritten sich die Kinder um die beiden Ferngläser, während Maximilian und ich mit gespielter Ruhe die grossen Teleobjektive aufschraubten.

«Mein erster Löwe in freier Wildbahn», sagte er leise, aber die Begeisterung war aus seiner Stimme zu hören. «Panthera leo, Unterart aus der Kalahari... vielleicht ein Nachkomme jener Löwin, die unseren lieben Vetter verschlungen hat.»

«Und wenn er uns fressen will?» Schutzsuchend umklammerte Alexandra meinen Hals.

«Keine Angst, der ist froh, wenn wir ihm mit dem Wagen nicht zu nahe kommen.» Ich zog sie auf meinen Schoss. «Komm, wir gucken uns den mächtigen Burschen mal zusammen an.»

«Wie schwer ist er? – Was frisst er? – Ist er stärker als fünf Schäferhunde? – Wieviele Junge hat er?» Dutzende von Fragen prasselten auf uns nieder.

Keine blieb unbeantwortet, denn Maximilian konnte aus dem vollen schöpfen. «Hätt' nicht übel Lust, mal auszusteigen und die Fluchtdistanz zu testen», behauptete er kühn.

«Welche? Deine oder die des Löwen? – Markus, gib das Glas mal Barbara, und du, Stefan, stell dich nicht so breit vor das Fenster, Alexandra sieht überhaupt nichts.»

Maximilian seufzte. «Ach, weisst du, irgendwie hab' ich eine Hassliebe zu den Viechern, seit ich die drei Härchen entdeckt habe. Einerseits kann ich kein Löwenfell mehr sehen, wenn ich aber anderseits, wie jetzt, so ein gelbes Ding mit Fleisch und Blut und Leben gefüllt vor Augen habe, kribbelt es mir im Rücken.»

«Vati, ich muss mal.»

«Kleines Geschäft?»

Stefan nickte.

«So kommt zur Seitentür, alle. Onkel Maximilian hält unterdessen Wache.»

«Selbstverständlich.» Er öffnete die vordere Tür, warf einen Blick in die Runde und stieg aus. «Die Luft ist rein, ihr könnt kommen.» Dann hob er warnend den Finger: «‹Pisse nicht der Sonne zugewendet!› forderte der alte Pythagoras.»

«Wie sagt man auf Englisch ‹Wie heisst du?›» fragte mich Alexandra nach der Rückkehr ins Camp. Sie hatte eben den Waschraum aufgesucht und hüpfte nun vor mir von einem Bein auf das andere.
«Kannst du nicht eine Sekunde ruhig stehenbleiben? Sieh mal, wie es staubt. Mein Tagebuch wird ganz schmutzig.»
Sie machte lustige grosse Augen, blieb einen Augenblick bockstill und ersetzte dann immerhin das Hüpfen durch ein rhythmisches Hin- und Herbewegen des Oberkörpers. Geduldig sagte ich ihr das Gewünschte ein paarmal vor, nicht ohne in vorwurfsvollem Tone darauf hinzuweisen, dass wir zu Hause mal Englisch geübt hätten.
«Danke», rief sie unbeeindruckt und schoss davon, dass ein Sandregen über meine Beine und Schuhe niederging.
Nach zwei Minuten war sie wieder da. «Er heisst George!» verkündete sie atemlos und in einem Tone, als hätte sie eben entdeckt, dass Männlein und Weiblein verschieden seien.
«Bitte, Alexandra, steh doch mal ruhig, es staubt, mein Tagebuch! Wer heisst George?» – «Ein Knabe. Weisst du, ich habe ihn im Waschraum getroffen, und wir spielen jetzt zusammen Kindergarten, und er hat einen Dorn im Fuss. Er hat ihn selber herausgezogen, darf ich noch etwas trinken?»
«Natürlich … aber, hör mal, wir wollten doch noch – bitte, halt einen Augenblick still – dem Götti eine Karte schreiben. Ich hab’ hier eine schöne, mit einer Hyäne drauf. Komm, ich schreibe, und du sagst mir, was. Kannst unterdessen meinen Becher Tee trinken.»
«Aber George wartet, und ich weiss nicht, was ich dem Götti schreiben soll.» Hastig stürzte sie den Tee hinunter.
«Nicht zu schnell, sonst verschluckst … siehst du, was habe ich gesagt?» Ich klopfte ihr auf den Rücken. «Sag dem Götti ganz einfach, was für Tiere du heute gesehen hast.»
«Also, gut», begann sie nach kurzem Nachdenken, wozu sie die Zunge zwischen die Zähne klemmte. «Wir haben Springböcke gesehen … Vater Strauss und Mutter Strauss machten einen Abendspaziergang … im Camp haben wir ein totes Mäuslein gefunden … und unter dem Baum noch einen Löwen. Kann ich jetzt zu George gehen?»

72

10

Aus der Bordzeitung:

Wo wir auf Mariental gegangen sind hat es nach Benzin geriecht. Und dan ist Vati schauen gegangen und hat ein Tank entdekt der gerunnen. Und Mami hat endtekt das ein Gumi gerissen ist. Dan hat Alexandra und Stefan den Kaugumi geben müssen dan hatte ich lachen müssen weil Vati die Kaugumi zusammen geklebt und in den Deckel getan. Dan sind wir weitergefahren zum Hardap Dam. Da hofften wir dass, das Schwimmbad nicht leer ist und doch ist es leer gewesen. Dan haben wir ein Einkauf gemacht. Weisst du was wir eingekauft haben? 3 Orangen Fanta für die anderen ein Gratfrut Fanta für mich. Vati und Onkel Maximilian haben noch 12 Flaschen Bier gekauft. Vati sagte zu Mami das ist auch für dich aber Mami sagte, du weisst das ich Bier verabschäue. Da sagte Vati er muss es halt allein trinken. Der Mann der getippt hat war ein bischen dick mit einer grünen Krawate.

Am Morgen sind wir auf den Spielplatz gegangen. Dort hat es eine Prutale Rutschbahn gehabt und ein kaputener Traktor Mit eine Anhänger. Dort hat es noch ein Karussel wo man drehen kann und ganz viele Ritiseili und ein Gie-Gampfi. Dort haben wir Europa-Park gespielt. Markus hat ganz viele Blätter geholt und das waren die Bilete. Dann wenn die Mädchen keine Bilete mehr gehabt haben hatten sie immer ein Stein am Markus geben müssen und er hat ihnen immer Bilete geben müssen. Ich habe immer das Karussel drehen müssen. Dann spielten wir Schuh fangis: Das ging so. Barbara warf immer unsere Schuhe um das Karussel und wir lagen, und mussten sie einfangen.

Wo wir die Malaria Tableten nehmen mussten hat Barbara sie nicht nehmen wollen. Da hat Vati gelacht und gesagt das ist ein Edelstein und wenn du ihn esst, wirst du ganz schön. Da hat Barbara gesagt sie will nicht schön sein. Da hat Vati gesagt du wirst fest krank wenn du nicht esst. Da hat Barbara gesagt sie will lieber krank sein. Da hat Vati geschimpft und gesagt jetzt aber sofort. Da hat Barbara geweint und Mami ist gekommen und Vati ist gegangen und hat gesagt, wie kann man nur so dumm tun.

Dan fahrten wir nach Windhoek und Vati kaufte wieder einmal viele Bücher und ein Tom und Jerri, und Mami kaufte zwei grosse Körbe für was sagte Vati, die stehen dan wider so im Haus herum. Da sagte Mami für deine viele Bücher hineinzutun. Wenn wir in ein Warenhaus gingen wurden wir immer betastet wegen Waffen weil vor kurzem ist hier eine Bombe exblodiert. Dan besuchten wir die alte Feste, das ist ein Museum. Wir sahen alte Ochsenwagen und Feuerwehrautos und ein Wansinsfotoapparat und 5 Klaviere und viele Metheoriten und ein altes Haus. Im Haus hat es einen Tisch darauf eine Bibel und zuoberst auf der Bibel eine ja was meint ihr? ja ja eine Brille.

Dan sind wir nach Grossbarmen gefahrt aber es war fast zu spät. Jetzt gips nur noch eines sagte Vati wenn es schon zu ist muss ich mir was einfallen lassen. Aber Mami sagte ja jetzt gips nur eines fahren wie eine Rakete und sie fahrte 120. Aber Vati schimpfte wenn das Benzin ausgeht hocken wir famoos in der Tinte, aber es ging nicht aus und an der Kasse war sogar ein Schweizer.

«Was sind das für komische Autos?» wollte Barbara wissen, als wir anderntags nach Norden in Richtung Angola fuhren. Wieder diese endlosen Strassen, wieder diese endlosen Farmzäune, dann und wann unterbrochen durch ein Tor mit einem buntbemalten Schild oder einer Figur aus Blech oder Holz, auf denen der Name der Farm geschrieben stand: *Ubi Bene* zum Beispiel, oder *Boxershalt, Hedwigslust, Hagestolz.*

Mit den «komischen Autos» meinte Barbara die hochbeinigen gepanzerten Fahrzeuge der südafrikanischen Armee, die uns ab und zu kreuzten. «‹Badewannen› nennt man die Dinger, glaub' ich», entgegnete ich. «Militär, weisst du.»

«Die haben aber eine merkwürdige Form. Wieso sind die so hoch?»

Nachdenklich rieb ich mir das Kinn. «Wie soll ich dir das erklären... Wenn wir weiter nach Norden fahren würden, kämen wir in ein Gebiet, wo... äh, manchmal geschossen wird. So eine Art kleiner Krieg. Und die hohen Fahrzeuge sind erstens sehr geländegängig, damit kannst du über Stock und Stein und durch Bäche, und zweitens gibt's ab und zu Minen...»

«Was ist das?»

«Bomben, die in der Strasse versteckt sind. Wenn ein Fahrzeug darüberfährt, gehen sie los. Wenn die Leute hoch oben sitzen, passiert weniger.»

«Wir sitzen aber nicht so hoch.»

«Hier, auf der Hauptstrasse, gibt's auch keine Minen. Sozusagen keine», setzte ich undeutlich murmelnd hinzu.

«Wer ist eigentlich schuld am Krieg?» erkundigte sich Stefan. Ich atmete zwei-, dreimal tief durch. «Puh, Kinder, was für eine schwierige Frage! Wenn man Zeitungen liest, könnte man glauben, jeder wisse, wer der Schuldige ist und wie man das Problem lösen könnte. Dummerweise hält jeder den andern für den Schuldigen, und jeder hat seinen eigenen Lösungsvorschlag parat. Deshalb müssen weiterhin viele Menschen leiden. Immerhin beabsichtigt man zu verhandeln, und verhandeln ist allemal besser als schiessen.»

«Also, ich verstehe überhaupt nichts», sagte Barbara.

«Es ist auch eine komplizierte Sache, aber» — plötzlich fiel mir ein pädagogisch vertretbares Gleichnis ein —: «wie war das denn heute morgen, als wir in Okahandja beim Bäcker Fischer Brot und Dänischen Plunder kauften und ihr so fürchterlich gestritten habt? Wer war da der Schuldige gewesen?»

«Markus!»

«Spinnst du? Du hast zuerst...»

«Nein, Alexandra hat mit ihrem Bein...»

«Danke, das genügt!» rief ich schmunzelnd. «So wie bei euch geht's auch unter den grossen Leuten zu und her.» Und mit ernster Stimme fuhr ich fort: «Bei euch setzt es Geschrei und Püffe ab, bei den Grossen kann es leider zum Krieg führen. Alles klar?» Stolz schwellte meine Brust ob meines erzieherischen Meisterstückes.

«Vati, der Geschwindigkeitsmesser geht nicht mehr», sagte Stefan und zeigte mit dem Finger auf das Armaturenbrett. «Was...? Wie...? Ach so, der Geschwindigkeitsmesser!» Während meine Gedanken noch tief in der südafrikanischen Politik steckten, schienen die Kinder über die beneidenswerte Gabe zu verfügen, das bedrückende Thema einfach abhaken zu können. Gott sei Dank! dachte ich mit Erleichterung und blickte kurz zu Franziska hinüber, die mir verständnisvoll zunickte.

In der Minenstadt Tsumeb — Alexandra nannte sie beharrlich

Mutseb – suchten wir eine Garage auf. Leider verfügte man nicht über die erforderlichen Ersatzteile. «Fahren können Sie auch ohne Tacho», versetzte der Werkstattchef tröstlich.

Die Buben hatten unterdessen einen Streifzug durch den Hinterhof unternommen. «Dort stehen zwei dieser ‹Badewannen›», meldeten sie wichtig, «mit kleinen runden Löchern in den Windschutzscheiben.»

«So, so», brummelte Maximilian etwas bedrückt, wie mir schien. «Mit kleinen runden Löchern, sagt ihr?»

Seine Züge verdüsterten sich noch um einiges, als in einem alten Jeep zwei mit Sturmgewehren bewaffnete Farmer zur Tankstelle kamen. «Hast du die Burschen mit ihren Kanonen gesehen?» sagte er leise zu mir, nachdem er mich am Ärmel beiseite gezogen hatte. «Und die Plakate, auf denen vor Minen gewarnt wird? Ich meine... äh, du mit den Kindern... bist du immer noch für die Fortsetzung der Reise?»

Ich kratzte mich am Ohr und überlegte. «Wenn du's genau wissen willst: als besonders anheimelnd empfinde ich all diese Dinge auch nicht. Ich müsste lügen, wenn ich nicht zugäbe, dass mich dann und wann ein mulmiges Gefühl beschleicht. Anderseits wussten wir ja schon zu Hause, was uns erwarten würde. Ich nenne das ein kalkuliertes Risiko. Und wie man versichert, ist die Gegend bis auf die Höhe von Tsumeb ruhig.»

«Na, die Bombe vor zwei Wochen in Windhoek wird kaum bloss gesäuselt haben. Und dann das Stück Weg bis zur Etoschapfanne!» Seine Nasenlöcher weiteten sich. «Hab' eben die Nachrichten gehört. Es fanden heftige Kämpfe statt im sogenannten Operationsgebiet.»

«Die gab's auch zu den Zeiten von Vetter Andreas, mein Lieber, und du willst ja ein Buch über seine Fahrten schreiben, hast immer geschwärmt von seinen Abenteuern und die Nase gerümpft über die *vile multitude,* die in wohlbehüteten Clubdörfern die Ferien absolviert. Sei doch froh, jetzt kannst du mal exklusiv ein Portiönchen unverfälschte Abenteuerluft geniessen.»

«Zyniker!» Nachdenklich stiess er mit dem Schuh einige Male gegen das Hinterrad der *Maroma,* bevor er weitersprach. «Aber ich geb's zu: Es besteht ein kleiner Unterschied, ob man in der warmen Stube mit einem Glas Roten in der Hand von diesen Dingen liest oder träumt oder hier mitten im Hexenkessel hockt wie eine Fliege in der Suppe. Du hast natürlich mehr Erfahrung von früher. Wahrscheinlich geht's mir ähnlich wie einem, der mit fünfzig zum ersten Mal eine Klettertour unternimmt.» Er presste die linke Hand auf seine Brust. «Weisst du, mein vegetatives Nervensystem blinkt. Immer wenn ich so einen Knarrenträger sehe, hab' ich Fehlzündungen.»

«Soweit ich mich erinnere, hat dir dein Arzt versichert, sie seien harmloser Natur.» Ich klopfte ihm ein paarmal herzhaft auf die Achsel. «Kopf hoch, alter Junge. Ich garantiere dir, dass du dich in ein paar Tagen an die Umgebung gewöhnt haben wirst. Gibt's übrigens kein Sprichwort aus deinem Orator Urbanus, das dir Kraft und Trost verleihen könnte?» Maximilians Mundwinkel verzogen sich zu einem müden Lächeln. «Lass mich mal überlegen... Doch, ein englisches, leicht adaptiert: ‹Wer zum Hängen geboren ist, wird nicht durch eine Mine umkommen›.»

Namutoni ist das östlichste der drei grossen Camps im Etoscha National Park, der halb so gross ist wie die Schweiz. Wir stellten unsere Wagen etwas abseits der wieder aufgebauten weissen Festung ab, und nach einem Feierabend-Schoppen, getrunken im bunten Lichte der untergehenden Sonne, befand sich Maximilians vegetatives Nervensystem wieder leidlich im Gleichgewicht.

Franziska streckte den Kopf aus der Wagentür. «Ist Stefan schon zurück?»

«Zurück? Ist er nicht bei dir?» fragte ich verwundert.

«Eben nicht. Er hat vor etwa einer halben Stunde gesagt, er ginge spazieren.»

«Dann hockt er bestimmt im Restaurant vor dem Flipperkasten», sagte ich und erhob mich vom Stuhl. «Ich geh' mal rasch hinüber.»

«Wenn du nichts dagegen hast, komme ich mit», schlug Maximilian vor. «Ich hol' nur schnell eine Taschenlampe. Ein bisschen die Beine vertreten schadet nichts.»

Stefan war weder im Restaurant noch in der Festung noch sonstwo. «Hoffentlich liegt er nicht irgendwo mit einem verstauchten Fuss herum. Er geht gerne auf Entdeckungsreisen», versetzte ich einigermassen ratlos.

«Immerhin ist das Gelände kräftig eingezäunt. Von Tieren ist kaum etwas zu befürchten», meinte Maximilian und liess den

Strahl seiner Taschenlampe ziellos über den Boden huschen. «Allenfalls von Schlangen, wenn er durch das hohe Gras streift – falls es hier solche gibt. Aber gehen wir systematisch vor, und beginnen wir drüben bei jener Zaunecke.»

Nach ein paar Schritten blieb Maximilian stehen und schlug sich mit der flachen Hand auf die Stirn. «Das Nachtsichtgerät! Ich hab' doch so ein Ding eingepackt. Arbeitet mit Restlichtverstärkung. Geh mal vor bis zum Zaun, ich bin in ein paar Minuten zurück.»

Eine Viertelstunde später wurde der Ausreisser gefunden. Ganz zufrieden und in sich selbst versunken sass das Bürschchen, kaum sichtbar im hohen Gras, auf einem kleinen Feldstuhl am Drahtverhau und starrte in die afrikanische Finsternis hinaus.

«Ich hab' doch Mami gesagt, ich ginge spazieren», erklärte er treuherzig. «Weisst du, das Gefühl, nachts so mitten in Afrika zu sein, ist irr-läss. Und dann all die Geräusche und die Sterne bis an den Rand hinunter ...»

«Du meinst, bis auf den Horizont», sagte ich milde und gab ihm einen liebevollen Klaps auf den Kopf. «Ich versteh' dich, und am liebsten würde ich mich zu dir setzen. Aber komm jetzt, Mami macht sich Sorgen um dich.»

«Und du, du prosaischer Bankmagazinschreiber, vermutetest deinen Sohn vor dem Flipperkasten», raunte mir Maximilian vorwurfsvoll ins Ohr, als wir durch das leise raschelnde Gras zu den Wagen zurückstapften.

11

Im Trainer, darüber eine wollene Jacke und um den Hals einen dicken Schal, zündete ich die Gasheizung an und überlegte mir zugleich, wie ich die Kinder mit blumigen Worten aus den warmen Schlafsäcken locken könnte. Ich entschied mich für eine Kombination von eingefrorenen Weichen und Elefanten.

«In welchem Bahnhof sind noch Weichen eingefroren?» fragte ich, nachdem ich mich mit meinem tragbaren Brenner vor dem grossen Kinderbett im Wagenheck postiert hatte. Mit der rechten Hand suchte ich durch die Schlafsäcke hindurch nach Beinen und Bäuchlein und kitzelte und knetete und schwenkte mit der linken meine fauchende Gasflasche. Es gab sehr viele eingefrorene Weichen. So viele, dass ich schliesslich kategorisch verkünden musste, dass alle aufgetaut seien. Hingegen seien draussen ganze Elefantenherden auf dem Weg zu den Tränken, ganz grosse und ganz kleine, und mit Sonnenaufgang sollten wir aufbrechen.

Das genügte.

Blieb noch Franziska im Alkoven.

«Hör mal, ich glaube, wir sollten langsam ... zwar haben wir Ferien, aber so schnell kommen wir nicht wieder in den Etoscha-Park ... Es ist bereits etwas wärmer geworden», flötete ich, obwohl der Hauch vor meinem Mund deutlich sichtbar war.

«Nur noch fünf Minuten», murmelte sie und drehte sich auf die andere Seite. Immerhin fügte sie die rhetorische Frage hinzu, ob ich gut geschlafen habe.

«Prächtig, meine Liebe», knurrte ich. «Hab' vermutlich einige Kilo verloren. Kurz nach dem Einschlafen rutschte mein Bett, das Tischblatt im ‹Salon› meine ich, aus der Halterung und ich auf den Boden, zwei Stunden später purzelten mir etliche Bücher auf den Kopf, die Alexandra mit ihren Beinen vom Regal hinuntergestossen hatte. Kurz darauf plumpste sie gleich persönlich auf mich herunter. Natürlich gab das Tischblatt wieder nach. Ich hab' sie dann zu den anderen Kindern gelegt. Und um vier stupste mich Barbara, weil sie aufs WC ...»

«Vati hat gesagt, ich klammere mich an ihn wie ein Woll-Äffchen», rief Barbara aus dem Hintergrund. «Wir haben ganz schöne Sterne gesehen, den Orion, aber verkehrt, und ganz kalt war es.»

«Da hörst du es selber», sagte ich lachend. «Ich geh' mal rüber in den Waschraum, um mich zu rasieren.»

Schon kurz nach acht Uhr befanden wir uns an der Wasserstelle Kalkheuwel. Zwei Stunden tröpfelten vorüber. «Wann kommen denn die Elefanten?» Markus war ungeduldig geworden. «Vielleicht müssen wir an eine andere Stelle fahren?»

«Nein, wir bleiben hier, den ganzen Tag. Viele machen den Fehler und wirbeln im Busch herum. Das macht bloss die Tiere nervös.»

Maximilian winkte aus dem geöffneten Heckfenster der

Maroma und zeigte mit der Hand über das Wasserloch. Sechs Zebras traten aus den Bäumen hervor, um zu trinken. Gegen Mittag näherten sich langsam vier Giraffen, sicherten nach allen Seiten, spreizten dann ihre langen Beine und bogen die Hälse zum Wasser hinunter. Kaum waren sie verschwunden, entdeckte Stefan den ersten Elefanten.

«Dort, geradeaus, zwei sind es ... nein, drei ... eine ganze Herde! ... Und ein ganz kleines zwischen den Beinen.» Siebenundzwanzig Tiere zählten wir im ganzen. Sie tummelten sich im Wasser, spritzten mit ihren Rüsseln und kümmerten sich überhaupt nicht um unsere beiden Wagen. Gott sei Dank!

«Was machen wir, wenn sich einer auf das Auto setzt wie im Zirkus?» fragte Barbara in einem Tone, in dem sich Bewunderung über das fröhliche Spiel der Riesenleiber mit unüberhörbarer Besorgnis mischten.

«Dann steche ich ihn mit dem Schraubenzieher in den Hintern», erklärte Markus grossspurig, worauf sich unter den Kindern eine längere Diskussion entspann über die Dicke der Elefantenhaut und über die Frage, ob ein Elefant einen Reissnagel spüren würde.

«War Vetter Andreas auch hier?» wollte schliesslich Stefan wissen. «Hat er auch Elefanten gejagt?»

«Oh, er war lange in dieser Gegend. Hier in der Nähe ist er sogar gestorben. Onkel Maximilian will ja sein Grab suchen. Aber Elefanten gab's damals keine mehr. Gib mir bitte einen neuen Film aus der braunen Tasche.»

«Wieso denn?»

«Danke. Weil sie sinnlos abgeknallt wurden. Glücklicherweise denken heute viele Menschen anders. Im Etoscha-Reservat hat es sogar zu viele. Sie brauchen enorme Mengen von Grünfutter und sehr viel Wasser.» Ich hob die Kamera und folgte mit dem Objektiv der Herde, die gemächlich wieder in den Buschwald hinaustrottete.

«Wieviel Wasser?»

«Etwa 350 Liter im Tag», entgegnete an meiner Stelle Franziska, die den geöffneten Reiseführer vor sich hatte.

Alexandra überlegte kurz. «Ist das soviel wie ein Kanister?»

Markus lachte herablassend. «Geht's noch? Mehr als eine Badewanne voll! Dort drüben kommen Gnus!»

«Solche gab's zu Vetter Andreas' Zeiten. Mit einem Gnubullen hatte er mal grosse Probleme gehabt.» Ich drehte mich zu

Stefan um, der hinter mir im ‹Salon› auf dem Polstersitz kniete. «Gib mir sein Buch herunter, ja, das rote Ringheft. Ich werde euch erzählen, was er hier alles erlebt hat.»

Mit gespitzten Ohren hörten die Kinder, wie Vetter Andreas aus Dornbüschen einen Lagerwall errichtet hatte, aber dennoch ein Gnubulle in den Viehkraal eindrang und für beträchtliche Aufregung sorgte. Ich schilderte ihnen die Jagd auf einen Leoparden, der von Andreas' Hunden zerrissen wurde, und wie er dann ein Leopardenkotelett briet, das ihm aber nicht besonders schmeckte. Viele seiner Leute wurden von Skorpionen gestochen, und ein grosser Ochsenwagen musste repariert werden. Die Pferdeseuche forderte ihre Opfer, darunter auch das Lieblingstier von Vetter Andreas. Er weinte, als er das Pferd verscharren musste, und wanderte dann ziellos in den Busch hinaus, so dass er sich verirrte und gezwungen war, auf einen hohen Baum zu klettern, um die Lagerebene zu suchen...»

«Aua! Spinnst du?» unterbrach Barbara schreiend meine Erzählung.

Verärgert über die Störung blickte ich zu ihr hinüber.

«Markus hat mich am Hals gezogen, ganz fest», jammerte sie.

«Ich wollte ihr nur zeigen, wie ein Gnu aussieht», verteidigte er sich kühn. «Die haben doch so komische lange Dinger am Hals.»

Abends traf ich mich mit Maximilian zu einer Stabssitzung. Der Stab bestand aus uns zweien.

Auf dem Tisch lagen Karten und ein Stapel Akten, daneben Gläser, Wein, ein Kistchen Zigarren und ein mit dem gelbgrünen Fabelwesen der *St. Helena Shipping Co. Ltd.* geschmückter Aschenbecher, den Maximilian auf der *R. M. S. Centaur* hatte mitlaufen lassen. Leise schnurrte die Standheizung und verbreitete eine behagliche Wärme.

«Nimm Platz. Zigarre gefällig?»

Ich liess mich auf das braungescheckte Polster nieder. «Eigentlich bin ich Nichtraucher. Aber in den Ferien... danke.» Behutsam setzte ich die Zigarre in Brand, während er die Gläser füllte.

«Damit erkläre ich diese historisch so bedeutsame Sitzung für eröffnet», sprach Maximilian feierlich, nachdem wir angestossen hatten. Seine Miene nahm die Züge eines Trauerredners an. «Einziges Traktandum ist die Suche nach dem Grabe unseres lieben verblichenen Vetters Andreas.» Er liess seine Miene sich wieder aufhellen. «Ich schlage vor, dass wir uns zuerst mal gründlich überlegen, wo es liegt.»

«Selbstverständlich neben den fünf oder wieviel auch immer Kameldornbäumen», entgegnete ich ebenso feierlich, fügte dann aber kopfschüttelnd und trocken hinzu: «Beim heiligen Leo, ich kann mir nicht vorstellen, wie du mit deinen spärlichen Angaben überhaupt einen vernünftigen Ansatzpunkt für die Suche finden willst.»

«Oh, so spärlich sind sie nun auch wieder nicht», sagte er nachdrücklich und hob den Zeigfinger. «Knöpfen wir uns mal den Brief von Schmidt vor... Hier hab' ich ihn.» Maximilian richtete die an der Wand befestigte Spotlampe auf die Mitte des Tisches. Er las:

Leider sind meine Tagebücher im Krieg verlorengegangen, so dass ich auf meine Erinnerungen angewiesen bin. Andreas ist auf der Nordseite eines in der Regenzeit reichlich Wasser führenden Flusses bei einer Gruppe von fünf Kameldornbäumen gestorben und auch beigesetzt worden. Zum Schutze des Grabes haben wir es mit Steinen bedeckt und in der Mitte ein einfaches Holzkreuz mit seinem Namen hineingesteckt. Ich erinnere mich genau, dass ich während dieser Tätigkeit südlich des Flussbettes einen jener Steinhaufen sah, die ich als Angehöriger eines Vermessungstrupps der Deutschen Schutztruppe hatte errichten helfen. Wir hatten damals das Land vermessen, um es in Farmen aufzuteilen. Der Steinhaufen war weiss gekalkt und aussergewöhnlich gross, d.h. er muss einen vollen Längengrad bezeichnet haben, was wohl der 17. gewesen sein muss. Ausserdem war er L-förmig, wobei ein Schenkel nach Norden und einer nach Osten zeigte. Auf diese Weise wurde die westliche und die südliche Grenzlinie des Farmgebietes bezeichnet. Die Farmen glichen aneinandergereihten Rechtecken. Die genaue geographische Breite ist mir zwar nicht mehr bekannt, aber es gibt möglicherweise einen Anhaltspunkt: Anlässlich von späteren Vermessungen haben wir eines Tages Quartier auf einer der neuen Farmen bezogen. Der Besitzer war aus einem südafrikanischen Staat eingewandert, vielleicht war es Transvaal oder Natal, ich weiss es nicht mehr. Jedenfalls wurde abends kräftig gefeiert, weil zufälligerweise die Breitenzahl der südlichen

Farmgrenzen mit dem Gründungsjahr seines Herkunftstaates übereinstimmte. Der Grossvater unseres Gastgebers war nämlich einer der Gründer gewesen und hatte ihm unzählige Male davon erzählt und eingeschärft, seine Herkunft ja nie zu vergessen. Wir sahen in dieser Übereinstimmung ein gutes Omen und haben es reichlich mit Cap-Brandy begossen...

Maximilian hielt mit Lesen inne und blickte mich grinsend an. «Klar, mein Lieber?»

«Völlig. Schliesslich spreche ich perfekt Chinesisch. Aber mal ernsthaft: Hier gibt's doch Hunderte von Farmen... Das reinste Riesen-Puzzle!»

«Mensch, Fridolin, natürlich gibt's die, aber schau mal auf diese Karte» − er wühlte in den Papieren auf dem Tisch und zog eine kleinmassstäbliche Karte von Namibia hervor: «Hier sind sämtliche Farmen eingezeichnet. Da oben, ziemlich genau beim 17. östlichen Längengrad, haben wir Namutoni.» Er zog an seiner Zigarre, blickte auf und blies langsam den Rauch aus. «Den Namen bekam es von einem Schweizer, der später Direktor des Botanischen Gartens in Zürich wurde, Schinz hiess er.» Sorgfältig plazierte er einen durchsichtigen Massstab und schaute mich dann triumphierend an. «Da! Eine ganze Reihe von Farmen, von *Operet* bis *Falkenhain*, auf *einer* Linie, die nordöstlich von Namutoni beginnt. Und diese Linie entspricht haargenau einer südlichen Breite von 18 Grad 42 Minuten. Und im Jahre 1842 wurde zwar nicht Transvaal oder Natal gegründet, hingegen der Oranje Freistaat.» Entdeckerstolz spiegelte sich auf seiner Miene.

Nachdenklich drehte ich die Zigarrenspitze auf dem *R.M.S.-Centaur*-Aschenbecher, bevor ich mich zu einer Antwort aufraffte. «Verblüffend, zugegeben, aber... weisst du, meine Kinder lesen gerne die Comics von Hergé, mit Tim und Struppi. Der jongliert in ähnlicher Weise mit Zahlen.»

Empört rundete er seine Lippen: «Du willst mich doch nicht damit vergleichen!»

«Wenn's dir lieber ist, so erinnere ich an meinen Lateinlehrer. Der hämmerte uns ein, dass Etymologien, die wunderschön aufgingen, meistens falsch seien.»

«Oh, ich habe selber einige Jahre unterrichtet und kenne mich in der Materie etwas aus. Nehmen wir zum Beispiel die fernöstliche Insel Formosa: müsste auf Lateinisch *die Schöne* heissen. Nach deiner Theorie ein Trugschluss. Es heisst aber *die Schöne,* bloss mit einem kleinen Umweg über das Portugiesische.»

«Wenn ich mit deiner Logik meine Wirt-haft analysieren würde, wäre ich schon längst aus der Bude geflogen.»

«Wenn ihr auf der Bank weniger nach eurer Logik arbeiten würdet, könntet ihr möglicherweise die Börsenkräche voraussehen. Du kennst doch Kostolanys Vergleich mit den Kursen und dem Hündchen, das mit seinem Herrn spazierengeht?»

«Schon gut, schon gut», lachte ich und hob abwehrend die Hände. «Streiten wir uns nicht, und nehmen wir mal an, deine Grade stimmten: Wie aber willst du einen ganz bestimmten Punkt realiter in der Landschaft finden? Mal abgesehen davon, dass der Schnittpunkt ganz offensichtlich im Etoscha-Park liegt und das Verlassen von Pisten und Fahrzeugen verboten ist.»

Statt zu antworten, schob er sich aus dem für seinen Bauch reichlich engen Raum zwischen Tisch und Bank hervor, öffnete auf der anderen Wagenseite einen der zahlreichen Einbau-Schränke und entnahm ihm ein kleines Kästchen aus schwarzem Kunststoff. «Da, mit Hilfe eines ganz gewöhnlichen Sextanten.» Er setzte sich und zog vorsichtig mit zwei Fingern das Gerät heraus. «Morgen werde ich damit unsere Position bestimmen.»

«Funktioniert denn das Ding auch an Land?»

«Es gibt einen Trick mit einer Flüssigkeit, Öl oder Sirup. Die Oberfläche benutzt man als Spiegel, als natürlichen Horizont.»

«Und die Messung wird so genau sein, dass ...»

«Nein, sie wird ungenau sein», unterbrach er mich und legte den Sextanten in das Behältnis zurück.

«Aber ... äh, gibt's heute nicht diese kleinen Apparate, die einem mit Hilfe von Satelliten die metergenaue Position ausspucken?»

«Die sind mir zu genau.»

Verzweifelt schüttelte ich den Kopf. «Maxe, Maxe, ist das jetzt wieder deine Schliemann-Logik? Du suchst einen Punkt und führst dafür eine Messung durch, von der du von vornherein weisst, dass sie ungenau ist. Und jene, die genau wäre, ist dir zu genau!»

Er verschränkte die Arme, lehnte sich zurück und schaute

mich mit einer Mischung aus Pfiffigkeit und Nachsicht an. «Schmidt und Co. haben seinerzeit mit relativ einfachen Geräten gemessen. Also relativ ungenau. Folglich haben sie mit grösster Wahrscheinlichkeit nicht die genaue Position bestimmen können, wie sie etwa ein *Navstar*-Gerät liefern würde. Ergo läge ich damit mit grösster Wahrscheinlichkeit daneben. Arbeite ich aber mit dem Sextanten, so habe ich immerhin eine winzig kleine Chance, einen ähnlichen Fehler zu machen wie seinerzeit Schmidt. Vermutlich steckt hinter meiner Theorie ein Trugschluss, der Fehler könnte sich ja auch verdoppeln, aber sie gefällt mir, sie ist erfrischend», fügte er mit entwaffnendem Lächeln hinzu.

«Immerhin wäre es für dich bedeutend einfacher, auf die Taste zu drücken, als Tabellen nachzusehen», wandte ich ein. Ich war zu bequem, um mit ihm über Trugschlüsse zu disputieren.

«Ich möchte aber zu Fuss auf den Berg, verstehst du? Was glaubst du, wie mir das Freude machen wird, wenn ich wie einst Barth oder Humboldt mit Uhr, Winkelmessgerät und einem Löffel Salatöl herausfinde, wo in aller Welt sich meiner Mutter Sohn befindet? Das sind doch die Dinge, die das Leben lebenswert machen.» Hastig sog er zwei-, dreimal an der Zigarre. «Ausserdem hält einen die Rechnerei auf dem Boden der Wirklichkeit, wie vor mir schon Goethe und Albert Schweitzer herausgefunden haben. Wenn unsere literarischen Nabelschauer täglich einen Sternfix berechnen müssten, bekämen wir nicht soviel gedruckten Mist vorgesetzt, den mittlere Intellektuelle liebevoll parfümieren und exhibitionieren...»

«Lass mal Mist und Parfüm und schieb mir den Bacchus rüber!»

«Bitte! Ich bin vom Thema abgekommen. War schon meine Schwäche, als ich noch unterrichtete. Doch zurück zum Grab: Ich habe mir für alle Fälle im Flughafen drüben die Position von Namutoni geholt. 18 Grad 48 Süd und 16 Grad 56 Ost. Damit habe ich einen zuverlässigen Ausgangspunkt. Ausserdem» — er entfaltete eine Spezialkarte des Etoscha-Reservates — «gibt es eine Wasserstelle, Aroe heisst sie, die ungefähr auf dem 17. Längengrad liegt. Von Aroe aus sind es ein oder zwei Kilometer bis zum vermuteten Punkt. Die schaff' ich leicht zu Fuss.»

«Es ist nicht gestattet, den Wagen zu verlassen.»

«Weiss ich. Gelegentlich muss man sich aufs hohe Seil wagen.»

«Und deine vegetativen Störungen? Draussen, allein auf weiter Flur, wo die Bestien nach deinem Blute lechzen?»

«Dian Fossey, die ihr Leben den Berggorillas gewidmet hat, litt achtzehn Jahre unter Herzrhythmusstörungen, dann wurde sie ermordet. Übrigens treten die nur auf, wenn was Unvorhergesehenes eintritt, und dagegen seh' ich mich vor.»

«Mit Kalaschnikow und Stinger-Raketen?»

Maximilian schürzte die Lippen und lächelte überlegen. «Schon mal Horaz gelesen?

Integer vitae scelerisque purus
non eget Mauris iaculis neque arcu...
Wer da lebt unsträflich und frei von Schuld ist,
der bedarf nicht maurischen Speers und Bogens...

Steht in meinem Orator Urbanus.»

«Was du nicht sagst!»

«Ferner habe ich mich mit dem Seelenleben von Löwen vertraut gemacht, hab' den Grzimek studiert und ein ganz neues Werk von einem amerikanischen Paar namens Owens. Und für den Fall des Falles werde ich mit dir in ständiger Funkverbindung bleiben.»

«Verlang ja nicht, dass ich Tarzan spiele und dir zu Hilfe komme! Meine Leopardenhöschen sind momentan in der chemischen Reinigung. Überhaupt hab' ich Weib und Kind, die bittere Zähren vergiessen würden. Nimm wenigstens einen Feuerlöscher mit.»

«Mach' ich, obwohl ich hundert zu eins wette, dass mir höchstens ein Erdmännchen über den Weg läuft.»

«Na, gut, dann sag mir bloss noch, wo du dein Testament eingeschlossen hast.»

«Im kleinen Tresor, hinter dem Beifahrersitz», versetzte Maximilian gemütlich. «Meine linke Gehirnhälfte weiss Bescheid. Und nun entschuldige mich für einige Minuten. Ich muss mal. Steck unterdessen deine Nase in meine Prachtsbibliothek. Der Zettelkatalog befindet sich zuoberst.» Er griff nach einer wollenen Jacke und verschwand in die kühle Nacht hinaus.

Ich erhob mich und ging nach vorne zum Bücherschrank. Mit Genuss meinen Zigarrenrest paffend, fingerte ich mich neugierig durch die Karteikarten: Maupassant, Miller, Mineralien, Mozart, Mystik ... Plötzlich begann ein rotes Lämpchen zu blinken, und ein ekliger kalter Regen ging über mich nieder. Mein Gott, doch nicht schon wieder diese idiotische Sprinkleranlage! Aber ich hätte es ja wissen müssen: Genau über meinem Kopf war ein Rauchmelder befestigt. Blitzartig schob ich den Zettelkasten zurück ins Trockene und machte einen Satz zum Elektropaneel hinüber. Hier irgendwo hatte seinerzeit in Schlossberg Maximilian die Anlage abgestellt, als er uns seine *Maroma* vorführte ... Verdammt ... bloss einige Kontrolleuchten über der Aufschrift *«Sprinkler»*. Verzweifelt ging mein Blick zwischen dem Boden, wo sich eine Wasserlache zu bilden begann, und dem Paneel hin und her. Marie-Rose! Sie wusste bestimmt, wie man den Hahn zudrehte.
Ich stürzte in unseren Wagen hinüber.
«Händels Wassermusik!» rief Marie-Rose und schoss empor. «Tatata tataradaa! Tatata tataradaa!»
«Himmel, mir ist es nicht ums Witze-Reissen! Das Wasser läuft und läuft ...»
«Mir auch nicht, komm mit! Taradaa tataa, nein, tatata ...»
Sie eilte voraus, hinein in die *Maroma* und stellte sich vor das Paneel. «Tatata tatataraa ... Ach, jetzt bin ich völlig durcheinander.» Erregt klopfte sie sich mit dem Finger auf die Lippen, während der feine Sprühregen anhielt.
In diesem kritischen Moment kehrte Maximilian zurück. Ein kurzer Blick, und er schmetterte mit Donnerstimme los: «Tatata tataradaa!» Wie von Zauberhand schloss sich das Ventil.
Wir Männer übernahmen die Reinigung. «Natürlich hätte ich statt der akustischen Steuerung auch einen Kippschalter einbauen können», gab Maxmilian zu, während er den Lappen auswrang. «Aber das war mir zu prosaisch. Wundervoll doch das Hörnermotiv aus Händels Wassermusik: Tatata tataradaa ...! Ich glaube, wir müssen die Randleisten doch wegschrauben, damit wir den Teppich entfernen können.»

12

Aus der Bordzeitung:
Vati hat geraucht und da ging das Wasser los und er konnte es nicht abstellen. Da ist er zu uns gerennt und hat geruft Wasser! Aber Tante Mari-Ros hat geruft tatatatataa das ist von Hendl. Aber Vati hat gesagt mir ist nicht nach Hendl sondern das Wasser spritzt. Aber Tante Mari-Ros wusste den Hendl nicht mehr, da kam Onkel Maximilian vom Klo und wusste den Hendl und das Wasser stopte.
Dan putzten Onkel Maximilian und Vati und Tante Mari-Ros sagte, jetzt ist aber schluss und fertig mit dem Hendl. Es könnte einer vertrinken wenn er die Noten vergist. Jetzt gibts ein Schalter wie normale Leute. Aber Onkel Maximilian sagte das ist stinklangweilig. Da machten sie ein Kombromis und jetzt kann man das Wasser stoppen mit dem Feuerwehrhorn taa-tüü taa-tüü weil das vergisst man nicht wenn es brennt und ist viel orrigineller als ein Schalter.

«Was würden wir machen ohne Maximilian! Jetzt hocken die Kinder schon bald eine Stunde um ihn herum und starren durch den Sextanten.» Franziska zeigte mit der Teetasse zu ihnen hinüber. Es war morgens halb zehn. Wir sassen mit Marie-Rose vor unseren Wagen und genossen die Ruhe und das Nichtstun.
«Wahrhaftig, der geborene Kinderfreund.» Ich streckte mich und stand auf. «Ich gehe auf einen Sprung zu ihnen.»
«Hilfst du mir nachher bei der Wäsche? Ich brauche einige Meter Seil.»
«Natürlich. Sagen wir, in zehn Minuten?»
Maximilian sass auf einem Feldstuhl, hatte Alexandra auf den Knien und machte sich Notizen. Barbara hielt krampfhaft den Sextanten in den Händen und versuchte vergeblich, das richtige Auge zu schliessen, Stefan hantierte an einem Kurzwellenradio herum und Markus spielte mit der Stoppuhr. Maximilian blickte auf. «Hab' ich nicht eine prächtige Mannschaft? Versuch's doch auch mal... Barbara, gib Vati den Sextanten.»
Ich brauchte einige Minuten, bis es mir gelang, die Sonne auf ihr Ebenbild hinunterzuspiegeln, das von der Oberfläche eines mit Salatöl gefüllten Suppentellers reflektiert wurde.

«Wozu braucht ihr denn das Radio?»

«Wir haben die genaue Zeit abgehört», erklärte mir Stefan wichtig. «Du musst nur die richtige Sequenz eintippen, dann piepst es.»

«Verblüffend. Übrigens heisst es ‹Frequenz›, nicht ‹Sequenz›. Und du, Markus, hast gestoppt?»

«Ja. Weisst du, die Sonne saust mit anderthalbfacher Schallgeschwindigkeit um die Welt. Da muss man ganz genau messen.»

«Schön, und nachdem ihr eure Köpfe eingesetzt habt, könnt ihr nun auch eure Muskeln spielen lassen. Heute ist Waschtag ...»

«Aber, wir müssen doch Onkel Maximilian helfen», protestierte Stefan.

«Jetzt nicht mehr, mein lieber Freund und Kupferstecher, am Nachmittag dann wieder.» Maximilian hob Alexandra von seinen Knien. «Ohne euch hätte ich das nie geschafft! Aber jetzt geht's umgekehrt: Onkel Maschi hilft bei der grossen Waschi.»

«Fridolin und ich machen das allein», schlug er Franziska grosszügig vor, nachdem wir in den Wäscheraum hinübergegangen waren. «Wir brauchen bloss einige technische Angaben. Du bist doch einverstanden, Fridolin?»

Franziska machte grosse Augen und lächelte verstohlen. «Gerne. Krempelt als erstes eure Ärmel hoch.» Sie blickte auf die Kinder. «Mit den Buben mache ich unterdessen Schule. Holt eure Hefte und Bücher hervor.»

«Aber Vati hat gesagt, wir müssten bei der Wäsche helfen», protestierte Stefan.

Eine gute Stunde lang rubbelten wir und wanden aus und spülten und schwitzten und leerten Tröge und füllten sie wieder: «Mensch Meier, wie haben die Waschweiber das früher nur fertiggebracht», ächzte Maximilian. «Mir fallen die Arme ab. Sind jene Jeans schon durchgespült?»

«Ja, alles fertig. Gott sei Dank! Vermutlich hat man wegen einiger Flecken nicht gleich einen neuen Pullover angezogen – wenn man überhaupt einen zweiten besass.» Ich nahm das Waschpulver von der Ablage und packte mit der anderen Hand einen der mit sauberer Wäsche gefüllten Plastikkübel. «Nimmst du den Rest?»

Mit hängenden Schultern trotteten wir zu den Campern zurück, wo wir von den beiden Frauen mit Blicken empfangen wurden, die zu besagen schienen: Da seht ihr mal, was unserer Spezies auf der ganzen Welt aufgebürdet wurde und wird!

Wir spannten zwischen den Bäumen zwei Leinen und machten uns ans Aufhängen. Bald flatterten die ersten Socken und Hemden im Wind, und langsam löste sich der Krampf in unseren Armen.

Maximilian trat zwei Schritte zurück, stützte die Fäuste in die Hüften und überprüfte mit leicht zugekniffenen Augen sein Werk. «Hätte nie gedacht, dass Wäscheaufhängen einem eine so tiefe Befriedigung verschaffen könnte», stellte er fest. «Allerdings bin ich mir immer noch nicht im klaren, ob man die Hemden an den Ärmeln oder am unteren Rand aufhängt.»

«Nimm dir die Freiheit heraus, es so zu tun, wie es dir beliebt. Du wolltest ja schon immer kreativ sein. Hast du noch Klammern?»

«Genügend.» Er reichte mir eine Handvoll, zog dann eine Unterhose aus dem Kübel hervor und schüttelte sie zwei-, dreimal. «‹Freiheit›! Schnell gesagt! In diesem speziellen Fall ist sie für mich eine Last. Aber damit stehe ich ja nicht allein da. Schon Augustin lag sie auf dem Magen, weil er die menschliche Freiheit nicht mit der Allmacht Gottes vereinbaren konnte.»

«So? Das habe ich nicht mehr präsent.»

«Dann hole ich mal in der *Maroma* etwas Literatur. Aber zuerst hänge ich diese Hosen auf, und ich nehme mir die Freiheit heraus, den Gummizug *unter* das Seil zu legen. Schliesslich heissen sie *Unter*hosen und nicht *Über*hosen.»

Tiefschürfende Dialoge adelten den Rest unserer sich in die Länge ziehenden Arbeit, untermauert von Belegstellen, die Maximilian mit feuchten Fingern aus seinen Büchern zusammensuchte.

Wir waren eben bei Jaspers angelangt, und Maximilian hatte mir, in der Linken den Text, in der Rechten zwei tropfende T-Shirts, zitiert, dass ‹Freiheit weder beweisbar noch widerlegbar sei›, als wir einen Schrei hörten: Stefan hatte die Seitentür unseres Campers geöffnet und lag mitsamt der Tür im Gras.

«Donnerwetter! Könnt ihr denn nie aufpassen?»

«Ich habe ja gar nichts gemacht», verteidigte er sich. Er schien recht erschrocken zu sein. «Die Tür fiel einfach so heraus.»

Ich untersuchte die Scharniere: sie waren gebrochen. Da die Bruchstellen zur Hälfte verschmutzt waren, mussten sie schon seit einiger Zeit angerissen gewesen sein. Nun, mit Hilfe von Maximilians fahrbarer Werkstatt dürfte sich der Schaden leicht beheben lassen, überlegte ich, während ich die Tür vorläufig an die Wagenwand lehnte.

Leider passte keiner von Maximilians Inbusschlüsseln, weil es sich um Schrauben mit Zollmassen handelte. Ausserdem schienen die Scharniere aus einer ganz speziellen Legierung zu bestehen, die weder Löten noch Schweissen ermöglichte. Schliesslich leimten wir sie mit Araldit.

Im Laufe des Nachmittags mass Maximilian ein zweites Mal den Sonnenstand und verzog sich dann in die *Maroma,* um ungestört rechnen und zeichnen zu können. Nach einer guten halben Stunde erschien er wieder, in der Hand einen Bogen Millimeterpapier, auf dem sich etliche Linien in verwirrender Weise kreuzten. Er lächelte zufrieden. «Bloss etwa zwei Seemeilen daneben», verkündete er stolz. «Ich werde es morgen nochmals versuchen. Falls du Lust hast, Fridolin, könnten wir unsere Trigonometrie aufwärmen und die Sache mal ohne H.O.-Tafeln nach alter Väter Sitte selbst ausrechnen. Hab' ein ausgezeichnetes Werk von einem Wislicenus bei mir: ‹Geographische Ortsbestimmung auf Reisen›. Gedruckt 1891, also zu Vetter Andreas' Zeiten.»

«Offengestanden, ich bin zu faul dazu. Obwohl es natürlich sehr beruhigend ist, zu wissen, dass wir uns tatsächlich am Rande der Etoscha-Pfanne befinden und nicht in der Wüste Gobi. Und jetzt muss ich einkaufen gehen. Hab's dem Nachwuchs versprochen.»

Das junge weibliche Wesen an der Kasse des Camp-Ladens gähnte. Gähnen kann unschön wirken. Das weibliche Wesen hatte Rehaugen, einen grünen Pullover und eine reizend aufgeworfene Oberlippe. Sein Gähnen wirkte entzückend. Ich ertappte es dabei, und es lächelte mir verlegen zu.

«Sind das alles Ihre Kinder?» fragte die Oberlippe nach einer angemessenen Pause. Als ich nickte, fügte sie hinzu, sie möchte auch einmal vier Stück.

«Ich stehe gern zu Diensten», versicherte ich ihr liebevoll, während ich Stefan und Markus je ein Bündel Feuerholz auf die Arme legte. «Geht mal voraus!»

Leicht errötend wechselte sie das Thema und erklärte mir, dass das Gummiband um das Bündel als Zünder diene und ein einziges Streichholz zum Feuern genüge.

«Habt ihr schon wieder vergessen, was die Frau an der Kasse gesagt hat?» tadelte ich, als Stefan am Abend Zeitungen unter das kunstvoll aufgeschichtete Holzhäufchen schieben wollte.

«Aber die andern ringsum brauchen auch Zeitungen.»

«Wir sind nicht die andern. Merk dir das!»

«Darf ich auch ein Streichholz anzünden?» bettelte Alexandra.

«Von mir aus. Alle dürfen eines anzünden, auch wenn es nicht ganz *comme il faut* ist. Langsam, bitte... das Streichholz ein bisschen weiter vorne fassen... Jetzt hast du es zerbrochen... Da, ein neues... Vorsicht, verbrenn dich nicht!»

Acht Kinderaugen starrten auf das brennende Gummiband. Sonst brannte gar nichts.

«Das Holz ist furchtbar hart hier», erklärte ich. «Wie Eisen.»

«Vielleicht braucht's mehr Luft», meinte Stefan und begann am Holzstapel herumzufummeln.

«Hör auf... siehst du, jetzt ist er ganz zusammengefallen! Das kann ja gar nicht zu brennen beginnen.»

«Die andern nehmen eben Zeitungen.»

«So stopf sie in Gottes Namen darunter, damit deine arme Seele ihre Ruhe hat.»

«Darf ich auch helfen?» bat Barbara.

«Alle dürfen eine Zeitung zerknüllen, und alle dürfen... äh, drei Streichhölzer anzünden... Hol mir noch ein Bier, Markus!»

Ein Zündholz nach dem andern blitzte auf, eine Zeitung nach der andern loderte auf, nur das lausige Holz brannte nicht. Um uns herum prasselten die Feuer der Nachbarn, und ich hatte plötzlich das Gefühl, dass mich spöttische Augen durch die Dunkelheit beobachteten.

«Vielleicht sollten wir Mami rufen?» schlug Barbara vor.

«Die war doch bei den Pfadfindern.»

«Oder Onkel Maximilian», ergänzte sie Alexandra hilfreich.

«Der hat eine Lötlampe», sagte Markus.

Ich hustete vernehmlich. «Das Feuerlein werden wir doch auch allein hinkriegen, oder?»

«Dort drüben haben sie gestern Benzin über die Zeitungen geleert», versetzte Stefan.

«Hm, es dürfte zwar nicht eben Südwester-Art sein, aber mit vier Kindern, die ständig... wartet einen Moment hier.»

Eine Viertelstunde später loderte unser Feuer so schön wie die der andern, nein, noch schöner, wie Alexandra stolz behauptete.

Sie erwähnte es nochmals, als sie bereits im Schlafsack steckte und ich mit den Kindern betete. Wir nahmen diesen pyrotechnischen Höhepunkt in unser Gebet auf.

«Und dreizehn Giraffen haben wir auch...», fuhr ich fort.

«Vierzehn waren es», korrigierte sie mich.

Markus hob den Kopf: «Nein, dreizehn!»

«Spinnst du? Ich habe vierzehn gesehen!»

«Nein, dreizehn!»

«Aber, aber, schämt ihr euch denn nicht?» Tadelnd schüttelte ich den Kopf. «Über so schöne Tiere zu streiten, wäre doch jammerschade. Wär's nicht klüger, dem lieben Gott für die schönen Ferien zu danken?»

«Aber, sie sind ja noch gar nicht zu Ende!» bemerkte Alexandra nicht ohne eine gewisse Logik.

13

Aus der Bordzeitung:

Plötzlich hat die Autotür gelassen. Vati fluchte stark aber ich war nicht schuld, dann sagte er das hat Onkel Maximilian im Handumdrehn weil er hat eine Mega Werckstatt dabei aber es stimmte nicht. Onkel Maximilian löttete und schweisste bis er schwitzte und dann sagte er das ist ein Saumaterial das es gar nicht gibt. Vieleicht hilft Arraltit weil sie leimten ja auch Abu Simpel und den Airbus sagte Tante Mari-Ros. Da legte sie Vati auf den Tisch und leimte sie mit Arraltit und trocknete sie mit dem Föhn und ich probierte ob sie schon hält. Da sagte Vati der nächste der sie probiert, werfe ich den Hiänen vor. Ja das war ein Abenteuer.

Als Vati am Morgen ganz früh mit Barbara aufs WC ging, fiel er mit Barbara und der Tür ins Gras weil der Arraltit hat überhaupt nicht gehalten. Barbara weinte und Vati schimpfte jetzt ist guter Rat teuer und Mami sagte mach die Tür zu es ist kalt.

Da schimpfte Vati noch mehr und sagt ob er vieleicht in den Türrahmen stehen muss bis die Sonne scheint. Dann fuhren wir 110 km nach Tsumeb zurück in die Werkstatt und Mami musste imer die Tür mit einer Schnur halten bis sie den Krampf hatte. Dann kauften wir noch Zündwürfel.

Onkel Maximilian hat wider die Sonne gemesst super sagte er, jetzt bin ich nur ein Kilometer daneben, dafür gibts kein Salat mehr sagte Tante Mari-Ros weil er hat das ganze Öl gebraucht.

Dan machten wir ein grosses Feuer mit Zündwürfeln und Vati sagte morgen gehe ich mit Onkel Maximilian das Grab suchen wo Vetter Andreas ist von den Löwen gefresst worden. Da sagte Mami pass auf du hast eine Familie. Da sagte Vati keine Angst ich bleibe schön im Wagen. Da sagte Stefan zu mir Onkel Maximilian muss sich den Hintern mit Ketschöp einreiben weil die Löwen haben nicht gerne Fleisch ohne Ketschöp. Da musste ich lachen und habe es Barbara gesagt und die sagte es Alexandra. Aber die sagte ich komme nicht draus. Da mussten wir noch mehr lachen und immer Ketschöp genommen und die Kotlett im Teller war Onkel Maximilian. Da hat Vati geschimpft und Mami geschimpft aber es nützt nichts da mussten wir abwaschen. Vieleicht nützt das sagte Vati weil ihr verbraucht Ennergieh. Aber es nützte auch nichts weil Barbara immer sagte in diesem Teller lag Onkel Maximilian aber jetzt ist er gefresst und wir müssen das Blut aufputzen. Da mussten wir wieder lachen.

Zwei Paradieskraniche mit prächtigen schwarzen Schwanzfedern stolzierten durch das braungelbe Steppengras am östlichen Rande der Fisher's Pan, als Maximilian und ich frühmorgens zur Wasserstelle Aroe unterwegs waren.

«Wie fühlst du dich, so kurz vor dem Gefecht?»

«Prächtig, phänomenal... orgastisch!» sagte Maximilian mit Begeisterung in der Stimme. «Auch orgiastisch, wenn du mir gestattest, ein Jota abzuweichen. Ein bisschen nervös natürlich auch. Schau mal, die Kraniche! Was für ein Anblick! Und wir, was machen wir Barbaren mit unseren Mitgeschöpfen? Befruchten Hühner mit Pistolen, stopfen Gänse mit Pumpen und schmeissen die Hummer lebend ins kochende Wasser. Wieviele Tiere sehen die Sonne bloss am Schlachttag? Es würde mich nicht wundern, wenn die Natur bei Gelegenheit einige Gene umprogrammieren und ein paar neue Viecher ausklügeln würde, um sich an uns menschlichen Monstern zu rächen. – Dort vorne müsste irgendwo die Abzweigung sein.» Nach einer knappen halben Stunde Fahrt hielten wir an der Wasserstelle. Erleichtert stellten wir fest, dass wir die einzigen Besucher waren. Maximilian reckte sich, strich sich mit der Hand einige Male über das Haar und stemmte sich aus dem Sitz hoch. «Geh'n wir ans Werk!»

Wir öffneten die «Garagentür» im Heck, zogen die Metallschienen heraus und liessen den Elektrowagen sachte ins Freie rollen. Bereits am Vorabend hatten wir mit Hilfe einer Checkliste seine Ladung überprüft: Echogerät mit Monitor, Metalldetektor, Spaten, Markierungsfähnchen, Messband, Fotoausrüstung, Kompass, Sextant, Feldstecher, Funkgerät, Notdecke aus Alufolie, Taschenapotheke, Feuerlöscher, einige Liter Wasser, Konserven. Falls nötig, konnte mit wenigen Handgriffen über dem Fahrzeug ein selbsttragendes kleines Zelt entfaltet werden. Die grossen Batterien waren frisch aufgeladen. Wir schalteten sie auf den Solargenerator um, der von Zellen auf dem Wagendeckel gespiesen wurde.

Bedächtig schob sich Maximilian den Lederhut über den Kopf und blickte auf die Uhr: «Halb neun. Die Mission ‹Vetter Andreas› kann beginnen. Ich melde mich jede Viertelstunde per Funk.»

«Abgemacht.» Sinnend stand ich vor ihm. «Überleg's dir gut. Jetzt kannst du noch zurück. Wenn man dich abseits der Piste erwischt, bekommst du Schwierigkeiten. Dein ganzes Unternehmen beruht doch nur auf Phantasie... fern jeder Wirklichkeit.»

Er grinste und rückte die Hosen über seinem Bauch zurecht. «‹Die plebejische Begeisterung für die Wahrheit der Wirklichkeit schlägt die von der Phantasie geschaffenen Prachtbauten in Trümmer.› Albert Schweitzer.»

«Steht in deinem Orator Urbanus», versetzte ich trocken. «Das hast *du* gesagt!»

Wir warfen einen letzten Blick in die Runde. Weder Menschen noch Tiere waren in der Nähe. Bloss ein leichter Wind säuselte um die Ecken der *Maroma* und begleitete das Knirschen unserer Tritte. Für eine Wanderung war das Wetter ideal: herrlicher Sonnenschein, aber angenehm kühl. Für einen Moment bedauerte ich es, dass ich nicht mitmarschieren konnte.

Maximilian setzte mit dem Kompass die Richtung fest. «Dort, jene Baumgruppe werde ich anpeilen. Livingstone der Zweite meldet sich ab!»

«Und Stanley der Zweite hält sich bereit, um notfalls die Suche nach ihm zu organisieren.»

Er fasste den Handgriff der Deichsel, schaltete den Elektromotor ein und schritt los. Kurze Zeit noch waren in der Stille das Mahlen der vier Räder im Sande und das helle Summen des Motors zu hören, dann verloren sich Wagen und die khakifarben gekleidete Gestalt zwischen Büschen und Bäumen. Eigentlich ein beneidenswerter Kerl, und Mut beweist er auch, dachte ich, während ich ihm durch den Feldstecher nachstarrte.

Genau nach einer Viertelstunde rief er mich auf. Er keuchte wie ein Skirennfahrer beim Interview im Zielraum: «Alles okay. Bloss die Marschiererei im Gelände ist etwas mühsam.» Die zweite Meldung kam bereits aus dem zur Zeit trockenen Bett des Flusses Omuramba Owambo. «Halleluja! Erstes Ziel erreicht!»

«Gratuliere!... Was hat denn eben geknallt?» fügte ich besorgt hinzu.

«Livingstone der Zweite hat eine Büchse Bier geöffnet und hofft, dass es ihm Stanley der Zweite gleichtut.»

«Stanley der Zweite wird es ihm gleichtun, auch wenn er vermutet, dass sich Livingstone der Erste des höllischen Alkoholgenusses enthielt.»

«Irrtum, mein Lieber! Stanley und Livingstone tranken bei ihrer historischen Begegnung eine Flasche Sillery-Champagner, ausserdem war Livingstones Gemahlin Alkoholikerin.»

«Davon stand in meinen Knabenbüchern nie was, muss sich wohl um jugendfreie Ausgaben gehandelt haben. Kreuzten Viecher deinen Pilgerpfad?»

«Einige Gnus und ein Schakal ...»

«Achtung, Flugzeug aus Richtung Namutoni! Geh in Deckung oder spann dein Zirkuszelt auf!» brüllte ich nervös ins Funkgerät und schaute besorgt durchs offene Fenster dem Motorenlärm entgegen.

«Bin schon unter einem Baum... vereinige mich sozusagen mit dem Stamm... verdammte Saudornen...», krächzte es aus dem Lautsprecher.

Gott sei Dank drehte das kleine Flugzeug nach Süden ab.

96

«Sind es nicht etwa zugespitzte Diamanten?» frozzelte ich mit
Erleichterung in der Stimme und hob den Kronenkorken ab.
«Zum Wohl!»
«Spotte nicht, mein Sohn! Wollust ist anders. Die Dinger sind
zwei Zentimeter lang!»
Stunde um Stunde verstrich. Giraffen kamen zur Tränke, eine
Kudugruppe tauchte hinter den Bäumen auf, darunter ein
Bock mit prächtigen Zapfenzieherhörnern. Ein Nashorn-
vogel beäugte von einem abgestorbenen Ast aus eine
Warzenschweinfamilie. Ich schrieb ein Stündchen Tagebuch, döste zwischendurch vor mich hin und genoss es,
für einmal ohne Kinder zu sein und meinen Gedanken
freien Lauf lassen zu können. Zweimal suchten Touristen-
wagen unsere Wasserstelle auf, hielten kurz an und fuhren
wieder weg.
«Vielleicht habe ich was gefunden», meldete sich Maximilian
gegen Mittag. «Es gibt da einen überwachsenen Steinhaufen,
der bestimmt von Menschenhand aufgetürmt worden ist.»
«Südlich des Flussbettes?» fragte ich, plötzlich wach geworden.
«Ja. Und vom nördlichen Ufer aus sichtbar. Ich werde zuerst
was essen und ihn nachher unter die Lupe nehmen.»
Eine erste Untersuchung blieb ohne Ergebnis. «Dutzende
von Steinen hab ich abgetragen. Jetzt versuche ich's mal mit
dem Metalldetektor.»
Er förderte immerhin einen Nagel zutage. «Das beweist, dass
sich hier Menschen befunden haben», sagte Maximilian, und
in seiner Stimme war ein leichtes Triumphgefühl nicht zu
überhören.
«Meinen herzlichen Glückwunsch... nein, ich spotte nicht,
ausnahmsweise, im Gegenteil: Der Nagel zeigt, dass deine
Apparate auch im Gelände funktionieren. Jetzt wirst du wohl
deinen Diamantensucher einsetzen?»
«Das Echogerät, richtig. Aber vorläufig nicht, um teure Steinchen zu suchen, sondern um allfällige Gebeine zu lokalisie-
ren. Vielleicht haben wir es mit einem Grab der Dorsland-
trekker aus dem letzten Jahrhundert zu tun. Ich melde mich
wieder etwa in einer halben Stunde.»
Er rief mich schon vor Ablauf dieser Zeit auf. «Ich hab' da auf
dem Monitor was Knochenähnliches entdeckt, nur einige
Zentimeter unter der Erdoberfläche... Gleich werde ich es

haben... Voilà... ein Stück Holz, sieht aus wie ein dicker Besenstiel.»

«Vielleicht von einer Schaufel oder einem Pickel?»

«Durchaus möglich... Moment mal, hier, auf einem der Steine scheint ein Fleck weisser Farbe zu sein. Den nehme ich mit ins Camp.»

Gegen halb zwei kehrte Maximilian zur Wasserstelle zurück. Schweissperlen kollerten über sein von der Sonne gerötetes Gesicht. «Livingstone der Zweite meldet sich zurück», begrüsste er mich erschöpft, aber mit strahlenden Augen. «Fass mal mit an!»

Mit Freudengeschrei und einem lautstarken Fragenhagel empfingen uns die Kinder. «Habt ihr das Grab gefunden? Wo sind die Knochen? Wir waren auch weg, in Chudob. Wir haben ein winzigkleines Zebra gesehen. Dürfen wir mal mit dem Elektromobil fahren? Zeigt ihr uns die Diamanten?»

«Pst! Kinder, sprecht nicht so laut von Diamanten. Die Leute hier im Camp verstehen zum Teil Deutsch. Von jetzt an nennen wir die Diamanten Nüsse. Begriffen? Und Nüsse haben wir keine gefunden. Auch begriffen?»

Ich klemmte die beiden Mädchen unter die Arme und trug sie zu Franziska hinüber, die mit Marie-Rose vor unserem Wagen Schach spielte. «Na, wie ging's ohne uns Männer?»

«Blendend. Markus rannte in einen Eisenpfosten, Stefan schnitt sich in den Finger und Barbara stellte ein Plastikbekken auf das heisse Rechaud. Aber sonst ging's gut. Und ihr? Was gefunden?»

«Möglicherweise habe ich einen der Steinhaufen entdeckt, die den 17. Längengrad bezeichnen», erwiderte Maximilian, an dessen Händen die Buben hingen. «Jetzt brauche ich erst mal eine Dusche, dann werde ich in meinem Labor Farbspuren auf einem Stein untersuchen. Das könnte uns ein gutes Stück weiterbringen. Lasst mich los, ihr Rangen.»

«Vati, wir müssen noch dekorieren. Es ist der 1. August», sagte Stefan bittend, nachdem sich Maximilian abgesetzt hatte. «Hilfst du uns?»

«Natürlich helfe ich euch. Beinahe hätte ich vergessen, dass heute unser Nationalfeiertag ist. Wo habt ihr die Fähnchen und die Lampions? Sucht sie hervor, während ich mich ein bisschen frisch mache und vor allem was esse.»

«Es liegt schon alles bereit», sagte Stefan stolz. «Kantons-fähnchen haben wir sogar gemalt und das Wappen von Win-tikon. Wir haben extra auf dich gewartet.»

Immerhin wurde mir gestattet, einige hastige Bissen in den Mund zu stecken, hingegen stiess mein Wunsch nach einem kurzen Schläfchen auf heftigsten Widerstand.

«Wir müssen Schnüre spannen, all die Lämpchen aufstellen, einkaufen. Einen Lampion musst du noch flicken. Dürfen wir heute zwei Schokoladeriegel haben, oder drei? Darf ich die Kerzen anzünden?»

Es wurde ein schöner Abend, auch wenn Alexandra hartnäk-kig von *Nix Grill* sprach statt *Mixed Grill*, Markus sich bald einmal mit Bauchweh und Brechreiz in den Wagen verzog und Stefan unerwartet zu weinen begann, weil er an das Feu-erwerk zu Hause dachte und die Dorfmusik und die tanzen-den Leute.

«Darf ich Radio hören?» bat er mit feuchten Augen. «Viel-leicht bringen sie etwas über den 1. August», fügte er hoff-nungsvoll hinzu.

«Natürlich darfst du das, nur nicht zu laut. Allerdings feiert man hier nicht, und Kurzwelle werden wir um diese Zeit nicht empfangen», dämpfte ich seine Erwartungen.

Er holte den Apparat heraus und setzte sich etwas abseits auf einen Stuhl. «Hört mal!» rief er triumphiernd und stellte das Radio lauter. «Man feiert hier eben doch!» – Verblüfft erkannten wir die Stimme des Schweizer Kabarettisten Emil. «Lausebengel, willst du uns auf den Arm nehmen mit deiner Kassette?»

«Nein, ich habe UKW eingestellt. Sieh doch selbst!»

Er hatte recht: das lokale Radio feierte mit Emil und Liedern in allen vier Schweizer Landessprachen unseren nationalen Feiertag, und die Freude über diese wundervolle Entdek-kung vertrieb die letzten Wölkchen von seinem Gemüt.

14

Aus der Bordzeitung:
Vati und Onkel Maximilian gingen gestern allein das Grab suchen von Vetter Andreas. Mami sagte die finden natürlich nichts und Tante Mari-Ros sagte natürlich nicht, aber sie sind

wie grosse Buben und sie machen dann wenigstens nichts düm-
meres. Sie haben Funkgeräte wie der Jaims Bond wir haben
auch schon funken dürfen und ein Mega Elektrowagen. Onkel
Maximilian hat vile Steine heimgebracht und hat sie kemisch
untersucht weil er hat ein Labor in der Maroma. Höirecka rief
er ich habe es. Es ist Ölfarbe und der 17. Grad. Da sagte Tante
Mari-Ros es stinkt ehnder wie Stalin Grad und das sind lauter
Schwermetalle. Die sind jetzt im Schlafsack und sind tötlich.
Da sagte Onkel Maximilian sie streicht jeden Tag noch vil mehr
Schwermetalle aufs Gesicht und auch sonst und das ist alles im
Schlafsack und sie lebt noch.
Morgen gehen sie nochmals auf die Birsch und ich und Markus
dürfen mit und funken. Das wird ein Wansinn weil es ist streng
verboten!!!

«Jetzt lasst mal die Finger vom Funkgerät! Wenn es runter-
fällt und kaputt geht, sitzen wir in der Tinte», sagte ich mit
Nachdruck in der Stimme zu den beiden Buben. Wir hatten
frühmorgens Maximilian zur Wasserstelle Aroe gebracht. Er
war erneut unterwegs, und sie konnten es kaum erwarten, bis
wieder eine Viertelstunde vorüber war. «Spielt doch
Schach ...»
«Stefan will nicht.»
«... oder Mühle.»
«Das haben wir schon», belehrte mich Markus.
«Wie wär's mit dem Geographiespiel? Pfoten weg, Himmel
noch mal!»
«Oh, ja. Machst du auch mit?»
«Natürlich, gern ... das heisst ... äh, eigentlich muss ich bereit
sein für Onkel Maximilian. Beginnt doch mal allein.»
Maximilian hatte draussen in der Steppe als erstes mit dem
Sextanten die Sonnenhöhe gemessen, um nachzuprüfen, ob
der Steinhaufen tatsächlich auf dem 17. Längengrad lag.
«Und, stimmt deine Rechnung?» fragte ich ihn, als er sich
wieder meldete.
«Du hoffnungsloser Fall! Eine einzelne Messung bringt gar
nichts. Ich werde später die Mittagsbreite bestimmen und
ausserdem versuchen, mit zwei gleichen Höhen die Länge zu
fixieren. Jetzt überquere ich mal das Flussbett und mache
mich auf die Suche nach den fünf Kameldornbäumen. Von
mir aus fertig!»

Um halb drei fuhren wir ins Camp zurück. «Die Position stimmt recht genau», versicherte Maximilian. «Was fehlt, ist diese idiotische Baumgruppe.»

«Wär's nicht fast ein Wunder, wenn sie noch existieren würde? Im Laufe der Jahrzehnte wurde bestimmt eine Menge Holz geschlagen, von Elefanten oder Stürmen und so weiter gar nicht zu reden.»

«Natürlich.» Nachdenklich strich er sich mit dem Finger über den Rücken seiner sonnenverbrannnten Adlernase. «Eine Vierer- und eine Dreiergruppe gibt es. Den Boden um die vier Bäume habe ich mit meinen Apparaten untersucht. Metall ist nicht vorhanden. Die Echo-Aufnahmen habe ich gespeichert. Werd' sie mir heute noch in aller Ruhe ansehen. Die Dreiergruppe möchte ich mir morgen vorknöpfen. Sie liegt etwas weiter östlich.»

«Und die Diamanten?»

Er lächelte müde und winkte mit der Hand ab. «Ach, weisst du, die sind mir im Moment völlig Wurst. Aber freuen würde es mich, wenn ich Reste von Andreas' Grab finden würde, vielleicht sogar ein Stück des Holzkreuzes. Hast du mir noch einen Schluck Tee, Markus?»

«Nichts, gar nichts», sagte Maximilian, und in seiner Stimme schwang Enttäuschung mit. Eine lange Stunde hatte er am späten Nachmittag in der *Maroma* auf den Bildschirm gestarrt. Nun war er von Stefan zu einem Fussballmatch herausgeholt worden.

«Aber bloss als Torhüter!» sicherte er sich ab und rieb sich bedeutsam den Bauch.

«Hast du auch keine Nüsse entdeckt?» fragte Stefan ernsthaft.

«Auch keine Nüsse, leider. Wo ist mein Kasten?»

Er und ich hüteten die Tore, die Kinder bildeten die Feldspieler. Alexandra musste immer wieder daran erinnert werden, in welche Richtung sie zu kicken hatte, Barbara suchte zweimal weinend Franziska auf, weil sie vom Ball ins Gesicht getroffen worden war und Markus behauptete, mit einem Torhüter wie mir müsse man ja verlieren.

Doch niemand verlor. Dank des grossen und ausgewogenen Einsatzes von uns beiden Männern, darin eingeschlossen einige gewagte Ausfälle, die bis vor das gegnerische Tor führten, endete die Schlacht unentschieden. Schwer schnaufend gratulierten wir einander.

Franziska und Marie-Rose durften sich vier verschiedene Matchberichte gleichzeitig anhören: «Da habe ich abgedrückt... Wumms! zwischen den Beinen von Onkel Maximilian hindurch... Vati ist mir nachgerannt, dann ist er umgefallen... Und ich hab' ein Goal geschossen... Markus hat mich mitten ins Schienbein gehauen... Das nächste Mal müsst ihr auch mitspielen... Wir hätten gewonnen, wenn Barbara nicht ein Eigentor geschossen hätte...»

Auch Maximilians Exkursion am folgenden Tag brachte keine Ergebnisse. «Sämtliche Kameldornbäume innerhalb eines vernünftigen Radius habe ich abgeklopft», versetzte er ratlos beim Abendessen. «Im Moment bin ich mit meinem Latein am Ende.»

«Du hast ja noch mich, Mäxchen», sagte Marie-Rose tröstend und streichelte ihm mit dem Handrücken die Wange. «Mein Latein beschränkt sich zwar auf ‹Orator Urbanus›, ‹Nervus rerum› und ‹Simplicissimus›, aber ich habe heute Schmidts Briefe gründlich studiert und in aller Ruhe darüber nachgedacht. Morgen machst du folgendes: Du vergissest deine Kameldornbäume und suchst mit dem Metalldetektor eine Linie ab, die vom Steinhaufen aus genau nach Norden verläuft. Schmidt schreibt nämlich, er erinnere sich *genau*, während der Bestattung *südlich* des Flussbettes einen der weissen Steinhaufen gesehen zu haben. Schmidt war Vermesser und hätte bestimmt *ungefähr südlich* geschrieben, wenn es nicht genau Süden gewesen wäre.»

«Meine liebe linke Gehirnhälfte!» Maximilians Züge entspannten sich. «Du träufelst dem Verschmachtenden Wasser auf die ledernen Lippen, fütterst den Hungernden mit Ambrosia, linderst...»

«Du hast Spaghetti-Flecken auf dem frischen Hemd», sagte Marie-Rose mit sanfter Stimme und stopfte ihm die Serviette in den Halsausschnitt.

Gehorsam suchte Maximilian am nächsten Tag auf der von Marie-Rose vorgeschlagenen Linie. Es war zehn Uhr morgens, als er mir mit erregter Stimme melden konnte, dass sein Detektor piepe.

Ich blieb auf Empfang, und nach wenigen Minuten teilte er

mir mit, dass er auf einen metallenen Knopf gestossen sei.
«Mit Schweizerkreuz?» fragte ich zurück.
«Wart mal ab, du Spötter. Ich suche jetzt in konzentrischen
Kreisen um die Fundstelle herum weiter. Fertig.»
Eine halbe Stunde später erhielt er in etwa fünf Meter Entfer-
nung vom Zentrum ein weiteres Signal.
Knopf Nummer zwei kam zum Vorschein.
«Na, woran denkst du jetzt?» funkte er mit stolzerfüllter
Stimme.
«An einen Kurzwarenhändler, der seinen Bauchladen verlo-
ren hat.»
«Krämerseele! Ich nehme noch einige Meter in Angriff. Fertig.»
Eine weitere halbe Stunde verging. «Dein Kurzwarenhändler
hatte auch Uhren bei sich!» tönte es triumphierend aus dem
Lautsprecher. «Eine wunderschöne dicke alte Taschenuhr,
bloss Glas und Zeiger fehlen.»
Die Spannung war gross, als wir im Camp die Funde unter-
suchten. Selbst die Kinder vergassen Fussball und Spiel-
gummi und umlagerten Maximilian, der mit Pinsel und Bür-
sten und mildem Seifenwasser die Knöpfe säuberte.
Leider waren es ganz gewöhnliche Exemplare. Die Uhr hingegen schien etwas Besonderes zu sein. Die Rückseite liess
sich öffnen; darunter befand sich ein zweiter Boden, der mit
einem Relief verziert war.
«Das ist doch der ... der mit den Speeren», orakelte Stefan.
«Hier, ganz deutlich.»
«Bei Gott, du könntest recht haben,» murmelte Maximilian
und griff nach der Lupe. «Es muss doch wohl Winkelried
sein, und wenn dem so ist» – er blickte bedeutsam zu mir
herüber – «dann ... dann ... Na, woran denkst du jetzt, du
Skeptiker?»
«Ich denke, dass – bei aller Skepsis – Dr. Maximilian
P. Meyer-Bergius tatsächlich fündig geworden ist!»

«Die Erde sei dir leicht» stand unter Andreas' Namen und
Lebensdaten auf der bronzenen Gedenktafel, die Maximi-
lian vor der Abreise in Schlossberg hatte anfertigen lassen.
Am letzten Expeditionstag befestigte er sie mittels dreier
Erdanker am Ort, wo er die Uhr gefunden hatte, und trug
einige Steine zu einem schützenden Wall zusammen. Zwei
Stunden lang suchte er danach mit Echogerät und Metallde-

tektor nach weiteren Relikten, fand aber ausser einem Stück Kiefer mit zwei Zähnen nichts mehr. Ich bat ihn nachdrücklich, auf die Gefühle von Marie-Rose Rücksicht zu nehmen, worauf er es unter der Gedenktafel vergrub und grosszügig auf eine eingehende Untersuchung im Labor der *Maroma* verzichtete.

Um halb vier war Maximilian bereit für den Rückmarsch. «Alles verladen, der Ort gebührend photographiert und markiert», meldete er. «Es ist mir, als ob ich ein Stück Heimat verlassen müsste.» Dann war ein trockener Knall zu hören. «Livingstone der Zweite bringt auf den guten Erfolg ein Trankopfer dar und hofft, dass es ihm Stanley der Zweite gleichtut.»

«Er wird es.» Ich öffnete eine Dose Bier. «Prost!»

Markus unterbrach die feierliche Handlung mit einem lauten Ruf: «He, Vati, dort, dort drüben!»

«Stör mich nicht! Siehst du nicht, dass ich mit Onkel Maximilian spreche?» versetzte ich. Dann hielt ich das Funkgerät wieder vor den Mund. «Verzeih, Maximilian, Markus hat ...»

«Aber, es ist ein Löwe, ein grosses Männchen! Er kommt von rechts hinten.»

Hastig legte ich das Gerät auf die Ablage und streckte den Kopf zum Fenster hinaus. Tatsächlich! Ohne uns eines Blikkes zu würdigen, schritt er gemächlich zum Wasser, senkte den Kopf mit der prächtigen Mähne und begann wie ein Hund deutlich hörbar Wasser zu läppeln.

Gebannt starrten wir auf das ungewohnte Bild. «Hallo, schläfst du?» liess sich die Stimme Maximilians vernehmen.

«Im Gegenteil! Ein Prachtslöwe hockt keine zwanzig Meter von uns am Wasserloch und säuft in aller Ruhe!»

Im Funkgerät blieb es still.

«Hast du mich verstanden? Ein Löwe!» wiederholte ich beinahe brüllend.

«Ein ... äh, Löwe?» Seine Stimme klang belegt. «Und säuft?»

«Ja, und säuft.»

«Und säuft *auch*», versetzte er, bereits wieder mit einer gewissen schnoddrigen Festigkeit in seiner Stimme. «Er wird Durst haben. Sag ihm prost! und einen schönen Gruss vom Schlossberger Museumsdirektor. Er soll sich verdrücken, sonst werde er konserviert und in meinem Etablissement hinter Glas zur Schau gestellt.»

«Werd's ihm ausrichten.» Nach einigen Minuten hob der Löwe den Kopf und machte sich ganz langsam auf den Weg. Zweimal hielt er kurz an, um Duftmarken zu setzen, bevor er sich im Gehölz verlor. Leider in Richtung Nordosten.

Ich drückte auf die Sprechtaste. «Hör mal, Maximilian, er ist jetzt weg, aber er scheint sich für deine Spur zu interessieren. Vielleicht triffst du einige Vorbereitungen... Zelt und so weiter, Feuerlöscher in Griffnähe.»

«Danke für die Frostwarnung. Ich werde mich ein bisschen vorsehen.»

Schon wenige Minuten später kam die Vollzugsmeldung. «Livingstone der Zweite thront vor dem aufgeklappten Zelt und harrt des Königs der Tiere.»

«Stanley der Zweite ist erleichtert. Streck keine Extremitäten ins Freie, falls du Besuch bekommst!»

«Weiss ich, weiss ich. Hab' die einschlägige Literatur studiert. Die Stimmung der Löwen ist an der Schwanzspitze ablesbar. Such mir doch mal den Iwanowski über Botswana hervor, und das Buch der Owens über die Kalahari-Löwen. Sie sind in der braunen Bücherkiste. Achtung auf den Sprinkler! Ich habe ihn auf Taa-tüü umgebaut.»

«Gott sei Dank! Iwanowski, sagst du...? Moment, ich höre ein Auto. Ich melde mich später wieder. Fertig.»

«Herr Hess ist es, im VW-Bus», sagte Stefan. «Der mit der Sabine.»

«Was Interessantes hier?» rief Herr Hess aus dem geöffneten Fenster, nachdem er neben uns angehalten hatte.

«N-ein, keine müde Mücke», erwiderte ich und versuchte, ein möglichst unbefangenes Gesicht zu machen. «Eine... äh, göttliche Ruhe.»

«Aber der Löwe...!» riefen neben mir Stefan und Markus unisono.

«Bitte, schweigt jetzt! Ja?», zischte ich und wandte mich dann wieder an Hess, der aufgehorcht hatte. «Sie hätten früher kommen sollen. Ein Prachtslöwe war hier, ist aber längst weg. Übrigens», fügte ich jovial hinzu, «falls Sie ins Camp zurückkehren, dürfte ich Ihnen die Buben mitgeben? Würd' gern noch einige stille Minuten hier draussen geniessen.»

«Aber selbstverständlich. Sie sollen rüberkommen.»

Ich gab den beiden eine kurze Notiz für Marie-Rose mit und schärfte ihnen ein, gegenüber Herrn Hess ja nichts von Maximilians Unternehmen verlauten zu lassen. Als der Bus verschwunden war, holte ich die beiden Bücher hervor und rief Maximilian auf. «Wie geht's dir? Thronst du immer noch vor dem Zelt?»

«Irrtum, mein Lieber! Livingstone der Zweite thront *im* Zelt. Er hat lieben Besuch bekommen. Fünfzig Schritt vor mir hockt der Bursche unter einer Akazie und lässt sich von der Abendsonne das gelbe Fell wärmen.»

«Und das sagst du so ruhig, als ob du in der Gartenlaube ein Amselnest entdeckt hättest?»

«Oh, ich hab' mir ein zweites Bier genehmigt und meditiere», verkündete er gemütlich.

«Über die Vergänglichkeit des Lebens?»

«Nein, über Einsteins Relativitätstheorie, denn der Löwe und ich, wir beide haben jemanden vor unseren Zähnen. Aber er ist in der relativ besseren Position.»

«Deinen Galgenhumor möcht' ich haben! Aber nun zum Iwanowski. Er schreibt, wenn man im Zelt übernachte, könne man sich vor wilden Tieren sicher fühlen. Klingt beruhigend, was?»

«Hab' ich übernachten gehört?»

«Ich habe bloss zitiert, aber» − ich dachte kurz nach − «wenn ich mir das Ganze nüchtern überlege: eine halbe Stunde Rückmarsch, eine Viertelstunde aus Sicherheitsgründen warten, nachdem der Löwe verduftet ist, falls er das überhaupt tut ...»

«Du meinst», unterbrach er mich, «man solle den Brunnen graben, bevor man Durst hat, wie ein chinesisches Sprichwort sagt?»

«Genau.» Ich warf einen Blick auf das Buch. «Sofern du was bei dir hast, das klappert und scheppert, wenn man drauftritt, so stell es malerisch um dein Zelt auf.»

«Vielleicht die leeren Bierbüchsen ... Und was sagen die Owens? Vorne habe ich mir einschlägige Stellen notiert.»

«Moment, bitte! ... Hier, Seite 100 ...Ganz ähnlich wie Iwanowski», versicherte ich ihm nach einigem Zögern. «Frau Owens steckte allein im Zelt, und sieben Löwen strichen darum herum, ohne dass ihr auch nur ein Härchen gekrümmt wurde.» Ich verschwieg wohlweislich, dass sie dabei fürchterliche Angst empfunden hatte und sogar in einen Blechkoffer schlüpfen wollte, weil eine Löwin das Zelt beschnupperte und an der Spannschnur zu zerren begann. «Wär's nicht doch gescheiter, ich würde die Parkwächter alarmieren?»

«Nur das nicht, bei allen Göttern! Mir gefällt's hier draussen, und wenn ich's mir genau überlege, war es schon immer mein heimlicher Wunsch gewesen, einmal wie weiland Vetter Andreas in den Armen der Wildnis zu schlummern.» Für einige Sekunden war das Glucksen der Bierdose zu hören. «Links das Ahnengrab, die untergehende Sonne, ein Löwe auf der Lauer, Mensch, Fridolin, was noch fehlt, ist ein berückendes Weibsbild, das leichtfüssig durch die Büsche huscht und an den Dornen portionenweise seine Textilien verliert. Maximilian als Pyramus... Du erinnerst dich doch an Ovids Metamorphosen? Und jetzt werd' ich meinem lieben Gast eine kleine Predigt halten, unter Gottes freiem Himmel, wie einst Franz von Assisi den Vögeln.»

«Hör mal, deine Sinne sind doch nicht verwirrt?» sagte ich einigermassen besorgt.

«Im Gegenteil: nie habe ich gewisse Dinge so klar gesehen. Psychologen empfehlen das Schreien im Freien — Mann, wie sich das wieder reimt! Ich, der berühmte Entdecker der Trespili capitales interoculares meyeri-bergii, darf, befreit von den Prometheus-Ketten unserer Kaukasus-Gesellschaft, dem Leu Aug im Aug gegenüberstehen, splitternackt, wenn ich will — aber es ist zu kühl —, und ihm eine quadratische Gleichung erklären oder Goethe und Brecht zitieren...»

«Von mir aus auch das Telefonbuch, aber halt Abstand zu deinem Zuhörer, sonst, bei Gott, brause ich mit deiner *Maroma* über Stock uns Stein und komme zu dir», sagte ich mit Nachdruck in der Stimme. Ich spürte, wie sich mein Puls beschleunigte. Nicht auszudenken, was passieren konnte, wenn er sich in seiner Euphorie vergass! *Ein* Grab aus unserer Sippe in Namibia war wahrhaftig genug!

«Keine Angst, mein Lieber, ich bleib schön brav in Deckung. Aber such doch bitte in der blauen Bücherkiste Franz von Assisi hervor, die *Laudes creaturarum*. Die Sonne wird bald untergehen. Ich melde mich in fünf Minuten wieder.»

Kopfschüttelnd holte ich das Buch und wartete auf seinen Aufruf.

«Hallo? Hier bin ich wieder. Hab' mir eine leere Dose zu einem Mini-Megaphon umgebaut — zwar eine Contradictio in adjecto, aber es funktioniert. Hör mal zu:

107

In die Ecke,　　　*Denn als Beister*
Löwenwesen!　　*Ruft euch nur, zu diesem Zwecke,*
Seids gewesen.　　*Erst hervor der alte Meister.*

«Wunder-wundervoll! Hoffentlich verstehen deine Beister
Deutsch. Selbst gedichtet?»
«Rohling! Unter Goethes Mitarbeit natürlich. Überhaupt:
einen Goethe bräuchte unsere Zeit wieder einmal. Herrgott,
wenn ich nur mehr Zeit hätte! Jetzt lies mir den Franziskus.
Das Tonband läuft.»
Hastig sprach ich ihm die Worte vor, während die Sonne
bereits bedrohlich tief stand.
«Grenzt das nicht schon fast an Profanation?» entfiel es mir,
nachdem ich ihm den Text heruntergeleiert hatte.
«Nicht die Bohne! Wie wundervoll ist doch unsere Welt, und
was machen wir Dummköpfe aus unserer *suora nostra madre
Terra?* Wir vergewaltigen sie, quälen sie, beuten sie aus, ver-
pesten sie! Ha! Das ist Profanation! Was ich mache, ist Gebet,
ich vermische den abendländischen Logos mit dem Logos
der Steppe. Albert Schweitzer liess seine Bachfugen durch
den Urwald brausen, ich...»
«Stop, Maximilian, tut mir leid, dass ich deine Philippika
unterbrechen muss, aber für mich ist es höchste Zeit.» Ich
drehte den Zündungsschlüssel und fuhr langsam an. «Schlaf
wohl und mach keine Kalbereien. Fertig.»
«Schönen Gruss an alle. Bleib' noch auf Empfang, solange
wir uns hören können. Fertig.»
Eine Gnuherde galoppierte dahin. Die niedersinkende
Sonne brachte den aufgewirbelten Sand zum Leuchten. Eine
einsame Giraffe hob sich dunkel gegen den Abendhimmel
ab. Ich presste mit der Rechten das Funkgerät an mein Ohr,
während ich im Schritttempo über die Pad rollte.
*Laudato sii, mio Signore, con tutte le tue creature: special-
mente messer lo frate Sole...* hörte ich Maximilian in getrage-
nem Tone rezitieren.
Immer schwächer wurde die Stimme aus der Einsamkeit,
kaum mehr verständlich schliesslich. Einmal noch glaubte
ich, das Knacken zu hören, das beim Öffnen von Getränke-
dosen entsteht.

15

Aus der Bordzeitung:
Wir fuhren mit Herr Hess ins Camp, weil Onkel Maxmilian funkte er kann nicht kommen weil in sonst vileicht die Löwen anspringen. Aber wir sagten Herr Hess nichts und Sabine hat heute zwei Fluppy gehabt.
Dan gaben wir Tante Mari-Ros den Brief von Vati sie sagte das ist tipisch man kann den Dollpatsch nie alein lassen. Da sagte Mami meiner ist nicht besser hoffentlich machen sie keine Blödsinne. Vati kam und kam nicht entlich kam er aber ohne Onkel Maximilian. Da sagte Tante Mari-Ros wenn das nur gut geht mit seinen vegitatifen Störungen. Da sagte Vati keine Angst er hat das vegitatife Sistem mit Bier gedämpft und brüllt den Löwen Gedichte vor von einem alten Italiener und vielicht wäre er splitternackt aber es ist zu kalt.
Da sagte Stefan verstehen denn die Löwen italienisch. Da sagte Barbara vileicht sind das Zauberlöwen die alles verstehen. Da sagte Stefan ich glaube jedenfals fressen sie alles. Da wurde Tante Mari-Ros bleich und Stefan musste zur Strafe in den Wagen gehen. Dan hat Vati geruft so jetzt kannst du wider kommen. Aber da hat Stefan gesagt ich kann jetzt nicht kommen weil ich bin am lesen und es ist gemütlich unter dem Schlafsack.
Dan haben wir gegessen und lange am Feuer gesitzt und Tante Mari-Ros sagte alle Sekunde ob das Zelt wohl stark genug ist für die Löwen. Da hat Vati gesagt Onkel Maximilian hat extra vil Bier getrunken damit die Büchsen klabbern wenn sie anschleichen kommen und noch nie ist einer im Zelt gefresst worden weil das Zelt stinkt für die Löwen. Aber er hat einen Freund dem haben die Hiänen die Schuhe gefresst in Potzwana.
Ungeduldig wartete ich am Morgen in der *Maroma* vor dem geschlossenen Tor. Ich hatte die Mädchen bei mir.
«Dauert's noch lange?» fragte Alexandra ungeduldig. Sie sass neben Barbara, in eine Wolldecke gehüllt, auf dem Beifahrersitz.
«Erst wenn die Sonne aufgeht, werden die Tore geöffnet. Dort vorne seht ihr eine grosse Uhr. Um 7 Uhr 27 wird das sein. Noch ein paar Minuten.»
Endlich war es soweit. Zügig fuhr ich zur Wasserstelle Aroe.
«Dürfen wir funken? Die Buben durften auch», bettelte Barbara.

«Von mir aus.» Ich holte das Gerät aus der gepolsterten Schublade, öffnete das Fenster und zog die Antenne aus. «Zuerst du, Barbara.» – «Was muss ich sagen?»
«Sag... äh... Guten Tag, Onkel Maximilian! Hast du gut geschlafen?»
«Guten Tag, Onkel Maximilian! Hast du gut geschlafen?»
Keine Antwort. «Du musst die Sprechtaste drücken.»
«Das hab' ich ja.»
«Probier's noch mal.»
Wieder keine Antwort. Leicht irritiert blickte ich auf die Uhr. Fünf vor acht. Natürlich! Maximilian wird auf die volle Stunde warten.
Um acht versuchte es Alexandra. Immer noch nichts. «Vielleicht ist das Funkgerät kaputt?» meinte sie und schaute fragend.
«Zeig mal her.» Ich drehte voll auf. Nichts als Rauschen.
Mit wachsender Sorge rief ich ihn immer wieder auf. Eine halbe Stunde verging, eine ganze.
«Ist er tot?» Ängstlich blickte mich Barbara an.
«Tot? Ach, wo!» Ich versuchte, meiner Stimme einen möglichst kräftigen Klang zu geben. «Vielleicht schläft er noch, oder sein Funkgerät spukt, hat sich möglicherweise draufgesetzt.» Ich spürte, wie aus meinem Unterbewusstsein düstere Gedanken aufzusteigen begannen, Nebelschwaden gleich, die den Wanderer auf abschüssigem Bergpfad erbarmungslos einhüllen. Lag's tatsächlich bloss am Funkgerät, oder war er die berühmte Ausnahme, die die Regel bestätigte, dass Löwen vor Zelten zurückschrecken? Hatten ihn Swapo-Leute gekidnappt? «Wir versuchen es weiter bis zehn. Wenn's bis dann nicht klappt, fahren wir zurück und melden es den Parkwächtern.»
Es klappte nicht. Schweren Herzens startete ich den Motor, spähte noch einmal mit den Mädchen durchs Fernglas in die Runde, ob Maximilians Lederhut nicht doch hinter einem Baum auftauche, stellte mit feuchten Händen den Motor wieder ab, um ein letztes Mal nach dem Summen seines Elektrowagens zu horchen. Vergebens.
Fieberhaft überlegte ich auf der Rückfahrt, wie ich es Marie-Rose beibringen und was ich den Parkwächtern sagen sollte. Würde es für mich grosse Scherereien geben, weil ich Maximilian nach Aroe transportiert hatte?

Als wir uns dem Standplatz im Camp näherten, bemerkte ich einen khakifarben geleideten Officer, der eifrig auf Marie-Rose und Franziska einsprach. Die drei drehten sich um und fixierten mich, den Sündenbock, mit ihren Augen. Wegen Mordes würde man mich zwar kaum anklagen können, aber wie stand's mit fahrlässiger Tötung? Mein Herz hämmerte bis zum Hals.

«Wieso ist dein Kopf so rot, Vati? Ist das ein Polizist?» Ungeniert zeigte Barbara mit dem Finger auf den Mann.

«So was Ähnliches. Und jetzt seid bitte ruhig!»

Ich stieg aus, näherte mich auf wackeligen Knien und strengte mich an, in jovialem Tone guten Tag zu sagen. Ein unbestimmtes Krächzen drang aus meiner Kehle. Erst ein genauerer Blick auf die Mienen der beiden Frauen, die eher eine Mischung aus Verlegenheit und Erleichterung als Trauer um einen lieben Verblichenen auszudrücken schienen, lockerte etwas meine Beklemmung.

Hastig stellte mich Marie-Rose dem Herrn vor, um dann ebenso hastig hinzuzufügen, dass Maximilian wohlbehalten und mit einer Patrouille der Parkwächter unterwegs sei. Sie hätten ihn am Morgen früh geholt, nachdem bereits gestern von einem Überwachungsflugzeug die Spuren seines Materialwagens entdeckt worden seien.

Ich fühlte mich wie neugeboren. So musste es in früheren Zeiten wackeren Männern zumute gewesen sein, wenn sie nach abgewiesener Vaterschaftsklage beschlossen, eine Kapelle zu stiften. Was alles noch auf mich zukommen konnte in Form von Bussen oder sonstigen Unannehmlichkeiten, war mir völlig egal! Hauptsache, Maximilian war nichts passiert. Nicht eben aufmerksam hörte ich denn auch dem Officer zu, der mir mit deutlichen Worten das Parkreglement in Erinnerung rief, Sanktionen ankündigte und meinen Pass verlangte. «Kommen Sie bitte um zwölf zur Einvernahme in mein Büro», ersuchte er mich abschliessend und verabschiedete sich dann.

«Musst du jetzt ins Gefängnis?» fragte mich Alexandra besorgt.

«Nein, nein, keine Angst, vielleicht verknurrt man mich zu einer Busse, aber nun wollen wir die glückliche Errettung Maximilians feiern. Was wollt ihr trinken? Cola, Fanta...?» rief ich beschwingt. «Alles ausgegangen, sagt ihr?... Da habt ihr Geld. Geht in den Laden und holt euch was! ... Ja, auch ein Eis, von mir aus!» Jubelnd rannten die vier los.

Ich liess mich in einen Stuhl plumpsen. «Mein Gott, ihr könnt euch nicht vorstellen, wie unangenehm die Geschichte für mich war. Da hockt man zwei Stunden am Funkgerät, bekommt keine Antwort und pflegt und hegt seine schwarzen Phantasien.»

«Du Armer!» säuselten die beiden Frauen und küssten mich mitleidsvoll von rechts und links.

«Oh, diese Therapie schlägt sofort an! Ihr dürft damit weiterfahren.»

«Zuerst nehmen wir einen kleinen Schluck.» Lachend begab sich Franziska in den Wagen.

Nach einer Viertelstunde kehrten die drei grösseren Kinder zurück.

«Wo habt ihr Alexandra?»

«Ist noch im Laden», erklärte Markus wichtig und strich mit der Zunge gemütlich über sein Eis, bevor er weiterfuhr. «Sie hat ihre Glace fallenlassen, und da hat sie geweint, und ein Mann ist gekommen und hat gesagt, du musst nicht weinen, ich kaufe dir eine neue.»

Der Mann hiess Ian. So jedenfalls stellte ihn uns die Fünfjährige vor, als sie ihn etwas später an der Hand zu uns führte. Sein voller Name war Dr. Ian Meinert. Er arbeitete als Zoologe im Etoschareservat.

«Ich habe mich prächtig mit Ihrer Tochter unterhalten», behauptete er. «Sie hat mir viel erzählt, auch von einem Onkel namens Maximilian. Er sei ein berühmter Mann wegen der Löwen. Aber jetzt werde er vielleicht eingesperrt. Deshalb bin ich hier. Ich interessiere mich sozusagen berufeshalber für den Fall ...»

«Ich danke für die freundliche Einladung und erhebe mein Glas auf die Trespili capitales interoculares, welche die Geschichte zu einem guten Ende gebracht haben!» sagte Dr. Meinert, als wir uns zu einem festlichen Nachtessen im Restaurant eingefunden hatten. «Und natürlich auch auf meine kleine Freundin», fügte er, zu Alexandra gewandt, hinzu. Dank seiner kollegialen Fürsprache war Maximilian in den Genuss von Artikel 13 des Parkreglementes gekommen, der dem Besucher das Verlassen des Fahrzeuges gestattete beim Vorliegen eines *sound reason which he must be able to substantiate.*

Es wurde ein kurzweiliger Abend. Maximilian konnte aufgrund seiner internationalen Kontakte aus dem vollen schöpfen, und gemeinsame Bekannte aus zoologischen Instituten in aller Welt fanden sich zuhauf.

«Und was das Grab Ihres Verwandten betrifft, so werde ich mich persönlich um seine Pflege kümmern», versprach Meinert, während er an dem nicht eben zarten Steak herumsäbelte. «Sollten wir dabei auf das von Ihnen erwähnte Diamantensäcklein stossen, so ...»

Maximilian legte ihm die Hand auf den Arm: «... so verwenden Sie den Erlös für die Pflege Ihres herrlichen Gebietes.» Er warf einen Blick in die Runde. «Wer einverstanden ist, strecke die Gabel in die Höhe.»

Alle waren einverstanden. «Pass doch auf!» schimpfte Markus. Alexandra hatte ihm eine Kartoffelscheibe an den Kopf geschmissen, während Stefans Gabel auf den Saalboden klimperte.

«Ich werde den Abstimmungsmodus ändern müssen», murmelte Maximilian schuldbewusst und streifte mit dem Messerrücken eine Portion Ketchup von seinem Bauchnabel.

Gegen neun spazierte ich mit den Kindern durch die Nacht zum Camper, um sie zu Bett zu bringen.

«Musst du jetzt keine Busse bezahlen?»

«Nein. Es ist alles in Ordnung. Dank Alexandras Freund.» Stolz und verlegen zugleich drückte sie sich an mich. Ringsum leuchteten die Feuer aus dem Dunkeln, Schwatzen und Lachen war in der Ferne zu hören, lautlos schlich ein Schakal vorbei, der nach Abfällen suchte.

«Montgolfière, Montgolfière», hörte ich Maximilian mit lauter Stimme wiederholen, als ich ins Restaurant zurückkehrte. Er war eben daran, vor Dr. Meinert seine Lebensgeschichte auszubreiten, und er tat dies so gründlich wie ein orientalischer Strassenhändler, der seine Spiegel, Kassetten, Zigaretten und Koransprüche auf dem Gehsteig auslegt. «Bestimmt gehörte er heute zu den führenden Betrieben im alten Europa, wenn nicht unverhofft die Papierpreise überdurchschnittlich gestiegen wären und mir nicht dieser verdammte Hegel-Verlag die deutschen Rechte am italienischen Bestseller *Sein*

Name war Hose – Sie haben doch davon gehört? – weggeschnappt hätte. Auf nicht ganz feine Art, wie man wohl sagen darf!»

«Ich weiss nicht, Mäxchen, ob Herrn Meinert das alles so furchtbar interessiert», sagte Marie-Rose mit sanfter Stimme. «Doch, doch, ehrlich. Wir leben hier unten so weg von der Welt, dass ich gern mal über was anderes als über Milzbrandbakterien oder die Atemfrequenz von schlafenden Elefanten plaudere. Na, Herr Lenz», wandte er sich an mich, «träumt ihre Jungmannschaft bereits?»

«Jedenfalls habe ich sie in ihre Schlafsäcke gestopft.» Ich gab Maximilian die Plastiktasche, die ich auf seinen Wunsch aus der *Maroma* geholt hatte.

«Danke, Fridolin.» Er zog zwei Bücher hervor, signierte sie sorgfältig und überreichte sie Meinert. «Als bescheidenes Zeichen meiner Dankbarkeit ein Exemplar meiner Trespili-Untersuchung sowie ein Orator Urbanus.»

«Oh, vielen Dank! Ich werde Ihnen morgen meinen neuesten Aufsatz über die Tierbetäubung in freier Wildbahn geben.» Er begann im Orator zu blättern. «Da, Morgenstern: ‹Ganze Weltalter von Liebe werden notwendig sein, um den Tieren ihre Dienste und Verdienste an uns zu vergelten.› Schön ausgedrückt, und wahr.»

«Ich bin überzeugt, dass Sie darin noch manche Perle finden werden, Herr Kollege», sagte Maximilian stolz.

«Zum Beispiel etwas weiter unten, ein Spruch von Friedrich Torberg», warf Marie-Rose mit sanfter Stimme ein: «‹Was ein Mann schöner is wie ein Aff, is ein Luxus.›»

Mitternacht.
Maximilian und ich hockten an der Bar. Franziska und Marie-Rose waren vor einer halben Stunde schlafen gegangen; auch Dr. Meinert hatte sich verabschiedet. Er brauche morgen einen klaren Kopf und eine ruhige Hand für sein Narkosegewehr.

«Nehmen wir noch eins?» Ohne auf meine Antwort zu warten, schob Maximilian die zwei leeren Bierkrüge mit der Aufschrift *«Namutoni»* über den Tresen. «Ich bin aufgewühlt, wach, als ob's Morgen wär'.»

«Ich kann's dir nachfühlen.»

«Für mich war es *das* Erlebnis.» Grübelnd stierte er eine

Weile ins Leere. «Natürlich nicht nur Höhepunkte, sondern auch Absturz in dunkle Tiefen. Am Anfang reine Euphorie: Sonnenuntergang, Löwe als Zwangszuhörer – er erinnerte mich an einen Schüler, der seinen Lehrer am liebsten auffressen würde, es aber nicht darf –, dazu die Bäume und Sträucher, die Gesichter und Körper bekamen, lebendig wurden, all die Geräusche der erwachenden Nacht, kurz, ich fühlte mich wie auf Urlaub im Paradies. Bis zur Krise, so gegen drei in der Früh.» Er hielt mit Sprechen inne. Die Rückschau schien ihm zu schaffen zu machen. «Zuerst saures Aufstossen, dann Herzklopfen, dann die verfluchte Kälte, die sich in die Glieder schlich, und das unbequeme Lager in der gottverlassenen Einsamkeit.» Er machte eine wegwerfende Handbewegung und griff dann zum aufgefüllten Bierkrug. «Mir war zumute wie einer grippekranken Schnecke in der Mitte eines betonierten Parkplatzes. Prost!»

«Prost! Aber gegen die Kälte hattest du doch die Alufolie?»

«Die hatte ich als raschelnden Limes gegen die Löwen aufgehängt. Als ich mich nämlich schlafen legte, fühlte ich mich so sauwohl und gegen die Kälte gefeit wie ein Eskimo, der bei zehn Grad minus im Hemdchen um den Iglu hüpft.» Nachdenklich nahm er einen tiefen Schluck. «Geschlafen hab' ich nachher nicht mehr. Dann und wann ein bisschen gedöst. Im übrigen habe ich mir mein Leben durch den Kopf gehen lassen und Bilanz gezogen.»

«Und, wie sieht sie aus?»

«Ich glaube», begann er vorsichtig, «ich glaube, wenn ich das Gesamtergebnis betrachte und nicht die einzelnen Schritte, so darf ich wohl zufrieden sein.»

«Na, auch einige deiner Einzelschritte sind durchaus beachtenswert, dein Orator Urbanus zum Beispiel oder deine Trespili capitales ...»

Er warf den Kopf herum und hämmerte mit der Faust auf die Theke. «Hör mir auf mit den verdammten drei Härchen! Hab' ihretwegen einen Mordskomplex. Krach mit Marie-Rose wegen einer karierten Krawatte und einem gestreiften Hemd, der Zuber vergisst, die Lampe zu löschen: darauf gründet meine ganze Berühmtheit!» Erregt trank er den Krug in einem Zug leer. «Einen kleinen Whisky zum Abschluss?»

«Danke, mir reichts. Übrigens», sagte ich, nachdem ich mir

eine Handvoll Nüsschen in den Mund gestopft und kauend eine Weile nachgedacht hatte, «heute abend, in traulichem Gespräch mit Dr.Meinert, hatte ich eher den Eindruck, du würdest es furchtbar geniessen, mit Namen von Persönlichkeiten aus aller Welt um dich zu schmeissen.»

«So? Hattest du?» Er begann zu grinsen wie ein auf frischer Tat ertappter Lausbub und langte nach dem Whiskyglas, das ihm der Barkeeper hingestellt hatte. «Bin wohl etwas gespalten. Vermutlich würde mir tatsächlich was fehlen, wenn man mir nicht von Zeit zu Zeit ein bisschen Honig um die Schnauze streichen würde.»

«So sei zufrieden und hör auf zu jammern wie ein Lottomillionär, der klagt, dass er Steuern bezahlen muss. Glaubst du, für mich sei das Leben lauter Zuckerlecken, mit vier Kindern...»

«Das macht die Geschichte für dich doch viel einfacher, mein Lieber. Du stehst am Morgen auf und weisst, so jetzt geht Papi arbeiten, damit er für seine Kinderlein Futter kaufen kann. Und jeden Tag siehst du, wie die Racker gedeihen.»

«Es muss alles bar bezahlt werden! Wie manches lange Jahr glaubten Franziska und ich, wir würden es nie mehr erleben, wieder mal einen ruhigen Tag ohne Zahngelee, nasse Windeln und klebrige Schoppen verbringen zu können. Ich habe mehr als einmal im Zoo neidisch dem Orang-Utan-Männchen zugeschaut, welches ungestört in der Ecke, einen Sack über dem Schädel, vor sich hindösen durfte und dessen einzige Arbeit es war, alle Viertelstunden einmal die Arme zu strecken.»

«Noch einen!» rief Maximilian und kippte den Rest. «Wenn man's von dieser Seite aus betrachtet...», begann er und starrte dann auf den Barmann, der klirrend Eis in das Glas füllte. «Aber was soll das Philosophieren, als ob wir noch Gymnasiasten wären! Sandkörnlein sind wir doch alle in der grossen Wüste der Menschheit. Rafft uns das Schicksal hinweg, rutschen die nächstliegenden ein bisschen nach. Finito. Zum Wohl, Herr Lenz!»

«Wohl bekomm's, Herr Meyer-Bergius! Ich denke, wir sollten zahlen.»

«L-lass mal, das mache ich.» Schwerfällig zog er den Geldbeutel hervor. «Ich glaube, ich hab' einen Affen, einen Pli-Pli-Pliopithecus antich-wus. Das ist der Ur-Affe S-entraleuropas. Ober! Alles auf eine Rechnung, und noch zwei ganz schnelle kleine für den Orang-Utan-Papi und mich!»

«Ich passe, wegen der lieben Kinderlein», sagte ich lachend. «Wenn nachts eines aufs Klo muss... Aber lass dich in deinem Glück nicht stören.»

Maximilian liess sich nicht stören, beglich die recht ansehnliche Zeche, trank gemütlich den allerletzten Whisky leer und kletterte dann unsicher vom Barstuhl. «Jetzt hocken wir uns in die *Ma-Mo-Ra-Va*, brausen durch das Tor und suchen den verdammten Saulöwen, der unseren lieben Vetter Andreas abgekurzt – abgewurst – gekillt hat.»

Ich fasste ihn kräftig unter dem Arm. «Einverstanden, aber zuerst geh'n wir mal zu Marie-Röschen und legen uns ein Stündchen hin.» Langsam schlurften wir durch das Lokal hinaus ins Freie. «Tut gut, ein bisschen frische Luft, was, Maximilian?»

«S-sehr gut. Aber jetzt su dem S-Saulöwen!»

«Wir sind doch im Camp! Hier gibt's doch keine! Achtung, ein Stein!»

«Dann rufen wir sie!» Bevor ich ihn daran hindern konnte, nahm er den Arm von meiner Schulter, formte vor seinem Mund die Hände zu einem Trichter und begann in die Nacht hinaus zu brüllen: «S-Saulöwen, zeigt euch, wenn ihr Mumm in den Knochen habt!»

«Verdammt, Maxe, mach keinen Stunk! Hör augenblicklich damit auf, oder ich stelle dich unter deine Sprinkler-Anklage, bis dir Schwimmhäute wachsen!» zischte ich empört.

«Aber, aber, wieso denn g-gleich so böse? Dann lassen wir die Kätzchen eben pennen, wenn du meinst», fügte er in beleidigtem Tone hinzu und sang leise vor sich hin: «Schlaf, Kätzchen, schlaf...»

Ich atmete auf, fasste ihn wieder unter dem Arm und marschierte weiter. «Für ein Sandkörnchen hast du ein ordentliches Gewicht.»

«Ich bin eben kein gewöhnliches S-Sandkorn, m-merk dir das. Ich bin ein ganzer Sch-Schandsack... nein, ein S-Sandschak.»

«Ja, der Sandschak von Alexandrette. Komm jetzt, kann ich dich endlich in die *Morava* werfen!»

16

Aus der Bordzeitung:
Am Morgen stand ich um 7 auf und ging mit Barbara die Camper zählen. Es waren 9 Camper. Dann früh stükten wir. Onkel Maximilian kam erst ganz spät und trug eine Sonnenbrille. Vileicht bin ich erkältet sagte er, da sagte Tante Mari-Ros jaja die Erkältung kenne ich, vileicht muss er weniger Wissghi trinken. Da sagte Onkel Maximilian vileicht mache ich es wie Tschurchill, der hat soviel Tötliches über das Trinken gelest dass er nicht mehr gelest hat. Da sagte Tante Mari-Ros du bist immer der gleiche Joggel iss etwas Käs und Brot. Da sagte Onkel Maximilian er hat heute kein Hunger und trinkt nur The, weil er hat Bauchweh und Bleungen.
Dan haben wir mit Mami Schule gemacht, wievile Rechnungen meint ihr? 2 Seiten und Stefan ein Diktat. Wir hatten beide ein 5. Dann fuhren wir nach Halali und Mami musste Alexandra vile Haare schneiden weil sie hatte Kaugummi darin. Das Halali Camp ist staubig und windig dass alles knirscht mit den Zähnen. Zuerst parkten wir neben dicken Leuten mit vil Flaschen unter dem Camper. Da sagte Vati ich spürs im Wasser dass das laut zugeht hier. Wir zügeln. Aber Onkel Maximilian sagte lasset dicke Männer bei mir sein mit Glacen, welche gut schlafen, das ist von Sheckspiir und steht in meinem Orator Rubanus. Aber wir zügelten doch weil Tante Mari-Ros befehlte. Am abend waren wir froh, das ist der reinste Jahrmarkt dort drüben sagte Vati und Barbara hatte 37.9 Fiber.
In der Nacht hatte sie 39.7 und stark geträumt und ist aus dem Camper geranzt und schwups war sie weg. Wir sind sie alle suchen gegangen. Gottseidank trug sie ein weisses Pigiama und wir haben sie schon gefunden als Onkel Maximilian mit dem Suchapparaht aus der Maroma *kam.*
Am Morgen hatte sie 38.1 wir lassten sie im Schlafsack und fuhren so los. Wir sahen junge Zebras und eine Giraffenherde und mussten plötzlich aufs WC. Es hat eines in der Steppe mit einem Wansinnszaun darum. Wir fuhren vor das Tor und Onkel Maximilian musste es öffnen gehen weil er hat Erfahrung im freien und keine Kinder sagte Tante Mari-Ros. Mami putzte zuerst den Sitz mit Abwaschmittel da sagte Vati tu nicht so ettebeteete, Vetter Andreas hat auch kein Abwaschmittel dabei. Da sagte Mami der hat auch keinen Sitz gehabt und es

ist wegen der Higiäne. Da sagte Onkel Maximilian, ganz richtig Vetter Andreas hat nähmlich eine sybirische Knebelscheisse gehabt. Da gibts nur eine Astgabel um die Kleider anzuhängen und der Spitz ist um die Wölfe zu vertreiben. Da sagte Tante Mari-Ros er leert uns immer unsaubere Dinge, aber Onkel Maximilian sagte es gibt nichts saubereres als eine sybirische.

Dann sind wir in die Etoscha-Pfanne hinausgefahren, wo alles weiss war und Sand. Dann durften wir Auto fahren. Ich fahrte mit einem 40 und Vati musste fast nichts korrigiren. Alexandra hat auch gesteuert und sitzte auf Vatis Schoss, aber sie hat immer nach hinten geschaut und gelacht und Vati hat unten das Steuerrad gehalten. Das war ein Gaudi und Barbara hat erbrechen müssen, dann fahrten wir zurück. Dann badeten wir aber das Wasser war kalt und ich machte den Saldo.

«Legst du heute die Schlafsäcke bereit?» fragte Franziska und blickte gähnend von ihrem Roman auf. «Zuerst aber ausschütteln, sie sind voll Sand.»
Ich grunzte irgendwas, da ich eben am Schreiben des Tagebuches war.
«Ich fragte dich wegen der Schlafsäcke», wiederholte Franziska ihre Bitte in leicht aggressivem Tone.
«Von mir aus», antwortete ich kurz angebunden, klappte das Büchlein zu, stieg in den Wagen und begann die Säcke hervorzuziehen.
Es war nicht gerade ein Koller, aber doch eine gewisse Gereiztheit, die sich breitgemacht hatte. Der ständige Wind, der den Sand bis in die letzten Ecken des Campers hinein verfrachtete, tagein, tagaus der Wechsel zwischen Morgenkälte und Mittagswärme, das ununterbrochene Zusammensein in einem einzigen engen Raum und das kranke Kind strapazierten unsere Nerven. «Reichen heute acht, oder braucht es mehr?» rief ich hinaus.
«Mach zehn bereit, bei dem Wind.»
Nachdem ich sie ausgeschüttelt hatte, legte ich sie fein säuberlich bereit. Eins, zwei, drei, vier, fünf ... Franziska kam herein. «Aber, nein doch! Der blaue kommt nach oben und der grüne gehört Alexandra, und wo sind die Kissen?»
«Die Kissen können die Kinder selber hervorholen», brummte ich, ungehalten über die Einmischung. «Entweder

mache *ich* die Schlafsäcke bereit, und dann lass mich in Ruhe, oder *du* tust es. Dann kann ich nämlich weiterschreiben.»

«Widerlicher Sand… Ich hab' dir doch schon gestern gesagt, dass du das Loch im Truhenboden verschliessen solltest.»

«Und ich dir vor drei Tagen, dass an meinem Lumber zwei Knöpfe fehlen.»

Unser Dialog begann immer mehr einer Turbine zu gleichen, die langsam, aber stetig auf Touren kommt.

«Seid ruhig, ich habe Kopfweh», war das Stimmchen der kranken Barbara zu vernehmen.

«Ich will weg von hier. Morgen früh.» Tränen glitzerten in Franziskas Augen.

«Ich auch.»

«So?»

«Ja, so.»

«Dann wären wir uns wenigstens in diesem Punkte einig.»

Beizeiten machten wir uns anderntags auf den Weg. Franziska setzte sich ans Steuer. Ich hockte neben Barbara, hielt ihr fieberheisses Händchen, spähte mit dem linken Augen duch das Fenster nach Tieren und richtete das rechte auf das Globibuch, dessen Bilder mir Alexandra erklärte. Sie tat es gewissenhaft und überprüfte ebenso gewissenhaft, ob ich mir die einzelnen Bilder tatsächlich ansah.

«So, Alexandra, ich glaube, wir machen mal eine Pause. Ich muss für Barbara das Tüchlein netzen», sagte ich, um für einige Sekunden meine schmerzenden Augenmuskeln zu entspannen.

«Gut, aber dann erzähle ich dir weiter. Du hast mir gestern versprochen, das ganze Buch anzusehen.»

«Habe ich das? Dann werde ich natürlich mein Wort halten.»

Linkes Auge zum Fenster hin, rechtes auf das Globibuch: die Geschichten erstreckten sich bis zu unserer Ankunft im Camp Okaukuejo, früher ein einfaches Wasserloch, das Vetter Andreas ein kleines Paradies genannt hatte. Wir fanden ein schönes Plätzchen mit etwas grünem Gras, einem Steintisch und einer Feuerstelle. Der lästige Wind legte sich, Barbara hatte kein Fieber mehr. Munter vor mich hin pfeifend, klebte ich den Riss im Truhenboden zu, während Franziska gutgelaunt die Knöpfe an meinen Lumber nähte und mir von Zeit zu Zeit mit dem Fuss liebevoll über den Rücken strich.

Aus der Bordzeitung:

Zwischen dem Camp und der Wasserstelle hat es nur ein klei-
nes Mäuerchen. Ein Elefant badete und trinkte. Er brauchte
den Rüssel als Dusche und hat den Fuss immer schräg gehoben
wie zuhause in Wintikon der Metzger Öhler wenn er kratzen
muss weil es beisst ihn.

Vati erzählte lange von Vetter Andreas. Er musste hier aus
Dornbüschen einen grossen Viehkrahl machen weil er hatte
800 Ochsen bei sich. Sein Pferd hiess Teufel es war wild. Er hat
mit ihm Straussen gejagt aber nichts getroffen, nur der Teufel ist
erschreckt und ins Lager zurückgerennt und Vetter Andreas
musste 3 Stunden laufen und hatte furchtbaren Durst.

Dan haben sie Zebras gejagt und das Fleisch in Streifen
geschnitten und getrocknet und noch einen Strauss gejagt.
Aber er hat mit dem Bein Vetter Andreas am Kopf getroffen
und starkes Kopfweh gehabt. Das Zebrafett brauchten sie für
die Gewehre einzuschmieren.

Dan kam noch die Viehseuche und Wildhunde fressten kranke
Ochsen. Er hat ein Zebra mit dem Lasso gefangt aber es hat
ihm fast die Arme ausgerissen. Er hatte wansinnsschmerzen
und war traurig Tag und nacht. Aber er konnte nicht schlafen
weil man klaute sonst die Ochsen und das Gewehr ist in
Schlossberg bei Onkel Maximilian.

Barbara hat kein Fieber mehr und wir waren im Museum, wo
wir viel lernten. Nämlich die Orixantilopen kühlen das Blut in
der Nase und die Zebras halten das Hinter in die Sonne weil es
ist die kleinste Fläche. Aber Onkel Maximilian sagte manch-
mal kann es auch eine grosse Fläche sein je nachdem.

Vati und Onkel Maximilian gingen noch ins Wirtshaus um das
Programm zu besprechen. Als sie kamen sagten sie heute
abend gibts Naashörner an der Wasserstelle weil ein Mann in
der Bar weiss es ganz genau. Tante Mari-Ros glaubt es aber
nicht. Sie sagte, vileicht hat Onkel Maximilian selber noch ein
Horn von gestern.

Es war kurz nach 20 Uhr, als Maximilian und ich an der Wasserstelle unseren Patrouillengang aufnahmen. In Mäntel
gehüllt, wanderten wir dem Mäuerchen entlang auf und ab.
Unverhofft blieb er stehen. «Weisst du, dass wir heute die
erste Halbzeit hinter uns haben?»

«Was, schon? Ich hab' nicht nachgerechnet. Jedenfalls

scheint es mir eine halbe Ewigkeit her, seit ich meinem Redaktorenpult den Rücken gekehrt habe.»

«Und, Sehnsucht danach?»

«Sehnsucht, es nie wieder zu sehen. Und du?»

«Ich... äh, Fridolin, unter vier Augen, auch Marie-Rose soll vorläufig nichts davon wissen» – er senkte seine Stimme zu einem geheimnisvollen Flüstern und fasste mich am Arm – «ich hab' da einen neuen Plan, einen grossartigen Plan.»

«Ich werde schweigen wie ein Grab. Entblösse ruhig deine Seele! Nur wäre ich froh, wenn wir uns wieder in Bewegung setzen könnten. Es ist kühl geworden.»

«Selbstverständlich.» Wir machten einige Schritte, bevor er mir in feierlichem Tone mitteilte, dass er ernsthaft daran denke, in Südwest eine Farm zu kaufen.

Verdutzt blieb ich stehen. «Eine Farm...? Warscheinlich hast du mich – wenn ich dich richtig einschätze – bereits als Geschäftsführer vorgesehen!»

«J-ein», wand er sich. «Aber setzen wir uns wieder in Bewegung, es ist tatsächlich frisch geworden.»

In diesem Moment erhob sich aus dem Dunkel hinter der Wasserstelle mächtiges Löwengebrüll. Wie auf Kommando brachen wir das Gespräch ab, machten rechtsumkehrt und eilten an die Mauer, um zum Wasser hinüberzuspähen.

«Es muss schon ein eigenartiges Gefühl sein, allein im Busch zu hocken, wenn einem ein solcher Bursche sein Abendliedlein singt», versetzte ich erregt.

«Das Gefühl eines Huhnes unter einer Zeitung, um die der Marder schleicht – unter einer sehr dünnen Zeitung», versicherte Maximilian, und er musste es ja wissen. Dann schwiegen wir. Nach etwa zehn Minuten traten zwei Löwen ins Scheinwerferlicht und begann zu trinken. Kurz darauf näherte sich ein Elefant; die Löwen verschwanden.

«Das ist die Vorhut, gleich kommt die Herde», sagte eine der vielen in Decken gehüllten Gestalten neben uns.

Eine Viertelstunde dauerte das prächtigen Schauspiel: Prustend und trompetend spielten die tonnenschweren Tiere im Wasser wie eine Kindergartenklasse im Planschbecken.

«Du hast mir was von einer Farm erzählt», sagte ich, als die Tiere verschwunden waren und wir unsere Wanderung wieder aufgenommen hatten. «Karakul oder Rinder oder Jagd...?»

«Nichts davon. Was ganz Neues! Eine Kriegsfarm!» Überrascht blieb ich stehen. «Für so aggressiv hätte ich dich nicht gehalten», sagte ich spöttisch.

«Hör mir erst mal ruhig zu. Aber marschieren wir weiter, es ist kühl. Überall in der Welt gibt's Krieg. Wieso? Weil die Menschen ihre Aggressionen nicht mehr auf zoologisch halbwegs anständige Art und Weise ausleben können. Ergo braucht's Therapie, Therapiestationen, wo sie ihre Gelüste befriedigen können, ohne jenen zu schaden, die lieber Radieschen und Sellerie ziehen. Was würde sich dafür besser eignen als eine dieser riesigen Farmen?»

«Und was sollen deine Patienten dort tun? Waffenlauf trainieren oder modernen Fünfkampf?

«Oh, nein! Da würde scharf geschossen. Jeder kriegt Panzerweste und Karabiner, vielleicht ein Pferd. Damit absolvieren sie einen Parcours von A nach B, eine gegnerische Gruppe von B nach A. So zwanzig, dreissig Kilometer über Stock und Stein, durch Schluchten, über Berge. Jede Gruppe versucht die andere an der Erreichung des Zieles zu hindern.»

«Mit scharfen Schüssen?» fragte ich ungläubig.

«Selbstverständlich, sonst verliert das Ganze seinen Sinn. Natürlich wären gewissen Regeln einzuhalten, zum Beispiel eine minimale Schussdistanz von 300 Metern.»

«Wie würdest du das kontrollieren?»

«Elektronisch, mit Sendern und Empfängern, die jeder auf sich trägt. Geschossen würde übrigens gar nicht so viel, vermute ich. Hauptsache, die Teilnehmer wissen, dass scharf geschossen werden könnte. Das Risiko, getroffen zu werden, wäre nicht grösser als das eines Autorennfahrers, einen Unfall zu erleiden. Ausserdem müssten Schiedsrichter die Gruppen auf ihrem Marsch begleiten, und abends hockt man locker zusammen.»

«Ist das alles dein Ernst?»

Er nahm den Lederhut vom Kopf und drehte ihn etwas befangen in den Händen. «Ach, weisst du, als Idee finde ich das Ganze nicht übel, dachte auch an eine Art Pflichtkurse für Spitzenpolitiker und Säbelrassler, stellvertretende Zweikämpfe sozusagen. Die Hälfte würde dabei einen Herzinfarkt erleiden und könnte künftig der Welt nicht mehr schaden. Wenn wir beide die Sache mit Schwung aufziehen würden... das wäre doch was, statt wieder in unseren Schreibstuben zu

knechten. Möcht' zu gern wieder mal ein bisschen Unterneh-
merluft verspüren, die Freiheit geniessen, wie ich sie als Verleger gehabt habe.» Seufzend schob er den Hut auf den Kopf
und blieb stehen. «Wenn dieser verdammte Hegel-Verlag
nicht gewesen wäre...»

«Lass mal den Hegel in Frieden. Vielleicht hat er deiner
Montgolfière rechtzeitig zu einer sanften Landung verholfen,
jedenfalls zu Marie-Rose und dem anständig bezahlten
Posten im Museum, den du nur verlierst, wenn du die Kasse
plünderst oder den Aufsichtsratsvorsitzenden vergiftest.
Jetzt gondelst du ein halbes Jahr in Afrika herum... Herz, was
willst du mehr?»

«‹Unruhig ist unser Herz, bis es ruht in Dir.›»

«Von Augustinus, glaub' ich. Setzen wir uns in Bewegung.
Wie wär's mit einem Kloster für Christen, Muslime und
Buddhisten?»

«Wenn du mitmachst, ja», sagte er lachend. «Überleg's dir
nochmals mit der Farm.»

«So wie du das geschildert hast, kannst du mich endgültig
auf der Lohnliste der künftigen Mitarbeiter streichen. Das
Ganze erinnert mich zu sehr an altrömische Gladiatoren-
kämpfe. Ausserdem fürchte ich, dass sich deine Kundschaft
auf Penthouse-hat-schon-alles-Typen und Paris-Dakar-
Rallye-Abenteuer-Softies beschränken würde. Grässliche
Vorstellung.»

«Grässliche Wortbildungen.»

«Angemessene Wortbildungen.»

Maximilian blieb eine kurze Weile stumm. «Und ein Kom-
promiss?» setzte er wieder ein. «Zum Beispiel eine Tierfarm
mit freilebenden Löwen, Krokodilen und so weiter, die man
zu Fuss durchwandern könnte, bloss mit Pfeil und Bogen?
Übernachten am Lagerfeuer, jeder Teilnehmer mal auf
Wache?»

«Du bist unverbesserlich! Ich werd's mir überlegen. Komm
jetzt, alles rennt zur Mauer.»

Zwei Schwarze Nashörner hatten die Tränke aufgesucht.

Zehn Sekunden starrte Maximilian auf die Tiere, dann
knallte er mir seine Hand auf die Schulter: «Aphrodisiaka!
Aphrodisiaka werden wir produzieren! Schwarze Nashörner
züchten! Überall werden die armen Viecher gewildert ob des
dummen Aberglaubens, Hornpulver steigere die Mannes-

kraft. Alle Anstrengungen dagegen waren bis jetzt vergebens. Wieso? Man versucht's falsch herum wie bei der Bekämpfung des Drogenhandels. Neue Methoden, raffinierte Methoden sind nötig, welche die Preise sinken lassen. Man muss den Markt überschwemmen mit dem stinkenden Zeug, den Tieren die Hörner regelmässig abschneiden, sie wachsen ja nach. Das Pulver strecken wir in homöopathischen Potenzen. Mit dem schnöden Gewinn errichten wir neue Zuchtstationen in Südamerika, Australien... Ich habe da ein paar interessante Adressen auf Lager.»

17

«Mistvieh, hau ab oder steck deinen Kopf in den Sand», schimpfte ich und versuchte, das Abwaschbecken mit dem frisch gereinigten Geschirr vor dem Schnabel des mächtigen Strausses in Sicherheit zu bringen, der auf Futtersuche war. Wir befanden uns im Camp von Khorixas, dem Hauptort von Damaraland.
«Schau mal, was ich gefunden habe!» Alexandra rannte mir entgegen und streckte mir ein Bündel schmutziger Federn unter die Nase.
«Die sind von dem Herrn da neben mir, pass auf, dass er nicht böse wird!»
Unsicher wechselte ihr Blick zwischen mir und dem hundert Kilo schweren Vogel mit den kurzen grauweissen Härchen auf dem kleinen Kopf. Dann schien sie meine zuckenden Mundwinkel zu bemerken und begann zu lachen. «Der weiss das doch gar nicht. Die Federn nehme ich nach Hause.»
«Hm, gerade sauber sind sie nicht.»
«Macht doch nichts, ich stecke sie in eine Tüte. Vorher habe ich einem Affen die Wange gestreichelt. Weisst du, was er darauf gemacht hat? Er hat mir den Po hingestreckt!»
«Was du nicht sagst. Er ist eben ein Affe. Und jetzt kehrst du zurück und holst die anderen. Wir fahren in einer Viertelstunde nach dem versteinerten Wald, alle in unserem Wagen.»

«Hier gibt's ja nur Schwarze», meinte Stefan verwundert, als wir Khorixas passierten.

«Wir sind in einem sogenannten Homeland, etwa so gross wie die Schweiz. Da dürfen nur Schwarze wohnen. Der Staat hat den früher hier angesiedelten Weissen die Farmen abgekauft.»

«Wieso können denn die nicht nebeneinander leben?»

«Früher oder später werden sie es. Bei uns in der Schweiz gab's auch manchen blutigen Krieg mit Tausenden von Toten, bis Zürcher und Schwyzer und Waadtländer und Berner und Reformierte und Katholiken miteinander auskamen.»

«War Vetter Andreas auch hier?»

«Ja», antwortete Maximilian an meiner Stelle. «Er ist von Süden her gekommen und hat bei einer Quelle, etwa 15 Meilen vor Franzfontein, sein Lager aufgeschlagen. Damit er mit seiner grossen Herde sicher durchziehen konnte, musste er den mächtigen Häuptlingen wie Cornelius, Maharero oder Witbooi Geschenke geben: Kaffee, Tabak, Munition und andere Dinge. Ein Gewehr war soviel wert wie zwölf Ochsen.»

Barbara war auf unser Gespräch aufmerksam geworden. «Hat er keine Angst gehabt?» wollte sie wissen.

Maximilian drehte ihr den Kopf zu und legte die Stirn in Falten. «Oh, doch, mein Mädchen! Einmal schon! Etwas Schreckliches war geschehen. Einer seiner Leute, ein Herero, hat einen Buschmann, einen Häuptlingssohn, erschossen. Herero und Buschmänner konnten einander nicht ausstehen.»

«Hatten denn die Schwarzen untereinander auch Krieg?»

«Kriege gab's und gibt's leider überall auf dieser Welt, bei schwarzen, braunen, gelben oder weissen Menschen. Aber hört jetzt, wie die Geschichte weitergeht: Begreiflicherweise wollten sich die Buschmänner für den Mord rächen. In höchster Not hat Vetter Andreas ein Paket Dynamit in die Munitionskiste gelegt, es mit Zündschnur und Zündkapsel verbunden und sich daraufgesetzt. Er drohte, sich in die Luft zu sprengen, wenn er angegriffen würde...»

«Bitte, erzähl den Kindern keine Schauergeschichten!» mahnte Marie-Rose mit sanfter Stimme aus dem Hintergrund.

«Doch, doch!» rief Stefan begeistert. «Mit Dynamit ist es super, wie im Wilden Westen. Hat es laut geknallt?»

«Gott sei Dank kam es nicht soweit! Es gab tagelange Verhandlungen, und Vetter Andreas musste viele Ochsen als Lösegeld bezahlen.»

Aus der Bordzeitung:
Heute sind wir an den atlantische Ozean gefahren. Ich fahrte bei Onkel Maximilian. Es war eine lange Kiessstrasse und er sagte, das ist ja unglaublich da fährt man 100 km und dann kommt eine Kurve und dan fährt man wieder 100 km bis zur nächsten Kurve. In der Namib Wüste haben wir gehaltet und gegessen. Es gab kein Verkehr aber es ist dann doch einer gekommen und ich habe gewinkt. Dan hat er gehaltet ob wir vieleicht eine Banne haben. Mami schimpfte weil ich gewinkt habe. Aber Vati sagte in der Wüste haltet man immer, weil man nicht weiss ob der Wagen eine Banne hat oder der Schofför bloss muss.
Dan war die Strasse plötzlich aus Salz und wir sahen das Meer, wo es früher viele Walfische gab. Aber die Leute haben sie fast ausgerottet weil der Mensch ist im allgemeinen 10x dümmer als ein Walfisch sagt Onkel Maximilian.
In Swakopmund gingen wir auf den Campingplatz und haben die Pellikane nachgemacht weil sie watscheln. Alexandra kann nicht gut watscheln. Ein Mann hat Fische geschuppt und den Pellikanen gefutteret. Dann haben wir Drachen gespielt und der Drache ist wansinnshoch geflogen weil der Mann mit den Fischen hat ihm einen langen Schwanz gemacht aus Silk.
Nach dem Abwaschen haben wir gesungen und Barbara hat einen auf englisch gedichtet:

Ou vi les ou ell länd
es ley vits el mer!
el son mi ou de sii
änd es ey lei!

Soll ich es übersetzen? Das heisst: Oooo du weisst nicht wie ich dich liebe! Ooo du weisst nicht wie ich es schön finde mit dir zu leben!
Beim früh Stück hat Alexandra ganz viel Ovo über das Butterbrot geleert. Da sagt Mami das ist unappetittlich. Aber Alexandra sagte das ist nicht unapetittlich ich mache Hundefutter.
Wir sind nach Waalfischbai gefahren wo Vetter Andreas ist beinahe umgekommen als er mit dem Pferd zwischen Sand und Meer ritt. Er hat dort den Missionahr Bööm getroffen und mit

Koniak Neujahr gefeiert vor 100 Jahren. Damals gabs nur 12 Häuser hier und ein Herr Koch war Chef und ganz dick, er konnte kaum die Strickleiter zum Segelschiff von Vetter Andreas hinaufklettern. Wir sahen Guano Inseln und rote Flamingos aber die Strasse ging leider nicht mehr nach Sändwitsch Hafen wo Vetter Andreas die Häuser gebaut hat um Ochsen zu metzgen.

«Mensch Meier, diese Dimensionen! Das wäre doch was für deine Nashörner», raunte ich Maximilian zu, als wir unsere Wagen vor den Hauptgebäuden der Farm Ameib abgestellt hatten. Sie lag nördlich von Usakos, einem Städtchen, das als Station beim Bahnbau von Swakopmund nach Windhoek entstanden ist. Vom mächtigen Farmtor bis zu den Häusern hatten wir etwa ein Dutzend Kilometer zurücklegen müssen. Maximilian legte warnend den Zeigefinger auf den Mund und wies mit einer verstohlenen Kopfbewegung auf Marie-Rose, die eben die *Maroma* verliess. «Bitte!» murmelte er. «Aber die Grösse würde meiner Mutter Sohn tatsächlich passen.»

Barbara hüpfte vorbei und zog mich am Ärmel. «Dort drüben gibt's Geparden und Giraffen, komm mit.»

«Sofort, aber zuerst müssen wir uns anmelden und Eintritt bezahlen.»

Ein Wanderweg führte hinauf zur berühmten Phillipsgrotte.

«Was, zu Fuss? Ich mag aber nicht», behauptete Alexandra.

«Es ist bloss eine halbe Stunde. So lang wie *Mappy und die Fliege* im Fernsehen.»

«Aber ohne Mütze, und ich will die Sandalen anbehalten», sagte sie trotzig und stampfte mit dem Fuss.

Ich versuchte ruhig zu bleiben, die aufkommende Hitze hingegen und eine gewisse innere Spannung, die der stundenlangen Autofahrt zuzuschreiben war, obsiegten. «Mütze auf und Schuhe an, aber sofort!» befahl ich drohend. «Es gibt Skorpione hier und Schlangen ...»

«Aber die Mütze nützt doch nichts gegen Schlangen?»

«Aber gegen die stechende Sonne. Und jetzt vorwärts!»

Der Weg führte steil hinauf, über braune Felsblöcke und schmale, von dürrem gelbem Gras gesäumte Trampelpfade. Die Sonne brannte auf unsere Rücken, und bald einmal war ich mit den Mädchen zurückgeblieben.

«Ich kann nicht mehr, ich bin müde», behauptete Alexandra, und Barbara begann über einen Mückenstich zu jammern. Ich gab den beiden einen Schluck aus der Feldflasche, worauf ich für zehn Minuten Ruhe hatte.

«Mein Mückenstich!»

«Ich bin müde.»

«Ich auch, aber dort oben, seht ihr den weissen Pfeil? Dort gibt es eine grosse, schattige Höhle. Dort werden wir ausruhen. Die andern sind schon bald oben. Es ist eine ganz berühmte Höhle, mit uralten Felszeichnungen.»

Alexandra dachte kurz nach, dann machte sie einige Schritte, setzte sich auf einen dunkelbraunen, kugeligen Felsen und zeigte auf eine verwitterte Stelle. «Und das ist ein ganz berühmter Stein», sagte sie und liess ihren fünfjährigen Mädchencharme spielen, «mit uralten Buchstaben.»

«Und, kann man die Buchstaben lesen?»

«Ja. Das heisst: ‹Dieser Stein ist für die Familie Lenz zum Ausruhen. Sie muss nicht weitergehen.›»

In diesem kritischen Moment erbarmte sich der Himmel meiner und schickte mir einen Skorpion und eine schwarzgelbe Schlange, die über den Pfad glitt, zu Hilfe. Behende scharten sich die Mädchen um mich und folgten mir wie schutzsuchende Küken dem hochgelegenen Ziel entgegen.

Die anderen hatten es sich im Schatten der riesigen Höhle bequem gemacht und kauten belegte Brote. Barbara und Alexandra warfen mir zuliebe einen kurzen Blick auf den weissen Elefanten mit dem eingemalten roten Bock. Was war das schon im Vergleich zu einem lebendigen Skorpion und einer richtigen Schlange! Die Buben wurden gelb vor Neid.

Eine gute Stunde später waren wir wieder unten bei den Hauptgebäuden. «Los, alle Kinder aufs WC!»

Alle Kinder beteuerten, dass sie nicht müssten. Erstens hätten sie schon oben hinter Baum und Fels und zweitens alles rausgeschwitzt. «Ehrenwort!»

«Den Trick kenn' ich! Allezhopp, hinüber zum Häuschen!»

Nach kurzer Zeit kehrten sie triumphierend zurück. «Wir haben es ja gewusst! Kein Tröpfchen!»

Im Städtchen Usakos hielten wir an, um Brot zu kaufen. Ausserdem musste Markus dringend.

«Hab' ich dir nicht eben in Ameib gesagt ...?»

«Ich war ja auf dem WC, aber es ist nichts gekommen.»

Ich ging mit ihm ins Hotel Bahnhof, dessen Gaststube biedere deutsche Gemütlichkeit ausstrahlte, und bestellte ein Mineralwasser.

«Wo geht's zum WC, bitte?»

Der Wirt nahm einen Schlüssel vom Haken. «Draussen, im Hof.»

Markus ging, kehrte wieder zurück, der Schlüssel wurde an den Haken gehängt. Ich bezahlte, und wir verliessen das Lokal. Da stürmte Stefan heran. «Ich muss, doch, dringend.» Ich machte rechtsumkehrt, bestellte mein zweites Mineralwasser, und der Wirt, etwas befremdet, wie mir schien, ging erneut zum Haken. Ich bezahlte, Stefan fand sich wieder ein, und mit Erleichterung wendete ich dem Hotel Bahnhof endgültig den Rücken zu.

«Vati, ich hab' dir vergessen zu sagen, dass die Mädchen auch noch kommen. Ich bin vorausgerannt», teilte er mir voller Stolz mit, als wir die Treppe hinabstiegen.

Es dämmerte bereits, als wir wieder im Camp bei Swakopmund eintrafen. War es auf der Farm Ameib heiss und sonnig gewesen, lag hier kühler Nebel über dem sandigen Atlantikufer. Die Kinder waren müde und gereizt nach der langen Fahrt, Franziska und ich nicht minder. Ich war eben daran, die Gasheizung anzuzünden, als jemand an die Tür klopfte. Es war zwar nicht das Christkind, aber beinahe und viel dikker: Die Frau unseres Camp-Nachbars, der gestern abend dem Drachen der Kinder zu einem aerodynamischen Schwanz verholfen hatte, brachte eine Schüssel mit dampfendem Reis und gebackenen Fischen.

«Sie sind bestimmt froh, wenn Sie jetzt nicht noch kochen müssen, mit vier Kindern», meinte sie ohne Umschweife zu Franziska. «Nette Kinder, übrigens, anständig. Guten Appetit! Mein Mann hat sie selbst gefangen.» Kaum konnten wir ein Wort des Dankes sagen, da war das dicke Christkind wieder in Nacht und Nebel verschwunden.

Die Gasheizung fauchte gemütlich, Gabel und Messer klapperten, von draussen war das heranbrandende Meer zu hören.

«Jetzt muss uns Vati noch eine Geschichte erzählen, dann ist es wie im Schlaraffenland», sagte Barbara und strich sich mit

der Zunge über die mit Mayonnaise beschmierten Lippen.
«Eine von Johann Peter... wie heisst er?»
«Johann Peter Hebel», entwortete ich. «Einverstanden, aber erst, wenn ihr im Bett seid.»
«Füsse anziehen, ich brauch' auch ein Eckchen», rief ich und setzte mich mit dem graugebundenen Buch zu den Kindern, die nebeneinander lagen wie Würste in einer Bratpfanne. «Heute gibt's eine ganz neue, noch nie gehörte Geschichte, eine vom Diener Anton und seinem Herrn...»
«Neeein, die haben wir schon tausendmal gehört!» protestierten die vier Würste. Der Protest war nicht ernst gemeint, sondern gehörte zum Ritus der Gutenachtgeschichte. Seine Aufgabe war es, mich zu immer neuen Fassungen des altvertrauten Stoffes zu zwingen.
«Na, gut», sagte ich seufzend, «sehen wir mal, ob mir was einfällt.» Ich tat so, als ob ich mir das Gehirn zermarterte, bevor ich begann: «Ein widerlicher, kalter Nebel lag über der Namib-Wüste...»
«Aber Reiter müssen es sein», unterbrach mich Markus.
Sachte begann ich mit den Fingern auf das Küchentischblatt zu trommeln, immer lauter werdend, dazu liess ich die Luft pfeifend aus meinem Mund strömen. «Kalt und dunkel war es, der Sturm heulte, da ritten 2 Männer am Ufer des Atlantiks entlang. Sie waren müde, hatten Hunger und Durst...»
Da ich guter Laune war, dauerte die Erzählung lange, sie trieb immer neue Seitenäste und setzte überall Blätter und bunte Blüten an. Sie endete wie üblich mit einer suggestiv wirkenden Einschlafszene, wozu dieses Mal ein warmes Bett in einem einsamen Leuchtturm bei einem einsamen Wärter gehörte. Der besass einen guten Weinkeller, aber im Fuss des Turmes, den der tosende Ozean umstürmte – «Hört ihr draussen die Brandung?» – Und jede Flasche musste einzeln über 99 Stufen heraufgeholt werden.
«Der Herr und sein Diener schlafen jetzt tief. Und ihr auch!» Barbara lag links aussen und bekam als erste den Gutenachtkuss, wozu ich mich, auf beide Arme gestützt, über die vier Würste beugen musste.
«Bitte, mach noch ein bisschen Schuhbürste!»
«Aber nur kurz, es ist nicht gerade bequem für mich.» Ich strich ihr mit meinem Abendbart ein paarmal über die Wangen.

«Mir auch!»
«Mir auch!»
«Mir auch!»

«Ich würd's probieren, vielleicht findest du eines dieser Rieseneier», ermunterte Marie-Rose Maximilian. «Wär' doch eine Bereicherung für Schlossberg. Haben sie nicht in Solothurn ein schönes Exemplar?» Wir befanden uns auf der etwa dreissig Kilometer östlich von Swakopmund gelegenen Welwitschiafläche, und die Buben hatten vorgeschlagen, die merkwürdigen Pflanzen mit dem Echogerät zu untersuchen.

«Aepyornis-Eier gibt's nur in Madagaskar, meine Liebe, aber» – nachdenklich schürzte er die Lippen – «wenn wir schon keine Diamanten gefunden haben, könnten wir doch wenigstens einen Blick auf die Wurzeln dieser Wundergewächse werfen. Kommt, Kinder. Wir holen das Elektromobil heraus.»

Eine halbe Stunde später waren sie marschbereit. «Jedes darf zwei Minuten die Deichsel führen. Zuerst Stefan... aber nicht so schnell, euer Onkel ist schwerer als der Wagen und hat keine Räder.»

Die beiden Frauen und ich tranken eine zweite Tasse Tee, bevor wir uns ebenfalls auf den Weg machten. «So wie ich Maximilian kenne, wird er sich bereits überlegen, ob er in Schlossberg nicht ein Treibhaus bauen und Welwitschias züchten sollte», meinte ich, als wir uns den auf dem Boden knienden Forschern näherten.

Maximilian, in Turnschuhen und weissen Bermudas, hob seinen geröteten Kopf mit dem Lederhut und stand mühsam auf. «Hab' mir eben überlegt, ob ich nicht in Schlossberg ein Treibhaus bauen und... Was lacht ihr denn so blöd?» Verunsichert blickte er uns an.

«Man sieht die Pfahlwurzel», rief Markus stolz und zeigte mit dem Finger auf den Monitor. «Hier, diese zwei Linien, das ist sie. Daneben sind Steine.»

«Wie lang ist sie denn?»

Maximilian zuckte mit den Schultern und rieb sich den Sand von den Knien. «Mein Echolot reicht zuwenig weit. In den USA verwendet man für die Armee entwickelte Geräte, die bis in hundert Meter Tiefe schauen können. Bei alten Pflanzen wie dieser ist die Wurzel – manche sprechen vom Stamm

– oft meterlang. Übrigens hat das Ding hier möglicherweise unter Augustus das Licht der Welt erblickt, wenn man der Meinung gewisser Forscher glauben darf.»

«Es ist abgespeichert», meldete Stefan.

Maximilian warf einen kontrollierenden Blick auf den Bildschirm. «Gut. Jetzt machst du mir noch eine Kopie. Die Aufnahmen werde ich mir zu Hause im Museum in aller Ruhe ansehen», sagte er, zu uns gewandt. «Vielleicht reicht's zu einem kleinen Aufsatz in der Fachpresse. Glaub' nicht, dass schon jemand mit einem solchen Apparat hinter den Welwitschias her war.»

«Die Kopie ist fertig. Fahren wir weiter?» Fragend schaute uns Stefan an.

Maximilian sah nach der Uhr. «Für eine reicht's noch. Dann aber sollten wir zusammenpacken, damit wir nicht zu spät zum Wäldertanz kommen.»

Das Fest war in vollem Gang, als wir gegen neun Uhr die mit Girlanden und papierenen Tannen geschmückte Turnhalle betraten. Über unseren Köpfen wölbte sich der sauber gezimmerte offene Dachstuhl. Wir fanden auf der Bühne, neben der mit rotem Tuch verkleideten Bar, einen freien Tisch. Die Idee, den Wäldertanz zu besuchen, stammte von den beiden Frauen. Sie hatten auf einem Stadtbummel ein entsprechendes Plakat entdeckt. Meinem Einwand, wir könnten die Kinder nicht allein lassen, begegneten sie mit dem Vorschlag, unseren Camper vor dem Eingang abzustellen.

«Wie im Traum», entgegnete ich eine halbe Stunde später Franziska auf die Frage, wie ich mich fühle. Wir tanzten zu den Klängen von *In München steht ein Hofbräuhaus,* und ich meinte es durchaus ernst. Da feierten Menschen und sangen bayrische Bierlieder, eingeklemmt zwischen Atlantiknebel und Namibsand, hin und her gerissen zwischen Kaiser Wilhelm und UNO-Resolutionen, Menschen, die eine neue Heimat mit ungewisser Zukunft gefunden hatten, Menschen, deren alte Wanderstrassen längst unterbrochen waren. Die Krokodile in den Sahara-Geltas, den von jeder Verbindung nach aussen abgeschnittenen Wasserstellen, fielen mir ein. Beides gehörte zur Vielfalt dieser Welt. Ihr Verschwinden würde eine Verarmung bedeuten.

Franziska gab mir einen Kuss. «Ich bin auch noch da. Hast du im Saal eine hübsche Frau entdeckt?»

«Entschuldige, nein, ich dachte gerade an die Krokodile des Ennedi-Gebirges.»

Sie zog den Kopf zurück und musterte mich erstaunt. «Also *darauf* wäre ich jetzt nicht gekommen!»

Es wurde ein fideler und zugleich interessanter Abend. Wir tanzten, lachten viel, diskutierten aber auch angeregt mit den Südwestern über Dürre, Vieh und Frontstaaten und stellten wieder einmal fest, wie gross der Unterschied zwischen Medienweisheit und grauem Alltag war. Ausserdem begleiteten wir unsere Kinder in den Camper zurück, die uns zur Verwunderung der Gäste des öfteren im Pyjama aufsuchten. Mal war es ein trockener Hals, mal der für diesen Zweck besonders geeignete Durst, mal ein Loch in der linken Socke, womit sie ihre Neugier tarnten.

Als ich gegen ein Uhr vorschlug, gelegentlich aufzubrechen, schauten sich Franziska und Marie-Rose kurz an und schüttelten dann ihre Köpfe. «Du siehst, wir sind noch nicht müde», meinte letztere, stand auf und nahm mich bei der Hand. «Damenwahl wurde eben angekündigt. Franziska wird nichts dagegen haben, nehme ich an, schliesslich hockt mein Dickerchen schon seit mehr als einer halben Stunde bei dem hageren blonden Kerl dort an der Bar und diskutiert mit ihm, als ob er mich für zweihundert Rinder verschachern wollte.»

Das stimmte natürlich nicht.

Nicht ganz, jedenfalls. Verhandelt wurde aber tatsächlich. Als wir an unsere Plätze zurückkehrten, standen fünf gefüllte Champagnerkelche auf dem Tisch, und in sichtlich gehobener Stimmung stellte uns Maximilian den hageren blonden Kerl vor.

«Uwe Albrecht, aus der Gegend um Maltahöhe. Hab' ihm soeben für 200 000 Rand seine Farm *Elisenschuh* abgekauft. 6000 Hektar, alles inbegriffen.» Unsere verdutzten Mienen schienen ihm nicht geringes Behagen zu bereiten. Er hob das Glas und blickte von einem zum andern. «‹Wechsel der Weide macht fette Kälber›, wenn ich mir ein Wort aus meinem Orator Urbanus gestatten darf.»

18

«Er spinnt», sagte ich kopfschüttelnd, während wir auf der Kies-Pad von Walvisbaai aus durch die Zentral-Namib nach Osten fuhren.

«Wer spinnt?» wollte Markus, schräg hinter mir stehend, wissen.

«Brüll mir nicht ständig ins Ohr! Wie oft muss ich das noch sagen?» versetzte ich unmutig. Die lange Nacht hatte in meinem Kopf Spuren hinterlassen. «Und jetzt schweig mal, Mami und ich möchten etwas besprechen. *Il est fou, notre…* äh… *celui qui nous accompagne»,* wandte ich mich wieder an Franziska.

«Was heisst fu?» erkundigte sich Stefan harmlos.

«Nicht ins Ohr brüllen, verdammt noch mal! Jetzt lass uns in Ruhe!»

«Anderseits, wenn er… *appelons-le Monsieur Lion…* wenn Herr *Lion* daran Spass hat, wieso nicht?» meinte Franziska. «Auch *son épouse* scheint an der Geschichte nicht uninteressiert zu sein, und an Geld fehlt's den beiden nun eben nicht. Überhaupt, stell dir mal vor: für runde 200 000 Schweizer Franken eine komplette Farm mit 6000 Hektar…»

«Pro Schafskopf braucht's sechs, und wenn der Regen ausbleibt, langen nicht mal die», entgegnete ich spitz und blickte kurz zu Franziska hinüber. Ihr Gesicht strahlte verdächtig.

«Hat er dich etwa auch schon angesteckt mit seinem rustikalen Trieb, dein… äh, Herr *Lion?»*

«Wer ist das, der Herr *Lion?»* fragte Barbara mit gedämpfter Stimme und in anständigem Abstand von meinem Ohr. Vermutlich hatte sie Stefan vorgeschickt.

«Geh jetzt nach hinten zu den andern, Vati ist müde», befahl Franziska streng. Barbara verschwand. «Ich würd's mir jedenfalls überlegen,» wenn ich die Möglichkeit hätte», bekannte sie offen. «Kontinente und Meere unseres Planeten seien entdeckt, meinte er, also schaffe er sich neue in seiner Phantasie. Klingt gar nicht übel.»

«Jetzt sieh mal einer das an! Zuerst wehrtest du dich mit Händen und Füssen gegen die Afrika-Reise, und nun möchtest du am liebsten hier dein Nestlein bauen…»

Aus dem Hintergrund war ein geheimnisvolles Gemurmel und Gekicher zu vernehmen.

«Ich weiss, wer Herr *Lion* ist», rief Stefan. Schon wollte ich gereizt antworten, als er hinzufügte: «Der hat die Lyonerwurst erfunden.»

Grosses Gelächter hinter unseren Rücken.

Kurze Pause, dann die Fünfjährige mit Stolz in der Stimme: «Und ich weiss, wer der Herr Salami ist! Der hat die Salami erfunden!»

Franziska und ich schauten einander an, unsere Mundwinkel begannen zu zucken, und schliesslich stimmten wir ins allgemeine Lachen über den unerhörten Geistesblitz ein.

Stunde um Stunde verrann. Bei Kriess-se-rus machten wir eine Pause und wanderten zu den Köcherbäumen. Die mehrere Meter hohen Stammsukkulenten ragten wie stehengebliebene künstliche Bäume einer Filmstadt aus der mit schwarzen Steinen besäten braungelben Wüste.

Steil und kurvenreich verlief die Wellblech-Pad über den romantischen, aber gottverlassenen Kuiseb-Pass und zwang uns, in niederen Gängen zu fahren. Unsere Motoren schnurrten wie muntere Windrädchen, und der Benzinverbrauch war beängstigend.

«Mach dir keine Sorgen! In Rostock können wir auftanken», meinte Maximilian locker und zeigte auf die Karte. Wir hatten angehalten, um unsere Reservekanister in die Tanks zu füllen.

«Verlass dich nicht darauf. Wir sind nicht im engen Europa.»

«Oh, immerhin ist der Ort auf der Michelinkarte im Massstab 1:4 Millionen eingezeichnet.»

«Vermutlich nur, weil sich dort die Pad verzweigt», versetzte ich zweifelnd. «Auf der Michelin-Saharakarte im gleichen Massstab ist ein einzelner Baum eingezeichnet, der Arbre du Ténéré, und der ist erst noch von einem idiotischen Chauffeur über den Haufen gefahren worden. Geblieben ist bloss ein Wegweiser.»

Rostock bestand nicht bloss aus einem Wegweiser, der daran erinnerte, dass die Pad von jetzt an nach Süden ging.

Es gab auch einen Bretterunterstand und einige Fliegenschwärme, die sich an Rinderdung gütlich taten.

Wie auf rohen Eiern legten wir die 80 Kilometer bis Solitaire zurück, das mit seinem Laden und der Tankstelle einen beinahe grossstädtischen Eindruck machte. 58 Liter gingen in unseren Tank, 59 fasste er laut Prospekt der Verleihfirma.

«Na, ich hab' dir doch gesagt, du sollest dir keine Sorgen machen», rief Maximilian unverfroren, als er einige Minuten nach uns mit stotterndem Motor heranrollte und dreissig Meter vor der Säule endgültig stehenblieb.

«Darf ich mit Tante Marie-Rose fahren?» fragte Barbara, als wir wieder startbereit waren.

«Natürlich, wenn sie einverstanden ist.»

«Ich auch?» bettelte Alexandra.

«Ich auch?» meldete sich Markus als dritter.

«Wir wollen keine Knaben», wehrten sich die Mädchen.

«Macht das mit Tante Marie-Rose aus, und jetzt hinein. Wir möchten vor Sonnenuntergang in Sesriem sein.»

Zwanzig Minuten und zwanzig Kilometer später legte mir Franziska die Hand auf den Arm. «Blink mal, schnell, und halt an!»

«Wieso denn?» sagte ich irritiert und betätigte die Lichthupe. «Ist dir nicht gut?»

«Nein, aber ich möchte gern wissen, ob alle vier Kinder dabei sind.»

«Zum Donnerwetter, die Mädchen sind doch in der *Maroma* und die Buben hier?» Maximilian hatte mein Signal bemerkt und war auf die Bremse getreten. Ich schloss auf.

«Bei uns ist bloss Stefan.»

«Muss ich denn eigentlich immer an alles denken?» − «Die Kinder gehören ja auch ein bisschen dir, oder?»

«Ich geh' rüber, um nachzusehen», anerbot sich Stefan.

Markus fehlte.

Er war in Solitaire schlicht vergessen worden.

Die Verärgerung wich der Besorgnis. «Jessesmaria, hoffentlich ist ihm nichts passiert!» Franziska schlug beide Hände an ihren Kopf.

«Ach wo, der hockt bei der Tankstelle, nippt an einer Cola, die ihm eine barmherzige Seele offeriert hat, und trocknet seine Tränen», behauptete ich etwas zu grossspurig. «Fahren wir zurück.»

Markus nippte an einer Cola. Tränenspuren zeichneten sich auf seinen Wangen ab. Franziska schloss ihn in ihre Arme, und ich bemühte mich erfolglos, unter den bohrenden, vorwurfsvollen Blicken der vier Gäste, der barmherzigen Seele von Farmer die Cola zurückzuzahlen, die er Markus offeriert hatte.

Was für Rabeneltern!
Was für glückliche Rabeneltern!

Sechs Riemen eines Ochsengespannes hatte man seinerzeit gebraucht, um das Wasser aus der Tiefe heraufholen zu können. Das Wüstencamp hat davon seinen Namen: Sesriem. Wie schützende Bannkreise umgaben kreisförmige Mäuerchen die paar schattenspendenden Bäume, deren Kronen sich gleich Scherenschnitten gegen das Abendrot abzeichneten. Ab und zu rauschte der Wind auf, trug etwas Sand mit. Sonst nichts als Stille.

Wir sassen nach dem Abendessen um das erlöschende Feuer, als Stefan entdeckte, dass man, rücklings auf dem Mäuerchen liegend, wunderbar die Sterne betrachten konnte. Wir taten es ihm gleich, und es muss ein bemerkenswerter Anblick gewesen sein: vier Erwachsene und vier Kinder, in Trainingsanzüge, Pullover und Wollmützen verpackt, lagen auf silberglänzenden Isoliermatten in einem gottverlassenen Winkel einer gottverlassenen Wüste in einem magischen Kreise und starrten aus der Geborgenheit eines heiligen Baumes mit Feldstechern in die unendliche Himmelskuppel hinauf.

Franziska hielt es nicht lange aus. «Mir wird schwindlig. Die Phantasie geht mit mir durch», behauptete sie. Marie-Rose und die beiden Mädchen schlossen sich ihr an und verschwanden in den Wagen.

«Wie weit ist der nächste Stern entfernt?» rief Markus, ohne den Feldstecher von den Augen zu nehmen.

«Hm... etwa vier Lichtjahre, wenn ich mich recht erinnere», antwortete ich in die kosmische Leere hinauf und musste gleich noch erklären, was ein Lichtjahr war.

«Wie misst man die Entfernung zu den Sternen?»

«Mit Dreiecksrechnungen», liess sich Maximilian aus der Dunkelheit von der gegenüberliegenden Mauerseite vernehmen. «Wenn zwei Winkel und eine Seite bekannt sind, kann man alle Stücke eines Dreiecks berechnen. Als Standlinie benutzt man den Durchmesser der Erdbahn um die Sonne, 300 Millionen Kilometer lang. Wie wär's mit einem Bier, Fridolin?»

Stefan holte geschwind zwei Büchsen und legte sich wieder hin.

«Wie sind die Sterne entstanden? – Wie gross ist der Weltraum? – Wieviele Milchstrassen gibt es? – Lass meine Mütze los, du Löffel! – Wo ist eigentlich der Himmel? – Vati, Stefan hat mich an den Haaren gezogen! – Wieso fallen wir nicht hinaus? – Was ist ein schwarzes Loch?»

Die Lektion dauerte eine gute Stunde. Die beiden Lehrer wurden aufs äusserste gefordert, denn der Themenbereich umfasste alle wesentlichen Seiten des menschlichen Lebens.

«Ich habe viel gelernt», bekannte Maximilian, als die Buben schlafen gegangen waren. «Hätt' nie gedacht, wie schwierig und heikel es sein kann, einigermassen verantwortbar zu antworten, wenn einem Kinder knallharte Fragen stellen nach Gott und der Welt und Tod und Leben.»

«Wem sagst du das!» rief ich hinüber und setzte mich langsam und steif auf. «Nimmt mich bloss wunder, wieviele von unseren prächtigen heutigen Theorien in einigen Jahrhunderten zu netten Mythen werden. Einstein ein Thales oder sogar noch ein Hesiod? Geh'n wir an die Wärme zu einem Schlummerbecher.»

«Ich bin dabei.» Ein Ächzen war durch die Nacht zu hören, dann ein Fluch. «Verdammt, mein Arsch! Wie Beton!» Und mit dieser im ursprünglichen Sinne lapidaren Feststellung war unser Geist wieder aus den schwerelosen Höhen der spekulativen Philosophie in die harte Körperlichkeit des Raumschiffes Erde zurückgekehrt.

«Ohne weiteres», meinte der Beamte, als wir uns am andern Morgen im Camp-Office erkundigten, ob wir mit unseren Wagen nach Sossusvlei fahren könnten. Sossusvlei ist eine riesige Lehmbodensenke in der Sand-Namib, umgeben von bis zu dreihundert Meter hohen Dünen, den höchsten der Welt. «Sie fahren dreissig Kilometer auf der Pad, dann kommt eine Neunzig-Grad-Kurve, und von da an bleiben Sie hübsch auf der rechten Seite des Tales.»

Es war ein prächtiger Tag. Die Sonne leuchtete auf die kupferroten und goldgelben Dünen, gelegentlich blies ein leichter Wind Sandfahnen über die Kreten, da und dort stand bilderbuchartig eine Oryxantilope mit ihren spiessartigen Hörnern.

Marie-Rose, die vorausgefahren war, hielt an und streckte den Kopf zum Fenster hinaus. «Die dreissig Kilometer hätten wir, und das muss eben die Kurve gewesen sein.»

Wir stiegen aus und berieten uns kurz. Irritierend war, dass es zwar Spuren gab, jedoch nur in der Talmitte. «Der Officer hat aber deutlich gesagt, wir sollten uns auf der rechten Seite halten», warf Franziska ein.

Maximilian lüftete seinen Lederhut und kratzte sich am Kopf. «Die Frage ist natürlich, was er unter rechts verstand: ob ganz am Talrand oder eher rechts von der Mitte...»

«Im Sand versaufen, das wär' gut!» mischte sich Stefan ungefragt ein.

«Und dann, du Lausebengel? Ich kann mir Schöneres vorstellen, als mit vier Kindern hocken zu bleiben», sagte ich und suchte mit den Augen die rechte Talseite ab. «Das Terrain scheint völlig unberührt zu sein.»

«Normalerweise fahren doch bloss Geländefahrzeuge nach Sossusvlei, und die ziehen natürlich die Mitte vor», bemerkte Marie-Rose mit sanfter Stimme.

«Im Sand versaufen, das wär' gut! Im Sand versaufen, das wär' gut!» riefen die Kinder refrainartig, wobei sie sich an den Händen hielten und im Kreis herumtanzten.

«Was sagt der Experte?» Maximilian schaute mich prüfend an. «Du mit deiner Saharaerfahrung. Kann man es hier riskieren?»

«Im Sand versaufen, das wär' gut! Im Sand versaufen, das wär' gut!»

«Jetzt haltet mal die Klappe! Versuchen wir es rechts von der Mitte!» entschied ich kurz entschlossen. Irgendwie wollte ich mir die Chance nicht entgehen lassen, wieder einmal meinen Weg im offenen Gelände suchen zu können. «Ich übernehme die Führung. Vergiss nicht, beizeiten und rasch hinunterzuschalten, wenn der Widerstand grösser wird!»

Ich folgte einer Spur, die nicht allzu tief war, dann wechselte ich nach links hinüber, wo ich eine dunkle Oberfläche entdeckt hatte.

«Wieso das?» fragte Franziska.

«Unsere Spur führt dort vorne in ein Sandfeld. Da kommen wir nie durch. Mit Steinen besäte dunkle Stellen sind meistens fester.»

Das dunkle Feld ging zu Ende, der Boden wurde weicher. Man spürte und hörte, wie die Tourenzahl hinuntergedrückt wurde. Dritter Gang, zweiter Gang, erster Gang. Wir hatten es geschafft! Das Spiel wiederholte sich einige Male, und jedesmal machte es mir mehr Spass, das drei Tonnen schwere Fahrzeug mit geschicktem, schnellem Hinunterschalten durch die Sandfelder zu ziehen.

«Im Sand versaufen, das wär' gut! Im Sand versaufen, das wär' gut...», hörte ich hinter mir.

«Tut mir leid, ich kann nicht dienen», sagte ich aufgeräumt.

«Und, bitte, nicht so laut neben meinem Ohr. Wer hält das Steuer? Ich möchte meine Trainerjacke ausziehen.»

Acht Hände streckten sich nach vorne.

Dunkle Stelle, Sand, wieder fester Boden, wieder Sand, dritter Gang, zweiter Gang... Der Motor spielte seine romantische Musik, Berlioz, Chopin, Smetana, dazu das Vibrieren, das den ganzen Körper ergriff, das schwebende Schaukeln des Fahrzeuges, das einen aller Erdenschwere enthob. Apotheose...

«Zum Teufel, pass auf!» Stefan war nach vorne geflogen, genau auf meine linke Hand, die eben den ersten Gang einlegen wollte. Ich schaffte es erst beim zweiten Versuch. Die Tourenzahl fiel blitzartig.

«Gib doch Gas!» schrie Franziska.

«Nur das nicht! Die Räder würden sich sofort einbohren.» Ich stellte hastig den Motor ab, kurbelte in Windeseile das Fenster hinunter und gab mit dem Arm Maximilian verzweifelt Zeichen, mich zu überholen.

Gott sei Dank, er hatte begriffen, bog nach rechts ab, fuhr bis auf meine Höhe ... und hielt an!

«Was ist los?» fragte er munter. «Machst du Lockerungsübungen mit dem Arm?»

«Arm? Armleuchter!» rief ich bitter hinüber. «Weiterfahren hättest du sollen, jetzt hocken wir beide fest!»

«Ich hocke nicht fest», gab er pikiert zurück. «Hab' bloss angehalten.»

Er gab Gas, der Motor heulte auf: Wie motorisierte Maulwürfe gruben sich die Hinterräder in den Sand, bis die *Maroma* mit der Achse auflag.

19

Spitzbübisch blickten die Knaben einander an und gaben sich versteckte Freudenpüffe. Auf weitergehende Freudenkundgebungen schienen sie aufgrund meiner düsteren Miene zu verzichten.

Vorläufig, wie ich vermutete.

Meine Empfindungen waren zwiespältig. Einerseits verspürte ich in mir so etwas wie Stolz, dass ich auch noch als Vierziger mit einem Wagen im Sand steckenbleiben durfte. Anderseits betrachtete ich das Ganze irgendwie als Störung im Reiseprogramm, vielleicht auch als Störung in meinem seit Jahren so geregelt verlaufenden Leben. Ich hatte mich daran gewöhnt, vermeidbare Turbulenzen vorauszusehen und gar nicht erst aufkommen zu lassen.

Ich schaute durchs Fenster zu Maximilian hinüber. Er stierte nachdenklich auf das Armaturenbrett, als ob ihm von dort Hilfe zuteil werden könnte. Dann drehte er langsam seinen Kopf in meine Richtung, hob bedeutsam die buschigen Brauen und begann zu grinsen. «Mann, jetzt kommt die Stunde der Bewährung. Ich habe eine tolle Ausrüstung bei mir, die ich nicht jungfräulich wieder nach Hause schleppen möchte. Ich schlage vor, wir stossen mal auf das Abenteuerchen an.»

Einige Minuten später standen wir acht knabbernd und trinkend neben unseren Wagen, als ob wir an einer Wüstenparty in der Namib teilnehmen würden. Nach einem vorsichtigen Blick auf meine sich aufhellende Miene begannen die Kinder, zuerst leise, dann immer lauter mit ihrem «Im Sand versaufen, das wär' gut! Im Sand versaufen, das wär' gut...» Sie klatschten dazu und schlenkerten die Beine, und Franziska und Marie-Rose klatschten mit, und Maximilian begann im Takt mit den Hüften zu wackeln.

«Das ist der *Namib Sandy Song*», rief er. «Marie-Rose, hol doch bitte das Keyboard. Viervierteltakt... Los, Kinder:

Im Sand versaufen, das wär' gut!
Im Sand versaufen, das wär' gut!

Irgend jemand drückte mir Barbaras Blockflöte in die Hand, und während wir spielend und tanzend und singend über den Sand hüpften wie eine Selbsterfahrungsgruppe in einem Weiterbildungskurs nach dem trauten abendlichen Körnerquetschen, stellte mein niederträchtiges Unterbewusstsein fest, dass wir wohl alle ein bisschen verrückt waren. Möglicherweise hatten wir auch bloss einige Hirnpartien reaktiviert, mit denen unsere Vorväter ihre Jagd- und Regentänze zu steuern pflegten.

Gestärkt an Leib und Seele, entschieden wir, zuerst die *Maroma* in Angriff zu nehmen. «Was meint der Fachmann zum Vorgehen?» fragte Maximilian und wischte sich zum fünften Mal den Schweiss von der grossen Stirn. Der *Namib Sandy Song* hatte ihn ganz schön ausser Atem gebracht.

Ich rieb mich nachdenklich hinter dem Ohr. «Auf alle Fälle müssen wir den Wagenboden und die Räder sauber freischaufeln. Dann könnten wir etwas Luft aus den Reifen lassen, um die Auflagefläche zu vergrössern ...»

«Den Air-Bag nicht vergessen!»

«Natürlich. Damit sollte es uns gelingen, Steine oder Äste unter die angehobenen Räder zu schieben – vorausgesetzt, wir finden in dieser Wüste überhaupt sowas.»

Marie-Rose und Franziska zogen sich mit Buch, Klappstuhl und der einleuchtenden Begründung zurück, *sie* wären auf der rechten Talseite gefahren. Die beiden Mädchen holten ihr Sandspielzeug und begannen eine Burg zu bauen.

Während Maximilian und ich die Gegend nach Ästen und Steinen absuchten, machten sich Stefan und Markus mit Feuereifer daran, den Boden der *Maroma* freizuschaufeln. Anschliessend legten wir den Air-Bag bereit und steckten den Schlauch auf den Auspuff.

Von den Knaben waren bloss noch die Beine zu sehen, der Rest war unter dem Wagen verborgen. «Das genügt, ihr Goldgräber, kommt jetzt hervor.»

Sorgfältig plazierten wir den Nylonballon unter dem hinteren Querträger. Maximilian startete den Motor.

Der Ballon blähte sich auf, leider nur so lange, bis seine Oberseite das Chassis erreichte. Dann zogen es die Auspuffgase vor, ihren Weg durch mehrere kleine Löcher in Topf und Rohr zu nehmen.

«Abstellen! Zwecklos!» rief ich.

Maximilian stieg aus. «Ist das Ding verrutscht?»

«Nein, aber dein Auspuff hat verdammt viel Ähnlichkeit mit einem Sieb. Damit bringst du nie genügend Druck zustande.»

«Das muss die Meerfahrt gewesen sein», meinte er gedankenvoll. «Salzwasser ist nicht eben Balsam für Blech. Gott sei Dank habe ich einen Schweissapparat bei mir ...»

Ich schüttelte den Kopf. «Alle Hochachtung vor deinen technischen Fähigkeiten, aber erstens hat dein Auspuff mehr Löcher als eine zweihundertjährige wurmstichige Truhe, und zweitens kommst du überhaupt nicht ran, nicht mal zum Abmontieren. Es sei denn, du buddelst dir eine Arbeitsgrube aus.»

«Wie habt ihr das früher gemacht, in der Sahara, Vati?» fragte Stefan.

«Mit hundsgewöhnlichem Drahtgeflecht und Gummimatten. Drahtgeflecht allein ging nicht, das wickelte sich um Rad und Achse, Gummimatten wurden weggeschleudert. Man musste sie auf das Drahtgeflecht legen. Heute nimmt man natürlich Alu-Sandleitern mit oder fährt ohnehin mit einem 4x4.»

Sichtlich enttäuscht öffnete Maximilian das Ventil. «Versuchen wir es bei deinem Wagen.»

Unser Auspuff war dicht, und mit Bewunderung sahen wir zu, wie der unansehnliche rote Nylonsack mit den 0,5 bar der Abgase das drei Tonnen schwere Fahrzeug hinten rechts sachte in die Höhe hob.

Maximilian strahlte. «Na, ist das was oder nicht?»

Wir legten einige der dürren Äste, die wir unter einem einsamen Baum gefunden hatten, zusammen mit ein paar Steinen unter das Doppelrad und senkten den Luftdruck um die Hälfte. Dasselbe Prozedere führten wir auf der linken Seite durch, dann fuhr ich vorsichtig an, wobei hinten vierzehn Hände schoben.

Nach drei Metern war die Herrlichkeit zu Ende.

Ich stieg aus. «Es hat keinen Sinn. Der Motor ist zu schwach für dieses Getriebe, und die Kupplung brauchen wir später noch. Sie stinkt bereits. Das einzig Vernünftige ist, auf jemanden zu warten, der uns rausschleppt.»

«Aber wir haben doch ein gutes Stückchen geschafft?» Schweissnass zeigte Maximilian mit der Schuhspitze auf die Spuren.

«Das Sandfeld ist noch mindestens fünfzig Meter lang. Selbst wenn wir es mit heroischen Anstrengungen fertigbrächten, meinen Wagen herauszuziehen, bliebe immer noch die *Maroma*. Sparen wir uns die Mühe. Vielleicht kochen uns die Frauen was zu Mittag?»

«Wie wär's mit dem Flaschenzug?»

Ich wies mit der Hand auf die offene Wüste. «Wo willst du ihn befestigen? Deine Erdanker nützen hier soviel wie Zahnstocher.» Als ich die Enttäuschung in Maximilians Gesicht bemerkte, fügte ich hinzu: «Tröste dich mit dem Gedanken, dass wir uns mit deinen Mitteln durchaus befreien *könnten* – mit entsprechendem Zeitaufwand.»

«‹Was wir aufgeben, müssen wir mit freier Wahl aufgeben, nicht wie der Fuchs die Trauben.› Gottfried Keller.» Entschlossen bückte er sich nach dem roten Nylonschlauch und begann ihn aufzuwickeln. «Vetter Andreas ist mal mit seinem Ochsenwagen in einem schlammigen Flussbett steckengeblieben, bis an die Achsen», wandte er sich an die Kinder, die uns umstanden.

«Hat er ihn wieder rausgebracht?»

«Ja, mit Hilfe von nicht weniger als vierzig Ochsen! Die grösste Schwierigkeit sei gewesen, die Tiere gleichzeitig anziehen zu lassen. Er hat deshalb das vorderste Paar, die Leitochsen, an einem Seil hin und her gezogen, bis das ganze Gespann in Bewegung geriet und sich das riesig lange Zugtau zu straffen begann. Erst dann hat der Haupttreiber mit der Peitsche das Kommando ‹Treck!› gegeben.»

«Ich werde künftig nie mehr ohne vierzig Ochsen durch die Namib reisen», versicherte ich feierlich und drückte Stefan den Spaten in die Hand. «Du und Markus könnt nochmals Maulwurf spielen und die Vorderräder freischaufeln, damit wir bereit sind, wenn ein Geländewagen auftaucht.»

«Dürfen wir dann auf die grosse Düne klettern, dort drüben?»

«Von mir aus. Aber zuerst die Arbeit und das Mittagessen.»

Die Düne war etwa 600 Meter weit entfernt. Sie hob sich rotgelb vom blauen Himmel ab und bildete den bunten Hintergrund für den einsamen Baum, der seine grauschwarzen Äste in die Luft reckte.

«Willst du sie allein gehen lassen?» fragte Franziska besorgt.

«Ich glaub' schon», meinte ich nach kurzer Überlegung. «Ihr schaut von Zeit zu Zeit zu unseren Wagen», schärfte ich den Knaben ein. «Sobald ich mit einem Handtuch winke, kehrt ihr unverzüglich um. Verstanden?»

Sie versprachen es und rannten los.

«Und immer beieinanderbleiben!»

Ich setzte mich zu den andern an den Klapptisch, auf dem Brot, geschnittenes Biltongfleisch und Mixed Pickles lagen.

145

«Am liebsten würde ich auch hinunterrutschen», gestand Maximilian, der die Buben mit dem Feldstecher beobachtete. «Muss ein heilloses Vergnügen sein, hundert Meter in die Tiefe durch den Sand zu kugeln.»

«Jedenfalls vergnüglicher, als vorher hundert Meter durch den tiefen Sand in die Höhe zu stapfen.»

Der Wind nahm allmählich zu, die Sandfahnen über den Dünenkämmen wurden grösser. Franziska zeigte in den Hintergrund des Tales, der plötzlich im Nebel verschwunden war. «Ich glaube, du solltest die Buben zurückrufen.»

Ich stand auf, nahm das Handtuch und begann zu winken. Von blossem Auge waren die beiden nur als dunkle Punkte zuoberst auf der Krete auszumachen. Leider fiel den dunklen Punkten eben ein, sie könnten es mal auf der von uns abgewandten Seite der Düne versuchen.

«Himmelherrgott, das hat noch gefehlt!» Beängstigend schnell wälzte sich die Nebelwand heran. Ich warf das Tuch auf den Tisch. «Jetzt bleibt mir nichts anderes übrig, als mich auf die Socken zu machen», versetzte ich ärgerlich.

«Willst du nicht den Kompass mitnehmen?» sagte Franziska. Engeistert starrte ich sie an. «Den Kompass?»

«Ja, den Kompass. Wenn der Nebel da ist, siehst du keine zehn Meter weit, und Anhaltspunkte gibt's hier in der Wüste keine.»

Maximilian erhob sich. «Ich würde ihn mitnehmen, dazu das Funkgerät und eine Signalpfeife. Wir könnten dir mit der Autohupe antworten.»

«Wenn's euch Freude macht, rüste ich mich aus wie der alte Amundsen und nehm' noch für zehn Tage Proviant mit», meinte ich spöttisch und zuckte dann mit den Achseln. «Wo haben wir das Ding verstaut?»

Mit ausgreifenden Schritten marschierte ich auf die Düne zu, immer hoffend, die Knaben würden sich wieder auf der Krete zeigen. Aber erst als ich etwa 50 Meter hochgestiegen war, tauchte wenigstens Markus auf. Ich warf einen schnellen Blick zurück: Der Nebel hatte bereits unsere Wagen verschluckt.

«Kommt herunter, aber sofort! Nebel!» schrie ich hinauf.

«Stefan hat seine Uhr verloren und sucht sie», rief Markus zurück.

«Er soll die Uhr vergessen und *sofort* aufsteigen, hörst du, *sofort!* Sonst verlieren wir ihn im Nebel!»

«Ich glaube, mit mir geht's zu Ende», klagte Maximilian mit kraftloser Stimme. «Mein Herz wummert so unregelmässig wie eine Kirchenglocke, die ausschwingt. Dazu einen Druck im Bauch!» Wir hatten nach einem mühsamen Marsch zu den Wagen zurückgefunden, wo mir Marie-Rose eröffnete, dass er sich recht unwohl fühle und mit mir unter vier Augen sprechen möchte.

Einigermassen besorgt blickte ich in den Alkoven hinauf, wo Maximilian schwer atmend unter einem geöffneten Schlafsack lag. Hoffentlich stand es mit ihm nicht allzu schlimm, denn bis ein anderer Wagen eintraf – vielleicht dauerte das noch Stunden –, konnten wir weder Spital noch Rettungsflugwacht alarmieren. «Soweit ich mich erinnere, hat dir dein Hausarzt eine anständige Gesundheit bescheinigt, abgesehen von den Störungen in Stresssituationen.»

«Es *ist* eine Stressituation, mein Lieber, und ich bin schuld daran! Ich muss dir ein Geständnis machen: Ich elender Lump hab' mich absichtlich in den Sand gepflanzt, aus schnöder, egoistischer Abenteuerlust.»

«So, so?» Trotz aller Besorgnis konnte ich mir ein Schmunzeln nicht verkneifen. «Wenn's dir was hilft: Ich verzeihe dir grosszügig! Im Grunde genommen hab' ich meinen Spass daran gehabt, jedenfalls hinterher.»

«Danke, Fridolin.» Er drehte sich ächzend auf die Seite und drückte mir kräftig die Hand. «Begonnen hat es eigentlich erst, als du und die Buben im Nebel verschwandet. Plötzlich geriet ich in Panik, nichts als Sand und weisser Dunst um mich, mir wurde schwindlig, und ich hatte fürchterliche Angst, dass mit den Kindern was passieren würde und ich daran schuld wäre.»

«‹Unkraut vergeht nicht.›»

«Deutsches Sprichwort, Quelle nicht weiter bekannt», murmelte Maximilian. «Vielleicht sind es auch Blähungen.»

«Auch? Wieviele Bierchen hast du über Mittag gekippt, mein Sohn?»

«Vielleicht drei, vier oder so ...»

«Und ein Pfund scharfe Mixed Pickles, jede Menge Brot ...»

«Und eine Tafel Schokolade. Im Stress bekomme ich Heisshunger.» Er seufzte und strich sich ein paarmal über seinen Bauch. «Ich sollte abnehmen.»

«So! Nur noch in besonderen Situationen ein Gläschen!»

«Abgemacht, Freund Fridolin!» Seine Stimme hatte wieder etwas Farbe bekommen. «Hier ist Radio Jericho: Sie hören jetzt die Posaunen!» Er liess einen fahrer dass die Wände wackelten.

Erfreulicherweise stürzten sie nicht ein.

Von Stund an ging es mit der Gesundheit von Dr. Maximilian P. Meyer-Bergius aufwärts.

Aus der Bordzeitung:

Stefan und ich steigten auf eine grosse Düne und purzelten hinunter. Dan nochmals und nochmals da sagte Stefamn jetzt auf der anderen Seite. Da hat er seine Uhr verloren da sagte ich das ist was für Onkel Maximilian mit dem Diamantensuchgerät, der findet sie zackzack. Da bin ich hinaufgestiegen und wollte Vati winken, aber er war schon da und rief: sofort rettur wegen Nebel, sonst gibts eine Katastrophe. Dann sahen wir nichts mehr und Vati hat den Kompass eingestellt und mit Onkel Maximilian gefunkt. Dann steigten wir langsam hinunter ich haltete Vati an der Hand und Stefan mich. Dann haben wir die Schritte gezählt und gepfiffen und die Autohupe gehört wie ein Nebelhorn und plötzlich waren wir da! Hei, das war ein Gaudi! Dan ist der Nebel wider verschwunden und am Abend ist ein 4x4 gekommen. Der Mann sagte ich zie euch raus aber das Seil hat 2x gerissen bei der Maroma. Da musste ich ans Steuer und alle andern mussten stossen. Es ging super aber ich habe nicht gewusst dass es so ein Problehm ist ein 3Tonnenwagen zu steuern. Es gab Teigwaren mit Hackfleisch.

20

«Willkommen auf ‹Elisenschuh›!» Maximilian stand wie ein Grandseigneur vor dem hölzernen Farmtor, an dem ein riesiges Kudugehörn befestigt war, und schwenkte mit einer leichten Verbeugung seinen Lederhut. An einem hohen Pfosten hing ein überdimensionierter, mit einer rostigen Kette befestigter Frauenschuh aus buntbemaltem Blech, der im leichten Winde hin und her schwankte. Wir befanden uns etwa 40 Kilometer südlich des Ortes Maltahöhe.

Ich blickte Franziska an, Franziska blickte mich an, dann wurden Marie-Rose und Maximilian einbezogen, und schliesslich grinsten wir alle vier. Etwas verlegen, wie mir schien, denn die Vorstellung, dass der Schlossberger Museumsdirektor künftig auf seiner eigenen Farm Nashörner züchten wollte, war irgendwie absurd.

Langsam fuhren wir über die schmale, sandige Pad zu den Farmgebäuden. Das Haupthaus war langgestreckt, einstöckig und mit grünem Wellblech bedeckt. Vorne zog sich unter dem Dach über die ganze Länge eine Terrasse hin. Zwei mächtige Bäume spendeten Schatten, gutgepflegte Blumenbeete und Sträucher brachten Farbe vor die weissen Mauern. Etwas abseits war das Windrad einer Wasserstelle zu sehen. Es stand still. Wasser war seit Jahren Mangelware, das Vieh hatte verkauft werden müssen. Ein schwarzer Angestellter hämmerte auf einer Leiter, die an eine Remisenwand gestellt war. Er winkte freundlich.

Frau Albrecht trat aus der Tür. Sie musterte uns kurz und reichte dann Maximilian die Hand. «Dr. Meyer, nehme ich an? Herzlich willkommen auf Elisenschuh! Mein Mann ist noch unterwegs, er inspiziert die Zäune.»

Die Verkaufsverhandlungen fanden abends nach dem Essen in der Wohnstube statt. Ein Krug Kaffee, einige Flaschen Windhoeker Export, daneben Teller mit selbstgemachtem Gebäck und Trockenfleisch standen auf dem grossen viereckigen Tisch.

«Wie kann man nur aus der schönen grünen Schweiz in diese staubige, wasserlose Ecke ziehen wollen», sagte Herr Albrecht verbittert, doch seine Stimme liess erkennen, dass er diese staubige, wasserlose Ecke liebte und sie nur ungern verlassen würde.

«Wechsel der Weide macht fette Kälber», versetzte Maximilian aufgeräumt und biss geniesserisch in einen duftenden Krapfen.

«Ich erinnere mich daran», entgegnete Albrecht und zog die blaue Strickjacke zurecht. «Sie haben den Spruch schon damals in Swakopmund zum besten gegeben. Hier können Sie die Weide wechseln, bis Sie selbst Hufe kriegen, ihre Kälber werden doch nicht fett, sie verdursten vorher.»

«Herr Doktor Meyer will ja auch nicht Rinder züchten, Uwe», warf Frau Albrecht beschwichtigend ein.

«Sondern Nashörner, Schwarze Nashörner, *Diceros bicor-*

nis.» Voller Optimismus schaute Maximilian in die Runde. «In Kenia gibt's einen Burschen, der's mit Erfolg tut.»

«Dein Bursche ist eine Frau», sagte Marie-Rose mit sanfter Stimme und zog einen bebilderten Bericht aus einem Mäppchen. Während Maximilian auf der Bühne agierte, hielt sie als tüchtige Regisseurin im Hintergrund die Fäden in der Hand. «Kuki Gallmann heisst sie. Allerdings besitzt sie nicht 6000 Hektar, sondern gleich 37 000, ausserdem einige tausend Rinder, die ihr das nötige Kleingeld liefern», dämpfte sie seine Begeisterung.

Albrecht hüstelte. «Hier brauchen Sie 15 Hektar für ein einziges Rind!»

Maximilian langte nach dem Mäppchen. «In Texas hat man es auch versucht ... Hier: ein gewisser Tom Mantzel. Er züchtet auf einer Farm von bloss 600 Hektar bedrohte Tierarten, Grevy-Zebras zum Beispiel, auch Geparde aus Namibia, diese bis jetzt allerdings ohne Erfolg. Zwei aus Südafrika importierte Schwarze Nashörner sind ihm leider gestorben ...»

«Tom Mantzel besitzt ausserdem eine lukrative Firma im Erdgasgeschäft», meldete sich die linke Gehirnhälfte.

«Wie wär's mit Straussen?» sagte Frau Albrecht. «Straussenfedern sind immer noch gesucht.»

Ihr Mann blickte auf und zündete sich eine Zigarette an. «Hm, das stimmt. Der Wilhelm Wolters bei Lüderitz unten tut's auch.»

Maximilian strahlte. «Na, sehen Sie! Kombinieren wir Strausse und Nashörner und ... äh, vielleicht die Arabische Oryx und so weiter und so weiter. Dann nehmen wir Kontakt auf mit Australien und den USA und Russland ... pumpen Stiftungen an, organisieren Ochsenwagentrecks.» Freudig schürzte er die Lippen und starrte eine Weile träumerisch auf die rotweiss karierten Vorhänge. «Ich glaube, ich gehe vom Kaffee zu einem Bierchen über. Darf in aller Bescheidenheit sagen, dass ich in letzter Zeit abstinenter gelebt habe als ein Ehrenmitglied des Blaukreuzvereins, aber heute ist doch eine besondere Gelegenheit, was, Fridolin?»

Seine Höhenflüge waren nicht zu bremsen, weder durch Hinweise auf die hohen Kosten noch auf die politisch ungewisse Zukunft des Landes. Ja, merkwürdigerweise fühlten wir, wie seine Begeisterung sich auf uns übertrug, und sogar die Albrechts begannen plötzlich mitzudiskutieren, Vorschläge zu unterbreiten, gaben wertvolle Tips.

«Na, was wollen Sie denn ins frostige Deutschland zurück?» meinte Maximilian schliesslich. «Wieso bleiben Sie nicht hier und bauen das Ding auf? Ich brauche ja ohnehin jemanden, der sich hier auskennt.»

«*Wir* brauchen jemanden», korrigierte ihn Marie-Rose mit sanfter Stimme.

«Verzeih, meine Liebe! Wir könnten einen befristeten Vertrag abschliessen, so drei, vier, fünf Jahre, ohne jedes finanzielle Risiko für Sie.»

Marie-Rose runzelte die Stirn. «Unsere Mittel sind nicht unbeschränkt. Ich schlage deshalb eine Art Defizitgarantie vor. Irgendwann wird es auch in Südwest wieder regnen, dann könnte man es erneut mit Rindern versuchen.»

«Eine Defizitgarantie, genau so habe ich's mir gedacht», fügte Maximilian jovial hinzu.

Uwe Albrecht nestelte wieder an seiner blauen Jacke herum und wandte sich dann an seine Frau. «Was meinst du dazu?»

«Ich meine, dass wir mal in aller Ruhe drüber schlafen werden. Kommt Zeit, kommt Rat. Noch ein Bier, Herr Doktor?»

«Ausnahmsweise», sagte Maximilian und bückte sich zu einer Plastiktasche hinunter, die er an das Tischbein gestellt hatte. «Da wir schon bei den Sprichwörtern sind, gestatte ich mir, Ihnen ein Exemplar meines Orator Urbanus zu überreichen. Es ist eine Spruchsammlung, von mir selbst zusammengestellt und selbst verlegt, und wenn nicht der Hegel-Verlag...»

«Ich glaube, Herr Albrecht möchte mit dir anstossen», unterbrach ihn Marie-Rose mit sanfter Stimme.

Albrechts hatten uns Gastzimmer zur Verfügung gestellt. Franziska und ich warfen einen Blick auf die Kinder, bevor wir zu Bett gingen.

Stefan hob den Kopf. «Wie spät ist es?»

«Nachts zwölf. Schlaf gut!»

«Kauft jetzt Herr *Lion* die Farm? Ist er immer noch *fou?*»

«Und ob der *fou* ist!» liess ich mich gedankenlos vernehmen, dann stutzte ich. «Wer hat dir gesagt, was *fou* heisst?»

«Onkel Maximilian. Ich habe ihn gefragt. Aber er hat nichts gemerkt, ich schwöre es.»

Wir blieben zwei Nächte. Albrechts entschlossen sich, als Pächter die Farm weiterhin zu bewirtschaften. Ein Vorvertrag wurde unterzeichnet.

Franziska seufzte. «Für mich habt ihr kein Pöstchen frei?»

Maximilian steckte schmunzelnd den silbernen Kugelschreiber ein. «Wir ernennen dich zur Nashorn-Zuchtbuchführerin!»

«Grossartig. Herzlichen Dank!» Sie küsste Maximilian auf die Wange.

«Vielleicht habe ich dazu auch noch ein Wörtlein zu sagen», protestierte ich. «Was ist mit unseren Kindern...?»

Maximilian klopfte mir auf die Schulter. «Beruhige dich, mein Lieber, beruhige dich. Nashornweibchen werfen bloss alle drei bis vier Jahre.»

«Von morgen an werden wir nur noch Asphaltstrassen haben», sagte ich, während ich wie üblich die lockeren Schrauben an Küche und Kästen und Truhen festzog. Wir waren am späten Nachmittag nach Maltahöhe zurückgekehrt und hatten unsere Wagen auf den mitten im Ort gelegenen kleinen Campingplatz gestellt. Wir waren die einzigen Gäste. Die Kinder spielten draussen Federball und benutzten die mit Agaven und Opuntien und roten Blumen bepflanzte Rabatte, welche den Platz der Länge nach teilte, als Spielnetz. Marie-Rose und Maximilian erledigten einge geschäftliche Besuche.

Ich kniete nieder, um nach einer Schraube zu fischen, die unter den Kühlschrank gerollt war. «Jedenfalls begreife ich jetzt, weshalb Autoverleihfirmen für Namibia einen Zuschlag verlangen. Vermutlich wird mir morgen abend diese Arbeit fehlen.»

«Mir nicht», behauptete Franziska und wies mit der Bürste auf die mit Sand gefüllte Schaufel in ihrer Linken. «Nur von heute. Viertausend Kilometer Holper-Pad genügen mir. Wie muss das schön sein, wieder mal die Zähne zu putzen ohne Knirschen oder in den Schlafsack zu steigen, ohne geschmirgelt zu werden!»

«Jetzt übertreib nicht, du Nashorn-Zuchtbuchführerin! Ich wette um eine fette Giraffe, dass du dich zuhause schon am ersten Tag nach dem Geruch des roten Sandes sehnst.»

Sie umarmte mich mit Schaufel und Besen und küsste mich.

152

«Natürlich hast du recht, Schatz. Hilf mir nachher bitte beim Ausschütteln der Schlafsäcke, und die beiden Rollos hinten solltest du wieder fixieren, wir haben aber fast kein Klebband mehr, und das Lampenglas, es liegt im Kleiderkasten links oben und...»

Ich löste ihre Hände von meinem Rücken. «Wird alles prompt erledigt. Übrigens wäre ich froh, wenn du künftig deine Schaufel leeren würdest, bevor du mich umarmst. Ich habe den Sand jetzt in den Schuhen.»

«Oh, wie dumm von mir!» Sie blickte auf die Bescherung, liess Schaufel und Bürste fallen, legte ihre Arme wieder um mich und drückte ihre Stirn auf meine. «Ich habe noch was vergessen: Ich freu' mich auch darauf, dass wir wieder mal ungestört eine flotte Nummer machen können statt heimlich und leise wie hinter Göttis Nussbaum.»

«Wahrscheinlich haben schon die alten Buren in ihren Ochsenwagen darunter gelitten. Immerhin ist es uns gelungen, dann und wann mit Hilfe eines Eisstandes ein ruhiges Viertelstündchen zu erschachern.»

Franziska küsste mich ziemlich lange. «Einen solchen gibt's gewiss auch in Maltahöhe.» Sie liess mich los und begab sich zur Tür. «Wer ein Eis kaufen gehen will, soll kommen!» hörte ich sie rufen. «Aber alle miteinander!»

Auch die Kinder schienen den heutigen Tag als Zäsur in unserer Reise zu betrachten. Sie waren ausgelassen wie junge Hunde, als wir am Tische bei Kartoffelstock, Bohnen und Würstchen sassen. Würstchen wurden zu Gewehren, Bohnen zu Patronen und Kartoffelstock zu Schneehaufen, in die man Höhlen graben oder mit dem Gewehr hineinschiessen konnte.

«Bitte, bitte, etwas mehr Ruhe!»

«Ja, aber...»

«Ruhe, hab' ich gesagt!»

«‹Übermut tut selten gut!›» sagte Markus mit todernstem Gesicht. «Ich hab' mal ein Spruchbuch herausgegeben, das heisst *Bohnus Wurstus.*»

«Pffflups...» Barbaras mit Kartoffelstock gefüllter Mund explodierte.

«Jetzt reicht's aber, Donner und Doria! Putz das Zeug auf!»

Zerknirschung vortäuschend, griff Barbara nach dem Lap-

153

pen. «Ich kann doch nichts dafür. Ich muss einfach immer lachen.»

«Ich auch.»

«Ich auch.»

«Ich auch», behauptete Stefan als letzter, schielte vorsichtig zu mir hin und meinte dann, Barbara habe vielleicht eine Kartoffelschneelawine gemacht.

Franziska und ich gaben es auf, zumal Markus unterdessen seine Wurst zu einem Giftpfeil umfunktioniert hatte und damit Alexandra bedrohte. «Jetzt stirbst du!»

«Ich spüre aber überhaupt nichts!»

«Aber später dann, wenn du eine Grossmutter geworden bist», versicherte er kühn.

Erbarmungslos schoben wir sie um acht in die Schlafsäcke.

«Ich habe genug Wüste», sagte Alexandra, als ich ihr den Gutenachtkuss gab. «Am liebsten möchte ich wieder heim nach Wintikon. Sind wir morgen schon zu Hause?»

«Nein. Es dauert noch einige Tage. Gefällt es dir denn gar nicht mehr?» In meinem Hinterkopf meldete sich das schlechte Gewissen: War die Kleine doch überfordert?

«Doch, doch», sagte sie wichtig. «Es ist nur die Milch.»

«Die Milch?»

«Ja. Die schmeckt so komisch in Afrika.»

21

Aus der Bordzeitung:

Nachts ist Barbara 2x auf Vati hinuntergeblumpst, da hat er sie gleich liegengelasst und oben geschlafen. In Mariental hatten wir eine Glace, WC, Benzin, Tee bei einer hässigen Frau. Dann haben wir auf einem Rastplatz eine schwarze Familie getroffen. Der Mann sagte haben wir nicht ein schönes Land? Da sagte Vati, ja deshalb sind wir auch gekommen. Da sagte der Mann man muss vil Geld verdienen wenn man einen so grossen Camper mieten kann. Da machte Vati starke Runzeln und sagte ja aber das Leben in der Schweiz ist furchtbar teuer.

Dann sind wir den Finger of God anschauen gegangen. Das ist ein gestörter Fels der ganz allein steht. Da sagte Onkel Maximilian dass er auch gern einen solchen auf seiner Farm hat notfalls aus Beton. Da sagte Tante Mari-Ros blöffe nicht so es ist auch meine Farm und ich will auch noch ein Wörtlein mitreden. Wir fahren jetzt auf Lüderitz zum 5. Mal durch die Namib. Onkel Maximilian sagte jetzt wird es wider historisch weil hier hat Vetter Andreas die Bahn gebaut und wurden enorm vile Diamanten gefunden dabei. Wir haben Kolmannskop gesehen das ist eine Geisterstadt in der Wüste.

In Lüderitz sahen wir vile Möven. Auf Diaz Point sahen wir Roben die tauchten. Auf der Insel Halifax sahen wir vile Pinguinen. Da sagte Onkel Maximilian das ist etwas für meine Farm Roben und Pinguinen. Da sagte Tante Mari-Ros blöffe nicht so es ist auch meine Farm und ich will auch noch ein Wörtlein mitreden weil Roben und Pinguinen brauchen mega vil Wasser und auf unserer Farm gibts nicht mal genug für einen Goldfisch sagte Tante Mari-Ros.

Wir waren im Museum am besten ich zähle alles auf: Diamanten, Sandrosen, Quartz, Webervögel, Langusten, Bienenfresser, versteinertes Nashorn, skeleter. Die Frau hat uns 4 Kleber gegeben. Dann gingen wir in ein Restaurant zum alten deutschen Casino hiess es. Da sagte Onkel Maximilian wir werden vileicht auch ein solches Restaurant machen auf unserer Farm. Da sagte Tante Mari-Ros jetzt hast du gesagt auf unserer Farm. Sie glaubt er lernt doch noch im Alter und man darf die Hoffnung nie aufgeben.

Wir hatten Pommesfrittes und Blätzli und Cola. Vati sagte das ist nicht gesund aber wir haben Ferien. Da sagte Markus Bier ist auch nicht gesund aber ich verzeihe dir weil du hast Ferien. Da musste er lachen und Onkel Maximilian sagte jetzt gehen wir Diamanten suchen im Sperrgebiet mit meinem Super Apparat und machen Millionen für meine Nashörner. Da sagte Tante Mari-Ros sie muss die Hoffnung doch aufgeben dass er noch lernt im Alter.

«Schopenhauer, Wursterei», murmelte Maximilian vor sich hin, als wir auf unserem Bummel durch Lüderitz wieder zum Bahnhof zurückgekehrt waren. Sinnend blickte er auf das weissgestrichene Gebäude aus der deutschen Kolonialzeit. «Wieso nehmen wir nicht den Zug?»

«Vielleicht weihst du mich in deine esoterischen Kombinationen ein?»

Er stutzte einen Moment, dann verzog sich sein Gesicht zu einem breiten Grinsen. «Ach, siehst du, als wir die Strassen von Lüderitz abklopften, ist mir Schopenhauer, der Heilige der Wohlstandsintellektuellen, in den Sinn gekommen: Wie hat's nämlich hier begonnen? Mit einem nackten Kampf ums Dasein! Vetter Andreas und Kompanie beförderten Rinder ins Nirwana, um die hungrigen Mäuler der Arbeiter zu stopfen. Diese schwitzten sich die Seele aus dem Leib, um einen Schienenweg durch die grausame Wüste zu legen, und ermöglichten es einigen gutbetuchten Exemplaren der Spezies Mensch, schöne grosse Häuser zu bauen. Und jetzt? Hast du es gespürt? Lauter Fassade, kein Leben mehr! Vereiteltes Streben, vom Schicksal zertretene Hoffnungen! Wie's hier in einigen Jahren aussehen könnte, hat uns Kolmanskop drastisch vor Augen geführt. Deshalb mein Vorschlag: Gönnen wir uns gewissermassen eine Abschiedsfahrt auf dieser historischen Wüstenbahn.»

«Und die Camper?»

«Laden wir auf Güterwagen.»

Der Bahnbeamte schluckte zweimal leer. «Camper verladen? Das müssen Sie im Hafenbahnhof erledigen. Wenn das überhaupt geht!» fügte er warnend hinzu.

«Gibt's Familienermässigung?»

Der freundliche junge Mann blätterte in seinen Unterlagen. Schliesslich blickte er wieder auf. «Ich muss mich telefonisch erkundigen. Wer reist schon im Schlafwagen, seit die Strasse ausgebaut ist!» meinte er mit Bedauern.

Im Hafenbahnhof zeigte man sich nicht weniger erstaunt. «Was, verladen? Wie hoch ist das Ding denn überhaupt? Und wie breit? Was das kostet? Da müssen Sie mal meinen Kollegen fragen.»

Wir mussten verschiedene Kollegen in verschiedenen Büros fragen. Aber schliesslich klappte es. Wir bekamen unsere Frachtscheine, auf denen die von uns wohlwollend geschätzten Gewichts- und Höhenangaben eingetragen waren. Anderntags um drei sollten wir uns an der Rampe einfinden.

Auf den Vorschlag von Marie-Rose fuhren wir am nächsten Morgen nochmals zu den Pinguinen und Robben beim Diaz Point hinaus. Ein langer, hölzerner Steg führt hinauf zur Stelle, wo 1488 der Portugiese Bartholomeu Diaz ein Kreuz aufgestellt hatte. Der Rundblick war erhebend und inspirierte Markus dazu, Stefans Mütze in hohem Bogen über den Lattenzaun in den kühlen Atlantik zu schmeissen. «Aber nicht absichtlich! Ich schwöre es!»

Stefan trat ihn in den Hintern. «Aber nicht absichtlich! Ich schwöre es!»

Maximilian entkrampfte die Situation, indem er in blumigen Worten vom Schicksal des russischen Pazifik-Geschwaders erzählte, das im Jahre 1904 auf dem Weg in die Katastrophe von Tsushima hier angelegt hatte.

«Wieso nimmst du nicht dein Echo-Gerät hervor und suchst ein bisschen die Gegend ab?» meinte Marie-Rose. «Vielleicht findest du einen Samowar oder einen Orden des heiligen Wladimir. Gab's den?»

«Es gab ihn», bestätigte Maximilian und dachte nach. «Gute Idee. Kommt, ihr Schlingel!»

Wir stiegen zu den Wagen hinunter. Die Kinder rannten voraus.

«Nicht zu schnell, passt auf, sonst fällt... Siehst du, was habe ich gesagt?» Franziska öffnete die Handtasche, holte die Taschenapotheke hervor und klebte ein Pflaster auf Alexandras linkes Knie.

«Ein unverbesserlicher Schwärmer!» sagte ich, als Maximilian mit seiner quirligen und schwatzenden Equipe aufgebrochen war. Ihre Stimmen verloren sich in der Ferne. Ich klappte die Feldstühle auf.

«Ein lieber Schwärmer», setzte Marie-Rose mit sanfter Stimme hinzu. «Ich glaube, ich schliesse mich der Expedition an.»

Franziska und ich blieben bei den Wagen. Noch in Rufweite piepste das Funkgerät zum ersten Mal.

«Ja, was ist los? Fertig.»

«Ich bin's, Barbara. Hörst du mich?»

«Sehr gut sogar. Ich sehe dich sogar sehr gut. Übrigens, wenn du fertig bist, musst du jeweils *fertig* sagen. Fertig.»

«Ich sehe dich auch, Vati. Fertig.»

Der rotweiss gebänderte Leuchtturm ragte in einen sonnigen, blauen Himmel. Im Windschatten war es angenehm warm. Eine ruhige Stunde verstrich.

«Wir haben etwas gefunden!» meldete Markus mit stolzer Stimme.

«Eine Goldader oder eine portugiesische Kanone?»

«Etwas aus Metall. Onkel Maximilian möchte dir was sagen.»
«Bist du's, Fridolin? Hör mal, wir brauchen ein grosses Sieb und zwei Fotoapparate.»
«Nanu, ist der Fund so bedeutend?» fragte ich erstaunt.
«Das lässt sich noch nicht sagen. Der etwa 15 Zentimeter lange Gegenstand ist stark oxidiert. Jedenfalls möchte ich nicht, dass man mir einst wie dem alten Schliemann vorwirft, ich sei unsorgfältig vorgegangen.»
«Bring noch einige Plastiksäcke mit, dazu das Messband und Farbe, damit wir den Felsen bei der Fundstelle markieren können», warf Marie-Rose ergänzend ein.
«Okay, wird alles besorgt. Was sagt übrigens der Orator Urbanus dazu?»
«‹Wer als Erster geht, sammelt die Schätze ein›. Australisches Sprichwort. Fertig.»

Aus der Bordzeitung:
Wir haben mit einem Sieb ganz viel Sand gesiebt aber nichts gefunden nur ein kleiner geschnitzter Stein und ein kleiner doofer Glaskopf. Dann haben wir den Fels bemalt das war lustig und Mami sagte ich habe ja gesagt ihr müsst alte Hosen und Pullis anziehen das bringt man nicht mehr raus. Wir haben vile Fotos gemacht und gemesst.
Dan sind wir zum Hafen gefahren und auf die Rampe. Es hatte rechts und links nur noch 1 Zentimeter frei auf dem Güterwagen. Vati sagte das macht nichts es muss nur eine Zeitung Platz haben. Onkel Maximilian sauste mit Schwung hinauf und machte eine Bäule. Aber er sagte ein guter Krieger hat Narben und er ist sicher, dass auch Vetter Andreas Bäulen gehabt hat an seinem Ochsenwagen.
Wir haben noch die Köffer aus dem Auto genommen für das Übernachten im Zug und Essen und Trinken gekauft. Auf dem Bahnhof standen schon unsere Schlafwagen und dan schiebte eine rote Diesellok die Güterwagen mit unseren Campern über die Strasse heran und hängte sie an.
Dan sind wir eingestiegen aber wir mussten 3x einsteigen weil Vati und Onkel Maximilian filmten. Das ist histohrisch sagte Onkel Maximilian wenn man denkt dass ein Forfahre von uns an der Bahn geschafft hat.
Der Mann vom Bahnschalter ist auch eingestiegen. Er fährt immer mit. Er sagte ihr könnt den ganzen Wagen haben weil

ihr seid die einzigen es gibt auch eine Dusche. Vileicht fährt die Bahn nächstes Jahr nicht mehr weil sie rentirt nicht mehr.

Zweimal tutete die Lokomotive durchdringend, bevor sie uns langsam im Abendlicht durch das Städtchen Lüderitz zog. Ein kurzes Stück Felswüste, einige Minuten der Bucht entlang, dann langsam ansteigend in die Namib. Die untergehende Sonne liess die Geisterstadt Kolmanskop noch geisterhafter erscheinen.

«Do you enjoy it?» Der Zugchef, in Uniformhemd und kurzen Hosen, blickte ins Abteil.

Was für eine Frage! Franziska schaute mich lächelnd an und antwortete dann für uns beide. Sie hatte schon längst bemerkt, dass ich im Eisenbahnhimmel schwebte. Das gemütliche Rattern der Räder, der Geruch von Dieselöl und Wüstensand, die Freude an einer Fahrt vom Ufer des Atlantiks hinauf auf 1800 Meter mit einer Reisegeschwindigkeit von etwa vierzig Stundenkilometern, Gedanken an die Zeit vor der Bahn, als sich Mensch und Tier in mühseligen Trecks durch die Wüste quälen mussten, das Gefühl, über Vetter Andreas irgendwie mit jener Epoche verbunden zu sein: all dies und dazu ein bequemer Erstklasswagen und ein Glas Rotwein hatten mich längst der irdischen Hefe entrückt.

Für die Gutenachtgeschichte setzte ich mich auf den Rand des unteren Bettes, in dem sich die Mädchen eingenistet hatten. Vom gegenüberliegenden oberen Bett schauten erwartungsvoll die beiden Bubenköpfe herab.

«Heute gibt's eine ganz neue Geschichte, eine vom Diener Anton und...»

«Puuh, die haben wir schon tausendmal gehört!»

«Oh, nein! Diesmal gibt's ganz was Neues. Die beiden gingen nämlich in ein... Was meint ihr wohl?»

«In ein Bordell», sagte Alexandra und drückte ihre Puppe fest an sich.

«Was sagst du da? Weisst du überhaupt, was das ist?» Überrascht blickte ich sie an.

«Nein», meinte sie ungerührt.

«Aber ich!» rief Markus vom Bett herunter. «Das ist ein Wirtshaus, wo man auch einen Schatz bekommen kann, wie der Stefan mit der Eveline.»

«Spinnst du? Die ist schon lange nicht mehr mein Schatz!»

159

«Von wem hast du denn die Gummibärchen erhalten?»
«Stopp!» unterbrach ich die beiden. «Woher kennt ihr überhaupt das Wort?»
«Onkel Maximilian hat uns eine Geschichte erzählt von einem englischen Pfarrer. Der ging in solche Wirtshäuser. Dann wurde er entlassen und trat im Zirkus und so auf. Er hiess Davidson, und in einem Luna-Park ist er vor den Leuten von Löwen zerrissen worden.»
«So, so, der auch?» brummte ich, einigermassen aus dem Konzept gebracht. «Na, seht ihr», fuhr ich nach kurzem Nachdenken kühn fort, «eben damals waren der Herr und sein Diener Anton in diesem Luna-Park. Sie hatten Hunger und Durst, mussten aber noch vier Stunden weit reiten – hört ihr das Getrappel? –, um in der früheren Gemeinde des Pfarrers dessen Tod zu melden. Es war stürmisch, und der Regen fiel, wie wenn der Himmel eine einzige grosse Brause gewesen wäre ...»

Der Zug hielt an einer der einsamen Wüstenstationen, die Grasplatz, Rotkop, Haalenberg oder Tsaukaib hiessen. Ich öffnete das Fenster. Einige Schwarze stiegen aus und schritten schwatzend durch die kühle Nacht zum Hüttendorf, aus dem Kohlefeuer und Gaslampen leuchteten. Ein prächtiger Sternenhimmel wölbte sich bis auf den Horizont hinunter. Die Lokomotive pfiff und zog langsam an, immer schneller eilten die durch die Wagenfenster hervorgerufenen hellen Vierecke über den Sand. Ich schob das Fenster hoch und legte mich wieder hin, um zufrieden zu dösen. Schlafen hätte ich als Sakrileg empfunden.
In der Morgendämmerung fuhren wir in den Bahnhof von Keetmanshoop ein. Die Wagen würden erst nach acht ausgeladen, hiess es. Müde und schlotternd setzten wir uns auf eine Bank unter dem Vordach, tranken einen Schluck kalte Cola und kauten an einem harten Stück Brot. Maximilian gab ihm den wohlklingenden Namen *Bred Chewing Gum,* worauf es sich für die Kinder in eine Delikatesse verwandelte. Alle paar Minuten standen wir auf und wanderten vor den in dicke Decken gehüllten wartenden Schwarzen auf und ab, um uns ein bisschen warm zu bewegen. – Schwarz und Weiss wartend und frierend: eine in dieser Ecke der Welt nicht eben häufig anzutreffende Schicksalsgemeinschaft.

Aus der Bordzeitung:

Wir haben die Camper abgeladen, Vati ist in einmal runterge-
kommen und Onkel Maximilian hat noch eine Bäule gemacht.
Aber er sagte ein guter Krieger hat Narben und es macht nichts
weil Vetter Andreas hat auch Bäulen gehabt in seinem Ochsen-
wagen. Dann sind wir auf den Campingplatz gegangen um uns
zu waschen. Da haben wir Steinestossen gemacht und Gewicht-
heben, aber die Mädchen müssen noch bös Suppe essen. Da ist
mir plötzlich die Brille hinuntergefallt und der Bügel war
kaputt. Da ging ich zu Onkel Maximilian in die Maroma *um*
zu lötten.
Er hat eine ganz kleine Dühse genommen und mit dem Feuer-
zeug angezündet. Das war super er konnte den Bügel in der
Hand halten und sie verbrannte nicht weil die Flamme war
relatiph klein. Aber er kann damit auch ein Velo schweissen
oder ein Auspuff oder eine Höllenmaschine wie der Künstler
Tähngeli. Dann hat er die Brille geschleifft wo sie gelöttet war.
Er hat eine Schleiffmaschine mit ganz kleinen Rädchen. Damit
kann ich auch Bleistift spitzen sagte Onkel Maximilian, oder
Fingernägel bolieren. Da sagte Tante Marie-Rose dafür brau-
che ich keine Maschine wo 1000 Franken kostet.
Dan sind wir noch 300 km weit nach Ai-Ais gefahren. Das ist
ein Canyon. Wenn man hinunterfährt ist es dunkel, dann ist es
plözlich hell und grün und wir gingen im warmen Wasser
baden. Da sagte Vati wollen wir morgen früh zum Aussichts-
punkt wandern oder erst am Nachmittag? Da sagte Stefan am
liebsten nachts, dann schlafen wir nähmlich.

Die Morgensonne leuchtete auf die Spitzen der Canyon-
Berge. Langsam kletterte das Licht an den Felsen herunter
und liess die schmalen weissen Bänder aufleuchten, die das
braune Gestein durchzogen wie Fett einen saftigen Schwei-
nebraten. Die Nacht war im Felsenkessel spürbar wärmer
gewesen als in der offenen Wüste, so dass wir Tische und
Stühle im Freien aufstellten, um zu frühstücken.
«Dürfen wir jetzt baden gehen?»
«In anderthalb Stunden dann. Alexandra, du hast die Milch
noch nicht getrunken!»
«Ich hab' keinen Durst.»
«Wer schwimmen will, braucht Benzin.»
Sie verzog das Gesicht. «Ich habe Bauchweh.»

«Nimm wenigstens ein Löffelchen für Tante Marie-Rose...
eines für Onkel Maximilian... eines für den Diener Anton...»

«Machst du dann mit uns Widiwidiwaxwax?»

Ich versprach es. «Ich nehme die Kinder auf den Arm und
hüpfe mit ihnen im Wasser auf und ab, und dazu singen wir
Widiwidiwaxwax», klärte ich Maximilian auf, der mich fragend anblickte.

«Wundervoll. Kinder, wenn ihr einverstanden seid, werde ich
das nächste Mal auch mitmachen. Aber da ich Maximilian
bin, heisst es bei mir dann Midimidimaxmax.»

«Dürfen wir jetzt baden?»

«Nein, zum Donnerwetter, fragt nicht dauernd. Stellt meinet-
wegen den Wecker auf zehn Uhr. Überhaupt wird zuerst das
Geschirr gewaschen.»

«Aber wir haben schon gestern...»

«Jetzt sollen mal die Mädchen...»

«Jetzt sollen mal die Buben...»

Schliesslich trotteten die vier, die Küchentücher wie Fahnen
schwenkend, hinter Franziska und Marie-Rose her, die das
Geschirr zum Waschraum hinübertrugen. Wir Männer wollten unterdessen einen Blick auf die in Lüderitz gefundenen
Gegenstände werfen.

«Knöpfen wir uns mal das Metallstück vor.» Maximilian wik-
kelte das Ding sorgfältig aus den Papiertaschentüchern und
legte es auf den roten Campingtisch.

Ich zog das Messband heraus. «Genau vierzehn Zentimeter
lang und... 4,4 breit.» Ich schrieb die Masse auf, während
Maximilian den Fund mit Zahnbürste und Pinsel zu reinigen
begann. Das abbröckelnde Material sammelte er in einem
Plastiksäcklein. Vielleicht befanden sich organische Stoffe
darunter, deren Alter mit Hilfe der Radiokarbonmethode
bestimmt werden konnte.

«Irgendeine Frauenfigur», murmelte er vor sich hin. «Es
könnte was Portugiesisches sein oder was ganz Banales aus
der deutschen Zeit.»

Ich lehnte mich im Stuhl zurück und dachte kurz nach. «Und
die Weisse Dame im Brandbergmassiv?»

«Halte ich für wenig wahrscheinlich. Aber irgendwo müssen
wir anfangen. Schauen wir mal nach, was an Theorien über
die *White Lady* existiert.»

Es existierten viele: Der eine behauptete, die Dame sei weder

162

weiss noch überhaupt eine Dame, ein anderer sah darin einen Kaiser aus Zimbabwe, ein dritter verglich die Figur mit Darstellungen im Palast von Knossos auf Kreta.

«Klingt alles reichlich spekulativ und bringt uns kaum weiter.» Ich legte das Figürchen neben die Abbildung. «Das Gesicht ist zwar auch im Profil gezeichnet, Arme und Brust von vorne, aber sonst ist wenig Ähnlichkeit festzustellen. Das markante Oval unten fehlt bei der *White Lady* völlig.»

Maximilian griff zur Zahnbürste. «Das Oval hab' ich noch nicht gereinigt.»

Er fuhr ein paarmal sorgfältig darüber, um den gröbsten Schmutz zu lösen, und arbeitete dann mit dem Pinsel weiter. Plötzlich hielt er inne, die Hand mit dem Pinsel zitterte. «Ich glaub', mich trifft der Schlag», versetzte er, beinahe flüsternd. «Sieh dir das mal an! Du bist ja von Haus aus auch Historiker! Dieses kreuzartige Gebilde!»

«Du, du meinst doch nicht...?» stammelte ich und spürte, wie mir ein kalter Schauer den Rücken hinunterlief.

«Doch, verdammt nochmal, ich meine!» Entgeistert starrte er mich an, die Winkel seiner buschigen Brauen stiegen fast bis zum Haarboden. «Tante Max will ich heissen, wenn das nicht zwei altägyptische Anch-Zeichen sind!»

22

«Ich glaube, in Anbetracht der Bedeutung dieser Entdeckung öffnen wir eine Flasche Schampus, auch wenn es noch Vormittag ist», sagte Maximilian feierlich, nachdem er sich etwas gefasst hatte. «Ich fühle mich wie an jenem Freitag vor 19 Jahren, als ich den Brief des Testamentsvollstreckers von Onkel Oskar öffnete, der mir wider Erwarten einen schönen Teil seines Vermögens vermacht hatte.»

Ich schüttelte energisch den Kopf. «Nein, mein Lieber, ich glaube, gerade in Anbetracht der Bedeutung dieser Entdeckung bleiben wir hübsch nüchtern, bis wir erstens der Sache weiter nachgegangen sind und zweitens auch die beiden anderen Funde untersucht haben. Holen wir uns lieber einige Kisten Literatur aus deiner Bibliothek!»

Anhand von Abbildungen identifizierten wir die Dame einwandfrei als Hathor-Isis, mit Kuhhörnern und Sonnenscheibe. Sie stand auf einem Oval, in dem sich ein Djed-Pfeiler befand und zu dessen beiden Seiten je ein Anch-Zeichen. «Darf ich jetzt baden gehen?» Stefan war unbemerkt zurückgekehrt, in den Händen das mit dem s~uberen Geschirr gefüllte Becken. «Die andern sind einkaufen gegangen.» «Was...? Was willst du?» Verärgert über die Störung blickte ich auf. «Baden? Macht das mit Mami aus... und sag ihr, wir hätten was ungeheuer Wichtiges entdeckt!»

Ich griff in die Kiste mit den Nachschlagewerken. «Es gab doch irgendeinen Pharao, der Schiffe um Afrika herum geschickt haben soll... Wollen mal sehen... Afrika, Geschichte... Da haben wir den Burschen, Necho heisst er, natürlich. Um 600 herum.» Ich blickte zu Maximilian hinüber. «Hast du einen Herodot dabei?»

«Selbstverständlich. Welche Stelle brauchst du?»

«4,42.»

«Moment, bitte. Ich lese sie vor:

Nachdem er mit dem Bau des Kanals, der sich aus dem Nil in den Arabischen Kanal erstrecken sollte, aufgehört hatte, entsandte er phoinikische Männer mit Schiffen. Er hatte ihnen aufgetragen, auf dem Heimweg durch die Säulen des Herakles bis in das nördliche Meer zu segeln und so nach Aigypten zu gelangen. Die Phoiniker brachen also aus dem Roten Meer auf und befuhren das südliche Meer. Immer wenn es Herbst wurde, landeten und besäten sie das Land, wo sie sich gerade jedesmal in Afrika befanden, und warteten die Ernte ab. Nachdem sie die Frucht geerntet hatten, segelten sie weiter, so dass sie nach Ablauf von zwei Jahren im dritten Jahre um die Säulen des Herakles herumbogen und wieder nach Aigypten kamen. Sie erzählten – mir freilich nicht glaubwürdig, aber manchem anderen –, dass sie auf der Fahrt um Afrika herum die Sonne zur Rechten gehabt hätten.»

Maximilian schaute mich an, wobei er mit den Fingern nervös auf den Herodot trommelte. «Eieieieiei», erleichterte er sein Herz. «Eieieieiei. Was ist der nächste Schritt?»

«Wir werfen einen Blick auf die beiden andern Funde», schlug ich vor. Mein Mund fühlte sich trocken an, als ob ich Fieber hätte. «Das eine Dinge erinnert mich nämlich verdammt an einen Skarabäus, und Skarabäen haben auf der Unterseite oft Königskartuschen.»

164

Die Spannung stieg ins Unerträgliche, als Maximilian mit Zahnstochern den Stein reinigte.

«Was für eine sensationelle Entdeckung habt ihr denn gemacht?» rief Marie-Rose von weitem. Die Frauen kehrten vom Einkauf zurück.

«Halt dich fest: ein ägyptisches Bronzefigürchen!» Maximilian blähte die Brust wie ein Gockel vor dem ersten Morgenschrei.

«Na, seid ihr ganz sicher?» Marie-Rose stellte die Tasche auf den Boden, nahm die Hathor-Isis in die Hand und betrachtete sie skeptisch. «Wie manches Bier habt ihr schon intus?» fügte sie mit sanfter Stimme hinzu und reichte die Figur Franziska.

«Aber, ich bitte!» spielte Maximilian den Empörten. In Anbetracht der Bedeutung dieser Entdeckung wär' schon der blosse Gedanke an Alkohol eine Obszönität. Fridolin, klär du meine linke Gehirnhälfte auf. Sie glaubt wieder mal, ich phantasiere.»

«Maximilian hat recht», bestätigte ich. «Soviel habe ich von meinem Studium noch im Kopf. Schliesslich habe ich über Cäsar und Kleopatra doktoriert», gab ich selbstbewusst zu bedenken. «In einigen Minuten wissen wir vielleicht sogar etwas über das Alter!»

«Dürfen wir jetzt baden gehen?» fragte Markus ungeduldig.

«Pst! Onkel Maximilian und Vati haben etwas ganz Wichtiges entdeckt.» Warnend legte Franziska den Finger auf den Mund.

«Werden sie jetzt berühmt wie Elvis Presley?»

«Wer weiss. Verschwindet jetzt! Zieht euch um und sucht die Schwimmflügel.»

«Juchhuiii!»

«Ich glaube fast, ich hab' hier so was wie eine Kartusche», murmelte Maximilian, blies vorsichtig über den Gegenstand und hielt ihn dann unter unsere Augen.

«Ich hole eine Lupe», sagte Marie-Rose.

«Lieber den Lötständer. Dann können wir Stein und Lupe fixieren», rief ihr Maximilian nach. «Und eine Taschenlampe!»

Ich suchte vorsorglich im Lexikon nach den Hieroglyphen. Leider fanden sich, wie zu erwarten war, nur die Einkonsonantenzeichen.

«Es ist zweifellos ein Skarabäus», sagte Maximilian, durch die Lupe starrend. «Überzeugt euch selbst.»

Ich drehte den Stein um. «Drei Zeichen sind im Kreis zu sehen. Eine Zickzack-Linie ... die bedeutet ...?»

«Ein N», sagte Maximilian, nachdem er einen Blick auf die Tabelle im Lexikon geworfen hatte.

Das mittlere brachten wir nicht heraus, hingegen schien das letzte mit grosser Wahrscheinlichkeit ein Vogel mit dem Lautwert W zu sein.

«Halleluja, ich wette zwanzig trächtige Spitzmaulnashörner gegen eine mausernde Krähe, dass das die Kartusche von Necho ist!» jubilierte ich.

«Hast du mir nicht mal Vorhaltungen gemacht wegen allzu schön klingender Etymologien, du Schlitzohr?»

«Aber das ist doch ganz was anderes, Mensch, Maximilian, das ist doch eindeutig: Necho wie er leibte und lebte, 26. Dynastie!»

«Vati, würdest du mir die Schwimmflügel aufblasen?» bettelte Barbara, die neben mir im Badekleid auf und ab hüpfte.

«Nein, nicht jetzt ... doch, gib sie her.» Hastig blies ich die rotweissen Dinger auf, Maximilian übernahm die von Alexandra. «Passt auf im Wasser! Immer zu zweit!»

«Ihr müsst aber mit uns Widiwidiwaxwax machen!»

«Natürlich, aber später. Zischt jetzt los!»

«Wie wär's denn mit einem Telefon nach Hause?» sagte Marie-Rose. «Deine Stellvertreterin könnte das doch in der Museumsbibliothek leicht nachprüfen.»

«Glänzende Idee, meine liebe linke Gehirnhälfte! Gib mir ein Küsschen! Schauen wir uns jetzt noch den dritten Fund an. Vielleicht gibt's dort auch Fragen.»

Unter dem harten Schmutzbelag kam ein Köpfchen aus glasähnlichem Material zum Vorschein. Deutlich erkennbar waren ein kräftiger Bart, Augen, die aus einer schwarzen Pupille mit einem darumgezogenen schwarzen Kreis bestanden, und darüber markante Brauen.

Wir durchforschten unser Gedächtnis auf der Suche nach Vergleichbarem. Ohne Erfolg.

«Immerhin, es ist aus Glas, und nach der Überlieferung haben die Phönizier die Herstellung von Glas entdeckt», meinte ich und legte nachdenklich die Hand an mein Kinn.

«Nach der Überlieferung, ja. Aber die Ägypter kannten es

schon früher.» Maximilian erhob sich. «Ich häng' mich jetzt an den Draht und gebe meiner Stellvertreterin eine genaue Beschreibung durch. Sie soll nachsehen, und wir rufen zurück.»

Eine Stunde später erhielten wir aus Schlossberg Bescheid: Die Kartusche war tatsächlich diejenige des Pharao Necho, und beim Köpfchen aus glasähnlichem Material handelte es sich mit einiger Wahrscheinlichkeit um einen phönizischen Glasanhänger. Jedenfalls gab es vergleichbare Funde aus Sardinien.

«Das würde bedeuten», fasste Maximilian mit ernster Miene zusammen, «dass wir damit zum erstenmal einen Beweis für den vieldiskutierten Herodot-Bericht hätten.»

Merkwürdigerweise brach Maximilian jetzt, wo sich unsere phantastische Theorie zu bewahrheiten schien, nicht in Jubel aus. Bleich und wie betäubt blieb er vor der Telefonkabine stehen. Ich schlug ihm einen kurzen Spaziergang dem Fish-River entlang vor.

«Es ist ein bisschen viel für mich, weisst du», erklärte er, nachdem wir einige Minuten schweigend gewandert waren. «Das Schicksal treibt sein Spiel mit mir. Zuerst die Entdeckung der drei Löwen-Härchen – bloss weil ich Krach hatte mit Marie-Rose, und der Schreiner Zuber und so weiter und so weiter, dann die Winkelried-Uhr und jetzt das mit Nechos Afrika-Umsegelung! Bloss weil der Zug erst anderntags fuhr und wir uns die Zeit vertreiben mussten!»

«Und Marie-Rose auf die glorreiche Idee kam, mit dem Echo-Gerät die Bucht abzuschnüffeln, und Markus oder Barbara oder wer auch immer – die Deichsel deines Wägel-chens zufällig zu jener Felsspalte lenkte und und und!» Auf-munternd schlug ich ihm auf die Schulter. «Kopf hoch, mein Alter! So dürfen wir nicht argumentieren. Kennst du die nette Geschichte über die Herkunft von Prinz Juan d'Austria, dem Sieger von Lepanto? Als sich Kaiser Karl V. einmal in Regensburg aufhielt, wurde ihm eine hübsche Bürgertochter zugeführt. Die beiden trieben es mit Erfolg, und sie gebar ihm den künftigen Retter des Abendlandes. Das Schicksal ist eben kein phantasieloser Computer!»

«Dann bin ich die Bürgertochter?» versetzte Maximilian, schwach grinsend.

«Eher Juan d'Austria, würde ich meinen. Jedenfalls hast du

letztlich den Plan gefasst, nach Namibia zu reisen, und deine Idee war es, ein Echo-Gerät mitzuschleppen. Stell dein Licht nicht unter den Scheffel!»

Er blieb stehen und drückte mit der Schuhspitze Halbmonde in den feuchten Sand. «Man kann's natürlich von dieser Seite aus betrachten.» Seine Stimme klang etwas kräftiger, das Gesicht schien seine Blässe zu verlieren, als er nach einigem Überlegen fortfuhr: «Wenn schon irgendwo an dieser gott-verlassenen Küste was zu finden ist, dann muss es ja Lüderitz sein. Sonst gab's und gibt's ja auf Hunderten von Kilometern keine Anlegemöglichkeiten.»

«Das spricht für unsere These. Und darauf, meine ich, könnten wir einen heben gehen.»

«Aber vorher springen wir rasch ins Wasser und machen mit den Kindern Widiwi... Wie heisst das Ding?»

«Widiwidiwaxwax.»

«Natürlich! Oder bei mir Midimidimaxmax», versetzte Maximilian und schritt mit schon beinahe alter Frische los.

Leuchtende Lampions hingen an der Wäscheleine, ein Karton mit der Aufschrift *Den grössten Entdeckern seit Howard Carter* baumelte an einem Bäumchen, bunte Servietten waren kunstvoll gefaltet, Frauen und Kinder in den hübschesten Kleidern: So wurden wir zum Abendessen empfangen, als wir von einem ausgedehnten befohlenen Aperitif im Restaurant zu den Wagen zurückkehrten. Wir waren in flotter Stimmung, marschierten im Gleichschritt und skandierten zu Verdis Triumphmarsch *Der Necho schickte Schi-i-iffe aus, von Westen kehr-ten sie nach Haus*. Die Kinder rannten heran, fassten unsere Hände, führten uns an den Tisch und schoben uns die Feldstühle unter. Wir zerflossen in Rührung.

Ein Glas Champagner und raffiniert angerichtete Büchsen-sardinen eröffneten das feierliche Mahl. Wir stiessen an, wobei sich Maximilian zum Ergötzen der Kinder mit dem Taschentuch einige simulierte Freudentränen aus den Augenwinkeln wischte. «Kinder, Kinder, wenn ihr wüsstet, was für eine Überraschung ich in petto habe!»

«Ist das ein Geldbeutel?» wollte Alexandra wissen.

«Auch wir Frauen haben eine Überraschung bereit», sagte Marie-Rose mit sanfter Stimme und schmunzelte zu Franziska hinüber. «Die Frage ist jetzt, wer zuerst damit herausrücken soll!»

«Ladies first!» Maximilian machte mit dem Oberkörper eine leichte Verbeugung.

«Danke.» Marie-Rose begann mit einem Lob auf unsere männliche Unternehmungslust, die uns – trotz vorgerückten Alters – noch in den afrikanischen Busch getrieben habe. Sie pries unser nimmermüdes Suchen nach glitzernden Diamanten, verstorbenen Vettern und bronzenen Figuren, sie rühmte unseren historischen Scharfsinn, der uns beinahe zu einem Plätzchen in der Galerie der grossen Männer der Geschichtswissenschaft verholfen hätte, wenn nicht –», lächelnd legte sie ihren Arm um Franziska und zog sie zu sich heran, «wenn nicht wir zwei Frauenzimmer euch Herren der Schöpfung ganz gewaltig aufs Ohr gelegt hätten. Die Funde haben wir von zuhause mitgenommen. Schreiner Zuber hat sie mit Hilfe deiner Stellvertreterin präpariert, hervorragend präpariert, wie ich meine ...»

Es dauerte einige Sekunden, bis unsere benebelten Köpfe zu begreifen begannen. Maximilian sass mit offenem Mund da und zerdrückte mit der rechten Faust langsam und unangenehm knackend eine halbvolle Cola-Flasche. Meine Ohren sausten, die Gedanken überschlugen sich.

«Präpariert?» sagte Maximilian tonlos. Ich wäre nicht erstaunt gewesen, wenn er tot vom Stuhl gesunken wäre. «Der Schreiner Zuber? Er war schon immer ein Genie. Fridolin, schenk mir bitte nach!»

«Ihr versteht doch einen kräftigen Spass, was?» fragte Franziska mit zuckersüssem Gesicht, in dem aber auch eine gewisse Besorgnis über unsere Reaktion zu erkennen war.

«Du warst doch immer für Abwechslung im Leben, Liebling», sagte Marie-Rose mit sanfter Stimme und streichelte Maximilians Wange. «Ist es denn so schlimm?»

Er lächelte gequält und schüttelte den Kopf. «Ihr erfasst die Tragweite nicht, könnt sie gar nicht erfassen!»

«Onkel Maximilian, du hast uns doch auch eine Überraschung versprochen, aus dem petto», warf Alexandra ein.

«Das ist es ja, mein Mädchen, die Überraschung! Sie besteht darin, dass ich vor einigen Stunden nach Zürich telefoniert und meinen Freund Emilio, der für Reuter arbeitet, gebeten habe, alle grossen Presseagenturen über unsere sensationellen Funde zu orientieren.» Müde hob Maximilian den Arm und blickte auf die Uhr. «Stefan, hol mal das Radio. Es ist Zeit für die Nachrichten.»

23

Aus der Bordzeitung:

Mami und Tante Marie-Ros haben falsche Figuren gefälscht und begraben aber Vati und Onkel Maximilian glaubten es sind richtige, weil sie sind Histohriker und doktoriert. Zuerst verblassten sie und schweigten aber dan sagte Onkel Maximilian jetzt drehen wir das Schwert um. Wo du eine Tür zumachst geht eine andere auf, sagen die Spanier und es steht in meinem Orator Rubanus. Das gibt die beste Recklame für meine Nashornfarm weil wir sagen in der ganzen Welt es war ein Witz von meiner Frau und Museumsleuten zu meinem 50. Geburtstag. Aber wir warten noch eine Woche bis wir das melden, dan wirkts besser und macht den Braten erst richtig feiss.

In Ai-Ais haben wir noch ein grosses Abschiedsfest gefeiert weil Onkel Maximilian und Tante Marie-Ros wieder aufs Schiff mussten und noch einmal auf ihre Farm. Wir haben jedes 3 Glacen gehabt und Alexandra erbrochen. Wir haben noch Widiwidiwaxwax gemacht und Onkel Maximilian hat noch einmal den Hottentottentantenattentäter gesungen und den Namib Sandy Song. Wir mussten immer Bier holen weil wir uns nie mehr so jung sehen sagte er.

Sie wollten früh abfahren aber Onkel Maximilian konnte nicht weil er spürte den phischischen Abschiedsschmerz oder den Wetterumschlag. Vileicht kommt es regnen sagte er, aber Tante Marie-Ros sagte es hat schon vielzuviel Flüssigkeit an gewissen Orten. Ich habe 5× gewonnen beim Jassen, Markus 1×. Da hat er mir ein Haar ausgezupft und Vati schimpfte, aber Markus hat gesagt er hat gemeint es ist ein Faden vom Rollo.

Wir sind vile Tage gefahrt endlich waren wir am Freitag in Johannesburg. Dort mussten wir im Büro die leeren Köffer abholen die wir teponiert hatten weil morgen müssen wir wieder heimfliegen.

«Da hinten sind noch drei Säcklein mit rotem Sand», rief ich. «Kannst du sie mir abnehmen?» Ich hatte den Kopf in die

Truhe gesteckt, um mit dem Handbesen deren Boden zu wischen. Es war Samstagmorgen. Wir hatten unsere letzte Nacht im Johannesburger Bezuidenhout Park verbracht und stellten bekümmert fest, dass wir in den vergangenen zwei Monaten eine verhängnisvolle Anzahl von Souvenirs erstanden und soviel Naturalien gesammelt hatten, dass sie einen soliden Grundstock für ein neues Museum bilden würden.

«Einen Augenblick, bitte», sagte Franziska. «Ein Schlafsack fehlt noch. Ich habe erst elf.»

«Frag mal Stefan. Er hat vorhin etwas von einem Zelt gemurmelt. Würdest du die Güte haben, mir endlich die beiden Dinger abzunehmen?»

«Mein Gott, wohin soll ich damit! Einige zwanzig davon stehen schon auf dem Küchentisch. Brauchen wir wirklich so viele?»

Ich hob meinen Kopf aus der Truhe. «Natürlich. Sieh nur mal die prächtigen Farbnuancen! Kein Sand ist gleich wie der andere.»

«Aber wir haben noch die Steine und die Hölzer», setzte Franziska etwas gereizt hinzu.

«Schmeiss mal alles auf den Küchentisch, ich kümmere mich nachher darum.» Ich leerte die kleine Schaufel in den Abfallsack und öffnete den Duschraum. Dabei stach mich etwas in den Nacken. «Verdammt nochmal, was ist denn das?»

«Blumen aus dem Fish River Canyon.»

«Blumen? Folterwerkzeuge sind das.» Vorsichtig löste ich das zusammengeschnürte Bündel vom Haken. «Ich geb' sie den Kindern. Sie können damit auf der Feuerstelle ‹Brennender Dornbusch› spielen».

Wie von der Tarantel gestochen drehte sich Franziska um. «Sonst bist du gesund? Die habe ich mir mühevoll zusammengesucht. Die nehmen wir mit!»

«In das Flugzeug?» Entgeistert starrte ich sie an. «Glaube nicht, dass wir mit diesem biologischen Stacheldraht die Sicherheitskontrolle passieren können.»

«Ach Quatsch, genau so gut wie mit deinen Hartholzknüppeln. Ich pack' sie sorgfältig ein.» Sie streckte den Kopf zur Tür hinaus. «Stefan, bring den Schlafsack her.»

Nach dem Räumen der Duschkabine sammelte ich die Heftchen und Broschüren und Bücher. Zum Lesen waren wir selten gekommen, hatten von zu Hause viel zuviele mitgeschleppt und unterwegs viel zuviele dazugekauft. Sollte ich einige Kilos zurücklassen? Unschlüssig rieb ich meinen zerstochenen Nacken und beschloss schliesslich, sie fürs erste auf dem Esstisch zu stapeln. Beiläufig entdeckte ich auf der Büchersuche einen kleinen Feldstecher, den wir seit drei Wochen vermisst hatten, einen Kameradeckel, der unter den Fahrersitz gerollt war, eine Handvoll Münzen, eine schmutziggraue weisse Kindersocke, diverse Papiertaschentücher, eine angebrochene Packung Kaugummi, drei Spielsteine, ein rotes Portemonnaie mit aufgedruckter Mickymaus, fünf Meter Drachenschnur und zwei Jasskarten mit abgeknickten Ecken.

Um zehn Uhr machten wir eine kurze Teepause. Etliche gefüllte Koffer mit gefährlich abstehenden Bäuchen standen schon vor dem Wagen, die zwölf Schlafsäcke lagen, säuberlich zusammengerollt, im Alkoven, Feldstühle und Tisch hatte ich, fast ein bisschen wehmütig, zum letzten Mal in den hinteren Aussenstauraum geschoben, sechs Kleiderhäufchen warteten im «Salon», bis wir geduscht haben würden.

«Zufrieden bis jetzt?» fragte mich Franziska,während sie an einem trockenen Zwieback knabberte.

«Bis jetzt schon, aber ...» Resigniert wies ich auf all den Plunder, der dem Camper immer noch das Aussehen eines wohldotierten Flohmarktes verlieh.

«Jedes Kind nimmt zusätzlich eine Tragtasche ins Flugzeug.»

«Das genügt nicht», entgegnete ich entschieden, nachdem ich das Volumen kurz abgeschätzt hatte. «Wir müssen einen Koffer kaufen, oder auch zwei.» Ich warf einen Blick auf die Uhr.

«Die Läden sind bis eins geöffnet. Es sollte reichen.»

Während Franziska mit den Kinder zu den Duschen ging, spülte ich die Teetassen, leerte die Reservekanister in den Benzintank, trug die Abfallsäcke zum Sammelcontainer und bezahlte die Platzgebühr.

Elf Uhr dreissig. Die Kinder waren geschniegelt und gestriegelt. Markus wollte sich diskret den Ball holen.

«Fertig mit Fussballspielen!» befahl ich streng. «Wir haben keine Ersatzkleider.»

«Aber wir passen furchtbar auf, Ehrenwort!» tönte es aus vier Mündern.

«Tut mir leid. Wiederseh'n! Mami und ich möchten unter die Dusche.»

Zwölf Uhr. Nervös wanderte ich in Anzug und Krawatte vor dem Camper auf und ab und ab und auf. Endlich, endlich kam Franziska.

«Meine Liebe, die Läden schliessen um ein Uhr, und um ein Uhr sollten wir auch unseren Wagen abgeben», versetzte ich bitter.

«Welche Zeit haben wir denn?» entgegnete Franziska und begann sich in aller Ruhe einzucremen. «Ich habe keine Uhr dabei.»

«Viertel nach zwölf, verflixt und zugenäht! Kannst du nicht ausnahmsweise mal auf deine Chemie verzichten?»

Weinend stieg Alexandra zur Tür herein. «Was ist denn jetzt wieder los, und wie siehst du aus!»

«Ich bin vom Baum gefallen», schluchzte sie.

«Hab' ich euch nicht gesagt, ihr sollt auf eure Kleider aufpassen?» Mit einem Papiertaschentuch wischte ich ihre Tränen ab.

«Du hast gesagt, wir dürfen nicht Fussball spielen», erklärte sie mit Festigkeit. «Deshalb haben wir Tarzan gespielt.» Um zwölf Uhr dreissig rollten wir in nicht eben festlicher Stimmung durch das Parktor. Ein an und für sich lächerlicher kleiner Zusammenstoss zweier Autos unmittelbar vor uns verschlang fünf weitere kostbare Minuten.

Als wir vor dem Supermarkt auf den Parkplatz einbogen, sah man da und dort bereits schwarze Angestellte mit Besen und Kübel, einige Rolladen waren zur Hälfte heruntergezogen. Ich sprang aus dem Wagen, die Buben hinterher, Treppen hinauf, Gänge entlang. Ledergeschäft? Sportgeschäft? Camping-Artikel? Zum Teufel, nirgends gab's Koffer. Ich lockerte die Krawatte, meine Achselhöhlen tropften. Jetzt nur keine Panik! ermahnte ich mich selbst, während ich einen stinkenden Abfalleimer aufrichtete, über den ich gestolpert war.

«Vati, vielleicht der Mann mit dem Buschmesser, weisst du noch, bei unserer Ankunft?» rief Stefan, der eben im Laufschritt von seiner erfolglosen Suche zurückkehrte. «Der hat doch alles.»

Natürlich! Gänge zurück, Treppen hinunter, um die Ecke.

«Koffer suchen Sie?» Der deutschstämmige Ladenbesitzer schüttelte den Kopf und zwirbelte die Enden seines beeindruckend grossen Schnurrbartes. «Nee, Koffer hab' ich keine.»

Ich verspürte einen leichten Schwindelanfall und musste mich auf den Ladentisch stützen.

«Aber Rucksäcke hab' ich, solide grüne, da können Sie sogar Ziegelsteine oder Stacheldraht mit transportieren.» Er langte sich einen vom Gestell herunter.

Stacheldraht? Steine? Schlagartig erholte sich mein Kreislauf. «Genau, was ich brauche. Geben Sie mir vier Stück!»

«Jetzt sieht man auf meinem Pulli die Flecken vom Tarzanspielen nicht mehr», sagte Alexandra eine Stunde nach dem Abflug tröstend, nachdem sie ein ganzes Glas Orangensaft über Kleider und Sitzpolster geleert hatte.

«Nein, die sieht man tatsächlich nicht mehr», versetzte ich gemütlich. Mir war wurstig-wohl. Ich war nicht mehr für die Reise verantwortlich, musste weder Campingplatz noch Tankstelle suchen, weder Kinder zählen noch Gasflaschen wechseln und wurde bedient und umsorgt. Barbara hatte sich die Kopfhörer aufgesetzt, wippte mit dem Fuss im Takt und suchte mit der Gabel nach Leckerbissen: ein Stück Fleisch, etwas Eclaire mit Rahm, ein bisschen Kräuterbutter, ein Stückchen Schokolade. Markus stopfte sich mit der Linken Salat in den Mund und löste mit der Rechten ein Rätsel-Puzzle. Stefan schob mit der Zunge einen Kaugummi hin und her und studierte die Flugkarte, die er zwischen zwei Becher Cola geklemmt hatte.

«Na, da seid ihr ja», begrüsste uns bei der Zwischenlandung in Nairobi Freund Walter, der Pilot bei der Swissair war. «Hab' mir extra diesen Flug geben lassen. Nach Mitternacht hole ich euch ins Cockpit.»

Wie in einer Traumwelt kam ich mir vor, als ich um ein Uhr früh mit den beiden Buben vorne in der Kanzel sass. Leise schwebten wir durch die Nacht, drei Männer hantierten gelegentlich an ihren Computern und Funkgeräten, wiederholten dann und wann ein paar Zahlen, hinter uns 250 schlafende oder dösende Menschen, eingehüllt in zig Tonnen durch die Luft sausenden Metalls und explosiven Flugpetrols. Der Meilenanzeiger war auf Khartum eingestellt. 71, 70, 69... In der Ferne wurden die Lichter der sudanesischen Hauptstadt sichtbar, matt glänzte der Nil durch die Nacht herauf. Dort drüben Omdurman, die Stadt meiner arglosen Jugendsehnsüchte: Mahdi, Gordon, Slatin Pascha, Churchill, Lord Kitchener... Dort unten auch das Grand Hotel mit den hohen, altertümlichen Zimmern, das für mich vor etlichen Jahren nach einer langen, heissen und staubigen Zugfahrt durch die Nubische Wüste den Gipfel des Luxus bedeutete und heute neben den uniformen Hiltons und Holyday Inns ein Aschenbrödeldasein fristete.

Ich versuchte mich zurückzuerinnern, wie lange ich seinerzeit von Abu Simbel bis Karthum unterwegs gewesen war, als Walter meine Gedanken unterbrach und nach vorne zeigte.

«Dort, in der Ferne, kommt Abu Simbel in Sicht.»

Wir flogen schneller, als ich denken konnte.

Wir kehrten in die Kabine zurück. Die drei Frauen hatten sich in Wolldecken gewickelt und schliefen. Der Aufenthalt im Cockpit hatte meine Müdigkeit vertrieben. Ich griff zum Kopfhörer und liess mich mit Offenbach und Saint-Saëns berieseln.

Gegen fünf Uhr morgens stupste mich eine der Hostessen.

«Einen schönen Gruss von Walter, und ob Sie nach Hause telefonieren möchten?»

Ich ging nach vorne, wo mich der Bordingenieur mit meiner Schwester verband.

«Hallo? Ja, Fridolin ist es... Wo wir sind? Irgendwo in 10 000 Meter Höhe über dem Mittelmeer... Ja, alles gut gegangen... Danke für die Gratulation!... Sensationelle Funde? Ja, sensationell und äh... voller Überraschungen... Was? Maximilian hat von Namibia aus telefoniert, und ich soll zurückrufen, noch vom Flugplatz aus?... So, so, es eilt... Was, einen Eisberg will er nach Lüderitz schleppen? ... Als Süsswasser-Reservoir? ... Kontaktaufnahme mit den Signatarstaaten des Antarktisvertrages? ... Du lieber Gott! Man wird doch wohl vorher noch die Koffer auspacken dürfen!»

Die Wiedergabe des Liedes auf Seite 60 erfolgt
mit freundlicher Erlaubnis von Alex Eugster.